Navegante
de
Palabras

Navegante de Palabras

Publicado por
D'Har Services
P.O. Box 290
Yelm, Wa 98597
www.dharservices.com
info@dharservices.com
webmaster@dharservices.com
dharservices@gmail.com

Diseño Carátula: Xiomara García
Oleo del pintor Luis René Serrano

ISBN-13:978-0-9853923-2-1

Impreso en USA

Índice

Prólogo

Ninguna ocasión ha sido mejor que el quinto Aniversario del Club de Literatura que tan acertadamente dirige Francisca Argüelles para producir esta Antología, amalgama de creadores decididos a dar a conocer su obra literaria, algunos por primera vez, otros más experimentados, pero todos con el lógico afán de colocar un granito de arena, un puntico en el heterogéneo mosaico cultural en que se ha convertido el sur de la Florida.

Escribir no es fácil, escribir bien, oficio difícil, escribir y publicar en esta selva con tantos favores en contra del escritor, es tarea de héroes.

Escribir, tanto en prosa como poesía, ya sea las vivencias propias o ajenas, reales o imaginarias es oficio solitario de cada autor, la inspiración, la narrativa y el talento del escritor es obsequio del creador.

La verdadera grandeza de quien escribe es transportar a cientos de individuos a través de la historia de sus composiciones, de situaciones y parajes insospechados, inverosímiles unas u otras que molestan, siempre elaboradas con jirones de realidad y naturalidad que el autor matiza con la magia de la imaginación y la creatividad.

Cada una de los aportes literarios que ofrece la Antología "Navegante de Palabras", constituye una muestra palpable de la capacidad de análisis y síntesis con el rigor de la mesura y objetividad que se conjugan en su justa medida en esta obra.

Este libro es todo un abanico magnífico de exposiciones literarias, un calidoscopio diverso de talento y esfuerzo conjunto, que une las distintas corrientes literarias de cada participante.

Hablar más de este encomiable esfuerzo, es privar al lector del placer de descubrir un poco de sí mismo, de encontrarse reflejado en las páginas de esta obra, de transitar por este bosque encantado en su tiempo que dedique a la lectura.

Amable lector, suya es su palabra de aprobación.

Cada autor que aquí expone, ha trabajado incansablemente para que esta obra sea una valiosa colaboración a las letras universales.

Los que somos respetuosos de la soberanía de las palabras, que llenamos nuestra alma con la sublime emoción con que agradecemos su perfume a la rosa y al sol la luz de cada amanecer, que nos embriagamos con la metamorfosis de la mariposa y volamos hasta las alturas de desconocidas galaxias, mostramos, humildemente, nuestra gratitud a este grupo literario y la oportunidad de participar en ellos en este tan magnífico esfuerzo de gran belleza literaria.

Orestes A. Pérez
Periodista, Escritor, Filósofo y Poeta

Nota Especial

Navegante de Palabras, como su nombre lo indica, es una invitación a navegar por los insondables caminos de las letras, será una lectura apreciada por quienes están ávidos de descubrir nuevas fuentes de entendimiento y esparcimiento en sus ratos de ocio.

Los 20 integrantes del Club de Literatura, dan una muestra de talento y espontaneidad, que llevará al lector por este océano de cuentos y poemas inéditos, donde los autores plasman el romance, la ficción, la verdad y otros hacen un llamado a salvar nuestro planeta. Están escritos en lenguaje sencillo y sensible de momentos vividos o soñados, los cuales poseen características diferentes, se han convertido en fabulosos relatos colmados todos ellos de ternura, amor y pasión. ¡La calidad trasciende al tiempo mismo!

Doy gracias a Francisca Argüelles, quien dirige meritoriamente el Club de Literatura y es su fundadora, admiro su perseverancia y su sencillez, es un ser excepcional. A los autores profesionales que han brindado su apoyo y felicito a los autores noveles que han dado sus primeros pasos hacia la consagración de sus carreras. Estoy segura que tenemos a un futuro "Premio Novel".

A Luis René Serrano, canta autor, poeta y pintor quien plasmó su arte en la pintura utilizada como diseño de carátula, gracias por concederla al Club de Literatura. Originó el nombre del libro.

Para D'har Services fue un honor trabajar con los talentosos autores del Club de Literatura.

Edilma Ángel
Director Ejecutivo
D'Har Services
Editorial Virtual de Literatura - **www.dharservices.com**

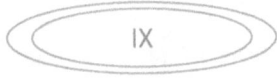

X

Francisca Argüelles

Nací en Cuba, Ciudad de La Habana. Graduada en mi país de CONTADOR – PLANIFICADOR, en el Instituto de Administración y Comercio de La Habana. Cursé estudios de MARKETING en el "Club Juvenil de la Víbora".

En la ciudad de Miami, he participado en los cursos: "El Arte de Escribir Cuentos y "El Arte de Escribir Poesías" dictados por el profesor Orestes Pérez. Desde que tengo uso de razón leo cuanto libro o revista se me facilite. Mi afición por la lectura es genética, lo que me llevó a participar en reuniones y Peñas Literarias en Cuba. Llegué a Estados Unidos, buscando libros, y conocí la Biblioteca J.F.Kennedy en Hialeah, donde asistí a las reuniones Literarias en "Gentes y Cuentos", dirigido por la periodista María Jesús Casado.

Soy la fundadora y directora del grupo "Club de Literatura". Resido actualmente en la Florida.

Me caracterizo entre mis amigos y familiares por tener buena memoria, la que me ha llevado a estudios autodidácticos de Gramática, logrando apoyar a otros escritores en la revisión de sus obras.

Asisto a las Tertulias Literarias de la escritora Xiomara Pagés, a la "Sociedad de Poetas y Escritores", dirigido por la escritora Azálea Carrillo y al "Club Cultural de Miami Atenea", dirigido por el escritor Orestes Pérez. Pertenezco a la "Escuela de

Periodistas de Cuba en el Exilio" Asisto al "Desalmuerzo Literario" dirigido por Yosvany Medina, director de teatro y dramaturgo.

Participé en: Las Antologías de Poesías 2009 y 2011 de los Concursos VII y IX de las Escuelas LINCOLN-MARTÍ.
En el libro "Un Horizonte Literario" 2010, primer trabajo en conjunto del Club que dirijo.

Ganadora del cuarto premio de poesía latinoamericana de D'har Services, Editorial Virtual de Literatura. Obtuve el premio "Dedicación Latina 2011" convocado por "United health Care" fui homenajeada en el Festival Internacional de Poesía "Grito de Mujer 2012" por la Sociedad Internacional de Poetas y Escritores Hispanos.

Mis hijas me llaman cariñosamente: "La Polilla", porque siempre ando entre libros".

fancarguelles1948@yahoo.es

Dedicatoria

Dichoso el que halla sabiduría, el que obtiene inteligencia; Porque son más provechosas que la plata y rinden mayores beneficios que el oro.

Proverbios 3-13,14

Gracias Señor
por mi familia que disfruto

A mi esposo
A mis hijos y mis nietos

A Edilma Ángel por su valiosa colaboración, a Luis R. Serrano por realizar la pintura para la portada, a la escritora Azálea Carrillo por sus hermosas palabras en la contraportada del libro, al profesor Orestes A. Pérez por sus bellas palabras para el Prólogo y a los autores que gustosos accedieron a formar parte de este segundo libro del Club.

Oda A Mis Recuerdos

Este bello encuentro con el tiempo, no borra, solo guarda aquello que llevamos dentro.

Francis, YO

Como papalote que viene y va por la mano que lo anima, así están mis memorias al regreso del viaje. Con sesenta y tres julios intensos, como el tren que lleva y trae de regreso, recorro momentos donde disfruté del verde follaje, el claro resplandor de tu morada y lo bello del paisaje.

Llené mis ojos del contraste maravilloso que tiene el cielo con tu blanco pelo, el garaje con tus flores, tus recuerdos con tu perro y el suelo que pisamos con tanto anhelo.

Los llené con amistad infinita, engendrada en las entrañas de tan cerca y lejana, nuestra tierra cubana.

Colmé mis ojos con la bondad de los tuyos, al brindarme tu techo, tu espejo, el sombrero y el café mañanero.

Gracias por lo antes expuesto, por rodear el lago Jackson, ancho, profundo, inmenso, oscuro en las noches, de día despierto para disfrute del pueblo y de mis ansias de verlo, dando tranquilidad a mi espíritu, a mis ojos llenos.

Y así reirá el corazón; donde guardo el sonido del bambú crujiendo, el croar de las ranas en su concierto, la tranquilidad del barrio, la música cristiana y mis pupilas para que no se escapen mis recuerdos.

Juego De Niños

"...Es precisamente la posibilidad de realizar un sueño lo que hace la vida interesante".

Paulo Coelho

Yacía en el sucio piso, de aquel lugar deshabitado, entre escombros, fetidez y dolor.

Los niños del barrio jugaban, en lo que antaño fuera el bello jardín de Doña Ramona. Corrían de un lado para otro, buscando algún tesoro escondido, dejándose llevar por habladurías de los habitantes del lugar. Contaban y los pequeños abrían sus ojos desmesuradamente, cuando detallaban los adornos tan dorados, de la casona abandonada.

Los curiosos exploradores, aburridos de corretear y abrir huecos en la tierra, donde sólo encontraban lombrices, decidieron aventurarse a entrar en lo prohibido para ellos, por posible derrumbe.

El mayor del grupo, con sólo nueve años, dijo haber escuchado a su padre que el techo de la glorieta, se cayó hace mucho, por tanto allí no tendrían peligro. Todos pusieron caras contentas, emprendieron la marcha, sorteando la maleza con su rudimentario equipo de trabajo: palas, picos y cubos viejos, obtenidos de los patios vecinos.

El perro del pueblo, el que era de todos y de nadie en particular, los había seguido como de costumbre y corría tras una rata rezagada. De pronto dejó de correr, paró las orejas y comenzó a olfatear levantando su hocico, se dirigió a un pequeño estanque y desde allí ladraba y olía, se acercaba a los pequeños y retornaba al lugar.

Uno de los niños creyó que el perro había encontrado un tesoro y siguió al animalito que cada vez ladraba más. Pero al llegar, se asustó y corría hacia el grupo gritando, sólo señalaba al perro, a donde fueron los demás, reaccionaron éstos igual saliendo precipitadamente, dejando atrás sus aperos.

En su carrera por las estrechas calles del pueblo, los pequeños llamaban la atención de los vecinos, tropezando con el párroco del pueblo, Tristán, quien rodó por el suelo con uno del grupo y tomándolo del brazo no dejó se levantara. Todos reían, sólo la cara de espanto del muchacho logró se acercaran preguntando:

-¿Qué pasa, viste un fantasma? Al momento, Tristán y el niño fueron ayudados a levantarse.

Los demás quedaron paralizados al ver el incidente y retrocedieron. El mayor contestó:

-Detrás de la casona, hay tirada una mujer en un charco de sangre.

El pequeño hospitalito montado por el nuevo médico, contaba con escasos recursos para salvar la vida de la joven que horas atrás estaba en el sucio piso del estanque. Se hicieron las llamadas de rigor pidiendo ayuda a la Ciudad. Enviaron un helicóptero, llevando un investigador y un paramédico, con todo lo necesario para realizar una operación de urgencia.

También se le comunicó a la policía de la Ciudad que la moribunda, no era del lugar, ni poseía identificación y fue agredida por un arma blanca, dejándola en el lugar por muerta.

La policía cercó todo el área con cintas amarillas y puso guardias para custodiar los alrededores. Buscaban huellas de auto y los pasos se perdían en algún rincón. El hallazgo de una lata de cerveza, embarrada de sangre dio más notoriedad, el pueblo ahora se veía asediado por periodistas y curiosos, pagando éstos por albergarse en las mejorcitas casas del vecindario. En el "Hotel Rosa" y la "Posada del Gallego", no había vacantes.

La joven ensangrentada, tal como apareció de misteriosa, salió después de una buena intervención quirúrgica y cuidados excelentes, por parte del médico y la enfermera.

Las noticias escuchadas, dejaron atónitos a grandes y chicos: la muchacha era hija de un *rico Industrial*.

Ahora, había tema para matar el aburrimiento en las noches. Los niños eran elogiados, no los regañaron por su desobediencia, al ir más allá del jardín de la casona. Y el perro del pueblo lucía una cinta con medalla de lata, hecha por los niños. Haciéndose famosos.

Pasado un año comenzó la limpieza y desmantelamiento de la casona de Doña Ramona. "La Prensa", único periódico del lugar, anunció que en sus predios se erigiría una escuela pública, con el nombre de Emely, costeada por algún adinerado de la Ciudad. El Alcalde mandó colocar un letrero lumínico a la entrada del poblado, con el nombre del mismo, ya olvidado por sus parroquianos. "Celeste" se llamaba este lugar donde comenzaba aclararse la vida de tantos pobres, después de los sucesos acaecidos.

Se organizó una fiesta, se engalanó la plazoleta, para festejar la inauguración de la escuela y el letrero del pueblo. Todo era música, alegría y comida. Tanto alboroto sirvió para que pasara inadvertido un auto negro, estacionado al fondo de la Iglesia. De él bajó una grácil mujer, de andar ligero vestida de negro, muy moderno y sencillo su atuendo. Con las llaves del auto en su mano, entró a la Iglesia por la puerta lateral que daba a la sacristía. Allí estaba como siempre, el bueno y querido por todos, Tristán.

La dama de negro y el párroco sostuvieron una conversación por más de quince minutos, resultó un monólogo de ella. Era una confesión estudiada. Las palabras salían de su boca mirando fijamente aquellos ojos bondadosos que, por respuesta emitieron lágrimas.

Él miró al cielo y dijo:

-Gracias Señor.

Ella depositó un beso en su mejilla y salió presurosa.

Alguien los observaba, salió tras la muchacha y tomándola por sorpresa la llamó:

-¡Emely!

-¿Quién está ahí? ¿Cómo sabe quién soy?

-Yo. ¿No me recuerdas?

Emily se sorprendió, él abrió la puerta del coche, ayudándola a sentarse y dijo muy bajo:

-Hablemos.

Era Gustavo, el médico del pueblo quien había escuchado en la sacristía que ella es hija del sacerdote.

Transcurridos seis meses de la fiesta en el pueblo, era hora que Gustavo hablara con Tristán.

-Padre Tristán, me caso y quiero oficie mi boda.

-No sabía tuvieras novia. ¿Quién es?

-Llegará mañana, lo invito a comer en mi casa.

Tocó Tristán en la puerta de Gustavo, como era su costumbre, tres golpes leves con los nudillos. Se abrió la misma y un exquisito olor a carne asada le golpeó la cara, sonrió, tomó asiento donde siempre, en un sillón gemelo al suyo, regalo de Gustavo.

-¿Y tu novia, dónde está?

-Ya viene.

Tristán, al ver a Emely frente a él, no sabía si reír o preguntar algo. Ella se acercó, lo besó, mientras el galeno los observaba.

Emely, contó lo ocurrido aquella noche de la fiesta: Gustavo estaba en la sacristía, supo todo acerca de ellos. La siguió al carro, conversaron ese día y muchos más en la Ciudad, donde manifestó se había enamorado mientras se recuperaba hospitalizada. Las visitas se hicieron seguidas y dieron tiempo a que terminara el juicio por su atentado, para comprometerse.

Tristán, mirando a Gustavo, dijo:

-Me hicieron creer que ese embarazo se había perdido, además de perder a la mujer amada.

-Lo sé Tristán. Emely, me contó como en el lecho de muerte, su madre le pidió perdón y dijo la verdad. Por dinero se casó con el *rico Industrial*, el cual la maltrataba siempre al ver el parecido de Emely contigo.

-Nunca pude quererlo, me miraba con desprecio, sólo obtenía bienes materiales de él, no cariño. Ese señor quería ocultar el engaño de mi mamá por miedo al descrédito y la burla de sus enemigos que tiene bastantes. Cuando ella murió traté de escapar de la casa, pero me vigilaba, hasta que lo hice o lo creí. El permitió me fugara para mandarme matar, cerca de ti.

Gustavo intervino para aliviar la tensión:

-Todo eso quedó atrás. Haremos una familia, nos casaremos y para arreglar tu parecido con Tristán, diremos eres hija de una prima suya.

-¿Y el Industrial, qué hará al respecto? Preguntó el sacerdote.

-Está preso, todo se ha hecho con la mayor discreción, dada la situación política de él. Pagó demasiado dinero, para silenciar a muchos, vigilar a los que quiere callar y poder salir cuanto antes de prisión.

-¿No te preocupa qué hará cuando salga de prisión? Dijo Gustavo.

-No. Todo está previsto, el Industrial no sabía que el fiscal es esposo de una medio hermana de mi mamá, es mi vida, por la de él. Todo se teje en la misma red de la araña.

Tristán deseaba terminar las aclaraciones y preguntó:

-¿Quién cocinó?

-Yo, dijo Emely con agrado.

-Pues a comer, deseo probar la sazón de mi prima.

Ella, miró con ternura a su verdadero padre que se dejaría querer, como soñaba hacerlo y preguntó:

-¿Por qué te dicen Tristán, si tu nombre es Emilio o acaso te identificas con "Tristán e Isolda"?

Gustavo contestó rápido:

-No, no es por esa bella obra. Sino porque siempre, hasta hoy, estaba triste.

Destino

"...dejamos que la vida encamine a cada uno en dirección a su destino...pocos siguen el camino que les ha sido trazado..."

Pablo Coelho

Las tiendas estaban abarrotadas de mercancías y de público que, en su ir y venir apresurado tropezaban y Olga dejó caer la compra realizada.

-Lo siento, disculpe.

La joven causante del incidente, recogió el paquete del suelo y al entregarlo a su dueña, ambas quedaron mudas, paralizadas. Olga, *como viéndose en un espejo, veinte y tantos años atrás*, en el rostro frente a sí. Las dos mujeres, mirándose en azul.

La joven con los ojos frescos y abiertos de asombro, ella con el cansancio y el dolor acumulado con los años, por ese error de juventud, por ese regalo de vida que no supo aquilatar.

Lidia dejó el auto y caminó apresuradamente hasta su casa. Tomó un vaso con agua y sin soltar la bolsa se sentó, retuvo en el regazo las mercancías.

Comenzó a pensar en aquella conversación sostenida con sus padres tiempo atrás, donde le fue dicha la verdad de su nacimiento, supo que su madre era una euroasiática, quien después de haberla parido en prisión, la regaló.

Lidia nunca sospechó que sus padres fueran adoptivos, porque el cariño de toda la familia era el mismo para ella y su hermano. Ellos al adoptarla, decidieron que cuando ella cumpliera diez y ocho años, le dirían la verdad y así lo hicieron. Fue la mejor decisión, sino cómo asimilar un rostro idéntico en una mujer encontrada al azar, *como viéndose en un espejo*.

Revivía el instante de la carrera loca de su…emprendida sin tomar el paquete que se le entregaba, el que ella miraba fijamente ahora, mientras recordaba lo sucedido.

Llegó su esposo, la encontró sentada en un sillón que trajeron cuando se enteraron estaba embarazada.

Él se dirigió a ella preguntando:

-¿Qué te dijo el médico?

Y viendo la bolsa que Lidia tenía en sus manos, la tomó sin esperar respuesta, mirando su contenido, exclamó:

-¡Compraste canastilla rosada! Entonces es hembra. Lo que tú querías, mi amor.

Lidia quedó perpleja por la coincidencia.

Ese no era su paquete.

Noche De Amor Con Rosas Amarillas

*"Padre…Santificado sea el nombre tuyo que nadie
sabe; que en ninguna forma se atrevió a pronunciar
este silencio pequeño y delicado…, este silencio que
en el mundo somos nosotras las rosas…"*

Dulce María Loynaz

El día florece por las rosas marchitas
los perros ladran sin cesar a su sombra
el cartero trae, la noticia vacía
la carta que no llega
el semblante apagado.
El mundo sigue girando
la noche duerme por los insomnes
las manecillas del reloj, se apuran
en cada una de sus locas vueltas
para que no despierte.
Cierro mis persianas en la casa vacía
viaja mi YO, en un sopor intenso.
un beso de mar inicia el encuentro
con ansias reprimidas, desafueros internos
y el alma en pedazos, estalla
cubierta del tibio maná del amor.
Me entregué al desquite,
de años de lujuria sin sabor a carne feliz,
mezclada con el dulce aroma
de rosas amarillas, del último verano.
Despierto, vuelvo entre luces
y descubro en mi almohada
un pétalo de rosa, como recuerdo.
Ya sé dónde estás
espera mi último regreso.

Edilma Ángel

Nació en Colombia es Autora, Psicoterapeuta Pránica, sanadora, y empresaria. Se desenvolvió en el ámbito del turismo con experiencia en el área de marketing y ventas, planeación turística y gerencial.

Paralelamente desde 1981 Colaboró con la Inter American Fundation «Fundación creada por el Congreso de los Estados Unidos» con labores administrativas y logísticas para los representantes que venían a Colombia. Fue autorizada ante la Embajada Americana en Bogotá, para ayudar con el seguimiento de desembolsos y entrega de los mismos a grupos de apoyos locales y comunitarios en proyectos aprobados por la IAF, en todas las regiones del país.

En 1997 La Consultoría Permanente sobre Desplazamiento Interno de las Américas, formada por organizaciones de las Naciones Unidas, Cruz Roja Comité Internacional, Organizaciones internacionales y Expertos Independientes de la secretaría Técnica de Derechos Humanos, Instituto Interamericano de Derechos Humanos. Llevaron a cabo una misión en situ. Ella proporcionó apoyo logístico durante los meses de intensa preparación y desarrollo de la misión, por todo el territorio nacional de Colombia.

En un nuevo comienzo en Miami, Florida persiguió su amor por el arte mediante estudios en Diseño de Interiores en la universidad de Miami, con especialización en Feng Shui.
Su pasión por la lectura y el deseo de conocimiento la ha llevado a incursionar en las llamadas medicinas no tradicionales como son: PRANIC HEALING, ADVANCED PRANIC HEALING, PRANIC PSYCHOTHERAPY, KRIYASHAKTI, MAGNIFIED HEALING, ESOTERIC FENG SHUI, REIKI, TRE y LA SANACION DEL CUERPO AZUL.

Actualmente Edilma es Director Ejecutivo de D'Har Services Editorial Virtual de Literatura y Fundadora de CHILDREN SOLUTION FOUNDATION. Su interdisciplinaria experiencia la ha convertido en una persona vital y creativa. Ha creado un modelo de vida para niños y jóvenes huérfanos. Recuerda la época en que ayudó en su país natal, a una Fundación Católica. Allí se enfrentó a la experiencia de ver a niños abandonados y otros que huían de sus hogares. Vio como esta criaturas padecían día a día los peligros de la calle, algunos de ellos llegaban al refugio de la fundación para conseguir comida y un poco de calor, sin embargo por falta de recursos económicos y de seguimiento logístico, muchas de estas vidas se perdieron entre las drogas, la prostitución, el robo, o lo que es peor; muchos de ellos fueron mutilados o muertos en manos de la delincuencia organizada de tráfico humano y del comercio de órganos. Estos niños denominados despectivamente "NN" "No Nominados - No Name". Son tratados como objetos inútiles por algunos sectores de la sociedad.

"Definitivamente este flagelo debe terminar" según sus palabras por eso ha creado la Fundación "Children Solution Foundation" pensando en una solución real para los Niños que viven en abandono. Esta Fundación tendrá su primera sede en los Estados Unidos y luego se implementará gradualmente en otros países.

Su trayectoria interdisciplinaria hace de ella un ser integral, vital y creativo, lo que le da una mayor visión en el campo empresarial.

Su mayor motivación es servir al mejoramiento humano, llevada por esta iniciativa ha escrito el libro MUJER DE LA SOMBRA A LA LUZ, libro motivacional y de ayuda a la mujer.
Publicado en el «2009» segunda edición «2012» se encuentra expuesto en varias bibliotecas del país y se puede adquirir en www.amazon.com y www.dharservices.com
Participó con sus poemas en la antología "Un horizonte Literario"2010 del Club de Literatura.

Edilma_angel@yahoo.com
info@dharservices
786 - 8374567
www.dharservices.com
www.childrensolutionfoundation.org

Dedicatoria

A mí amado Dios
A mi esposo ejemplo de apoyo y ternura
A mis hijos retoños de mi alma
A mi Madre y hermanos
A mis sobrinos y sus bellos hijos
A los niños del mundo,
nuestra esperanza para un futuro mejor.

Juan Paco

Entre cosquillas y mimos Juan Paco, bailaba al son que su mamá le cantaba.

"Juan Paco Pedro de la mar
Es su nombre así,
le dicen al pasar
Juan Paco Pedro de la Mar
Tralalalala, Tralalala, Tralalala"

_Tírate al piso y ahora levántate le decía mamá con ritmo bebé, haber... haber de nuevo... baila bebé.
_ Jajaja reía el niño.

"Juan Paco Pedro de la Mar
Tralalalala, Tralalala, Tralalala
Arriba, abajo taralalalala,
traalalalala, Tralalalalala.
Gritaba Juan Paco:
Tratalalalala, tralalalala, tralalalala".
_Jajaja, jajaja.
Se oía el coro de sus amiguitos en las otras celdas.
_*Tralalalalala.*
Otro gritaba más alto.
_*TRALALALALA*
Y otro muy quedito.
_*tralalalalala.*
_Otro
lalalalalalalalalalalalalalalalaaaaaaaaaaaaaaaaaaaaaaaaaaaLALALA.

Hasta que, llegaban los guardias de turno.
_A callar carajo a callar, dejen la griteríaaa…

Los niños reían y sus mamás les tapaban la boca.
_No SSSHIIISSS es hora de dormir, que me van a castigar, le susurró al oído su mamá.

A lo lejos se oía el rumor de las sirenas de ambulancias y carros de policía. En otras celdas se escuchaba peleas, lamentos y sollozos, las mujeres se pasaban las colillas de cigarros entre los barrotes y así llegó la noche.

Aquel día fue diferente: a Juan Paco no lo dejaron participar en la contada mañanera para llevarlo al jardín infantil instalado en otro lugar de la prisión; su mamita le abrazaba queriendo retenerlo para toda la vida, lo mojaba con su llanto, su alma se partía de dolor, ella sabía que nunca más lo volvería a ver, cursaba una condena perpetua. No tuvo otra opción, fue obligada a separarse de él.
En esos momentos halaban del niño, ella cedió a la presión para no dañar a su hijito, con ojos anegados en lágrimas y con su corazón hecho pedazos… lo miró a sus ojitos.

_"Hijo perdóname, Dios te bendiga y te proteja, hijo mío te amo, perdóname" hijooo.

Juan Paco, lloraba también; una señora lo lleva casi a rastras de la mano. Él no quería separarse de su madre, con la cabeza volteada hacia atrás lloraba.

_Mamaaá, mamitaaa, ven mamitaaa.
_ Mamiii ¿Dónde estás? No te veo.

Tenía miedo… mucho miedo. La trabajadora social trataba de calmarlo.

_Ya niño, todo pasará, ahora estás conmigo, te llevaré a otro lugar, vas a estar mejor y te daré un regalo, no llores más.

-No, yo quiero a mi mamita, mamitaaa.

Salieron de ahí y pronto cosas desconocidas le llamaron la atención, el carro se movía y habían muchas casas y calles, gente que corría para todos los lados, los carros eran de muchos colores y pitaban ensordecedoramente, luego empezó a ver montañas, árboles y largos prados verdes. Todo era nuevo para él, su carita reflejaba tristeza, sus grandes ojos marrones estaban inflamados de tanto llorar.

Fue un largo viaje, llegó a una casa vieja donde había otros niños que él no conocía. Le dieron comida que casi ni probó, el niño estaba ensimismado y no hablaba nada, no entendía que le había pasado… fue llevado a la cama, tenían que madrugar al otro día. Poco a poco se quedo dormido.

En medio de la noche un silencio aterrador lo levantó. Él se preguntó:

_ ¿Dónde estoy? No escuchaba los llantos, ni los sonidos de las sirenas. Agudizó el oído y no escuchó nada, se alarmó, él no conocía el silencio.

_Mamiii, mamitaaa ¿Dónde estás?

Una enfermera apareció con una bebida:

_Toma criatura, te hará bien ¡Pobre chiquillo! deja de llorar, vas a despertar a todos. Tu mamá está muy lejos y no te puede oír, pronto vendrá, sé un buen niño.

Su carita embozó una sonrisa.

_ ¿Va a venir?

_ Sí, si te portas bien.

_Si, anifff…

Sorbió sus moquitos y tomó su bebida, quedó nuevamente dormido esperando a su mamita.

A la mañana siguiente la trabajadora social, se acerca a la cama donde dormía el niño y suavemente le dice:

_Ya es hora, levántate, Paco.

_ ¡Mamitaaa! Exclamó, mientras se refregaba sus ojitos.

_No soy tu mamá, ya la verás, anda déjame arreglarte.

Al rato salieron en un carro de color amarillo, lo llevaban rumbo al aeropuerto.

Paco traía una chupeta en su manita y miraba todo con mayor asombro, creía estar en un sueño, observó a mucha gente manejando carros, con vestidos bonitos y grandes sonrisas, las casas también tenían colores, puertas y ventanas, algunos hombres trabajaban en el campo, los niños jugaban y decían adiós a los que pasaban.

Cuando llegaron al aeropuerto, a Juan Paco le llamó la atención tantas maletas pequeñas y grandes.

_ ¿Qué llevarán? Y ¿Para que servirán? ¿Serán duendecitos que van guardaditos ahí?

Luego pasaron a un salón lleno de asientos, por la ventana Paco miraba asombrado el avión gigante que estaba frente a él, boquiabierto exclamó con emoción.

_ ¡Mami mira, mira ese avión!

_ ¿Y mi mami dónde está? Abrió desmesuradamente sus ojitos volviendo a la realidad.

_Pronto la verás, ten paciencia.

Llevándolo de la mano, lo subieron al avión que antes había visto, él miraba a todos lados y dócilmente se dejaba conducir, todo había cambiado y era desconocido… lo sentaron y le pusieron una correa en su cintura. Miraba por la ventana a los hombres que llevaban las maletas donde iban los duendecillos.

Escuchó un ruido muy fuerte, él desconocía y el avión empezó a moverse.

_Mami, mamitaaa. Gritó asustado el niño.

_Ya Paco, pronto la verás.

Las lágrimas asomaron nuevamente a sus ojitos. El avión despegó, él se aferró de la mano de la señora.

_Hijo, este es un avión y volarás como un pájaro, no tengas miedo, te gustará.

Una aventura nueva para Paco, estaba en un avión grande, que subía hacia el cielo, pronto el ruido disminuyó, vio muchísimas casas y edificios, allá abajo, había tantas...

_Mira, se ven chiquitas, adiós, adiós, _mientras movía su mano_ jejeje. El niño miraba entre sorprendido y asustado.

_ ¡Ah! mira es algodón, algodón jajaja.

_ No Paco, no es algodón se llaman nubes.

_ ¡Noo! Son algodones.

Juan Paco, se refregaba sus ojitos, los abría y cerraba. Creía estar soñando. Pasó mucho tiempo mirando los copos y copos de algodón. Una azafata le ofreció galletas, colores y papel para que dibujara, el niño de pronto observó que tenía ojos de color azul.

_ ¿Eres un ángel? Preguntó, mi mamá me dijo que los ángeles tienen ojos azules.

_ ¿Me llevas a ver a mi mamita?

La azafata conocía que lo llevaban en adopción, sonriendo tiernamente le dijo:

_ Tu mamá te estará esperando, ya pronto llegaremos a nuestro destino, por ahora pórtate bien y has un lindo dibujito.

Juan Paco, estaba aturdido con tantas personas y palabras nuevas que le decían.

_Haré un dibujo para mi mamita y cuando llegue se lo daré, si que sí.

Dibujó por largo rato, el cansancio lo dominó, se acurrucó contra la ventana, viendo los algodones quedó poco a poco dormido.

_ ¡Mami, mamita! La veía sonriente y con una luz a su alrededor.

_Si, mi dulce sueño.
Juan Paco sintió que su madre lo mecía entre sus brazos tiernamente, se sentía feliz recibiendo muchos besitos de su mamita, mientras le cantaba al oído esta melodía:

"Duérmete mi niño lindo
que la hora ya llegó
sierra pronto tus ojitos
que mañana ya jugarás
duérmete, mi niño lindo
Tra lalalalalalala, lalalalalaaaa"

Una sonrisa iluminaba su semblante, dormía plácidamente.
_Mami ¿Vez el algodón? Estamos volando en algodones.
_Hijo son nubes, están en el cielo, ellas se mueven, vienen y van mecidas por el viento, siempre te llevarán mensajes de mi parte, nunca lo olvides hijo.
_ ¿Mami puedo comerlas?
_No bebe, aunque son grandes como algodones, no son los dulces que comes de color rosado.
De repente un ruido sordo lo despertó, vio que ya no estaba entre los algodones, ahora veía casas abajo y algo muy grande; era como un cielo de color azul oscuro.
_ Mi mamita me cantaba ¿Dónde se ha ido?
_ Juan Paco, fue solo un sueño, ella no está aquí, tu nueva mamá te está esperando.
_Pero, yo quiero a mi mamita.
_Ya mijo, come estos chocolates, te gustarán y muéstrame ¿Qué pintaste?
El niño le mostró su dibujo: había un caballo, un arco iris, una estrella, el sol y una gallinita.
Perdido en ensoñaciones, recordó vívidamente los juegos y las canciones que aprendió de su mamita.

_ Mi mamita jugaba conmigo, me hacía reír mucho y me enseño a cantar así:

"Los caballitos que van por el aire
Vuelan, vuelan, vuelan, vuelan"
«Juan Paco movía sus bracitos al son de la melodía»

"Las gallinitas que van por el campo
Pican, pican, pican, pican"
«Y movía sus manitos»

"Los pececitos que van por el agua
Nadan, nadan, nadan, nadan"
«Con sus manos formaba el vaivén del agua»

"Juan Paco Pedro de la mar
Es su nombre así,
le dicen al pasar
Juan Paco Pedro de la Mar
Tralalalala, Tralalala, Tralalala"

El niño se asustó al escuchar otra vez el ruido fuerte, el avión aterrizó. Todos los pasajeros se pusieron de pie, tenían prisa por descender del avión, también a él, le soltaron el cinturón.

Al momento de salir sintió mucho calor, nunca lo había sentido y pregunto:

_ ¿Es el infierno?

_No, jajaja ¿Quién te dijo eso? Esta parte del país es muy caliente en esta época del año, vamos apúrate que te esperan.

_ ¿Mi mamita?

No le respondió… la señora lo llevó rápidamente entre los pasajeros, se pusieron en una fila, ella presentó los pasaportes a los agentes de la aduana, todo estaba en regla, luego llegaron a un salón muy iluminado y había mucha gente, Juan Paco miraba a todos lados. Él estaba maravillado en medio de su confundida mente. ¡Todo era nuevo! En eso apareció un señor que se paró frente a ellos, era muy alto, Juan Paco pensó: ¡Parece un oso grande! Aunque el oso tenía una sonrisa en su rostro, el niño se sentía intimidado. Reparó en la mujer que estaba al lado, ahí contuvo el aliento, ella sí que era en verdad un ángel con ojos azules ¡azulísimos! su pelo rubio caía sobre su espalda en risos, era hermosa y le ofrecía una gran sonrisa, estiro su mano acariciando el rostro del niño suavemente, luego extendió sus brazos para atraelo junto a ella.

_ ¡Welcome home baby!

Juan Paco, pensó ¡Siii! Es en verdad un ángel no sabe hablar como yo. Él abría y cerraba sus grandes ojos, no sabía qué hacer y pronto un torrente de lágrimas afloró de sus pupilas. La bella dama lo consoló tiernamente, él casi volvió a sentir los dulces brazos de su madre, este ángel… olía rico.

El señor oso le entregó un balón de futbol americano.
_ ¡Its for you! El niño, no lo quiso.

Juan Paco tiró del brazo de la señora que venía con él en el avión y dijo:
_Otro que no sabe hablar… todos los ángeles de aquí ¿No saben hablar?
Ella les hizo la traducción de sus palabras y todos se soltaron a reír.

_Juan Paco, los miró sorprendido, además son medio tontitos, «recordó la palabra que decía su mamá»
_Juan Paco, estos señores son tus nuevos padres, tu mamá te mandó para que ellos te cuidarán.

_Mamiii. No… yo quiero a mi mamita. Las lágrimas rodaron por sus mejillas. La había olvidado por tantos acontecimientos.
_No hijo, te quedarás un tiempo aquí, estás en Estados Unidos y si te portas bien tal vez algún día verás a tu mamá. Le acarició su cabeza y dando media vuelta se alejó.

El niño, sintió que el ángel lo tomaba de la mano, él tenía hambre y sed, su boca estaba seca. Ellos lo miraban con amor, pronto el oso comprendió y llevándose los dedos a la boca, dijo:
_Are you hungry?

El ángel que miraba algo en un libro también le habló.
_ ¿Comer? Señalaba con la mano igual que su esposo.
_ ¿Sí? Ella movía su cabeza de arriba abajo.
_ ¿Beber? Levantaba su brazo indicándole algo de beber.
_ ¿Sí? Preguntó de nuevo y luego le hizo un gesto al señor oso.
_I am your mother.
_Yo mamá suya. Movía la mano señalándose.
_ ¡Habló como yo! dijo sorprendido Juan Paco.
_He is your father. Seguía el ángel hablando mientras señalaba al señor oso.
_Papá.
_Mom, Dad. Mientras se señalaban uno al otro.
Juan Paco, abrió sus ojos.
_ ¡Que nombres tan raros! Mom y Dad repitió con su tierna voz.

Vio al oso que se alejaba por el pasillo, entrando a un lugar cercano y el niño pensó:
_Los ángeles sí que tienen nombres raros y ¿Por qué hablarán así?
Juan Paco, no sabía qué hacer, miraba a su alrededor todo era limpio y brillante, las luces parecían estrellas, tenía que ser el "cielo lindo" del que su mamita le contaba. También sentía el cálido apretón de la mano del ángel que se llamaba Mom.

De pronto, el señor oso apareció y en sus manos traía un gran cono de helado con galletas y fresas que caían bañadas en almíbar de color rojo, su estómago dio un vuelco y su boca se le aguó, el oso le sonreía y se lo ofrecía. Juan Paco, abrió desmesuradamente la boca y sus ojos, estiró sus manitas diciendo:
_ ¿Es para mí solito?

No tuvieron que insistirle, comenzó a comerlo, no había probado algo así "jamás", estaba devorándolo. Escuchaba risas y palabras que él no entendía.

No vio aparecer a una joven que inició una conversación con mom y dad, mientras lo observaba con afabilidad, veía como el niño desaparecía el helado y se relamía los labios. Y en perfecto español le dijo:

_Bienvenido a Estados Unidos, tus padres dicen que serán buenos contigo, tendrás una vida diferente, aquí, pronto aprenderás el inglés e irás a la escuela, mientras tanto yo te enseñaré, me llamo Blanca, iremos a casa donde te esperan muchas sorpresas, el niño hizo una expresión de miedo y ella le indicó:

_No tengas miedo, todo está bien, estos señores son buenos, te querrán mucho y podrás comer cosas muy ricas.

_ ¿Podré comer más?... Los miraba a todos.

_ Si, muchas cosas ricas, le contestó Blanca.

Juan Paco llegó a un mundo nuevo, vivía con los ángeles que se reían de todo, no se ponían bravos y no lo hacían callar. Tenía juguetes que nunca imaginó tener, una habitación para él solito, una piscina… y un día… encontró la arena, que estaba muy caliente.

_ ¡Huyuyuy! jugó y jugó, el niño se veía feliz.

 Al acercarse al inmenso mar, abrió exorbitantemente sus ojitos.

_ ¿Es agua?

No sabía que algo tan grande se moviera así, el mar jugaba con él y lo tiraba en la arena, Juanito jugueteaba feliz.

_ ¡Es salado, es salado!

Se quedo callado, recordando la sopa caliente que su mamá le hacía, en aquellas tardes frías y lluviosas cuando no podían salir del lugar donde vivían.

_Haré una casita para mi mamita, si jejeje si… se puso a construirla con una sonrisa en su carita, el mar cual niño juguetón con sus olas traviesas se la derribaba.

_ No, no lo hagas es para mí mamita, el niño reprendía al mar.

Pronto amigos imaginarios lo acompañaban, su sonrisa se mantenía en sus labios, inventó juegos, reía a carcajadas, su mamita de ayer está presente en su mente. Él continúa en su vida, todavía no puede valerse por sí mismo. No comprende que le pasó; tiene preguntas sin respuestas y permanecerá en su recuerdo, los lamentos de su madre y las otras mujeres, los sonidos de sirenas, las celdas frías, las noches que escuchó llorar a su mamita. Remembranzas… él recordaría su mamita por siempre. Ella le enseñó el arte de soñar y de cantar.

"Aserrín, aserrán,
los maderos de San Juan
los de Roque piden vino
y los de Juan se los dan.
Aserrín, aserrán,
los de Roque piden queso
y los de Juan se los dan"
en la puerta del zagúan
Riqui, riqui, riqui,trán,
Aserrín, aserrán,
* los maderos de San Juan*
Riqui, riqui, riqui,trán,
Aserrín, aserrán"

El niño tarareaba tonadas mientras jugaba; sus padres adoptivos admiraban profundamente eso y sentían un gran respeto por la mujer que viviendo entre rejas, había iluminado con el canto la vida de su pequeño.

"Papi, papito corazón,
no hay en el mundo un bebé

tan lindo como tú
papi, papito corazón"

Recordaba, que mamita le daba besos en su barriguita, mientras repetía *corazón, corazón, corazón.*

"Papi, papito corazón,
no hay en el mundo un bebé
tan lindo como tuuú.
papi, papito corazón"

El niño era listo, aprendía rápidamente. Sus padres advertían que, de vez en cuando, subía la mirada al cielo esperando los mensajes que su mamita le enviaba.

Él los sabía descifrar, sus padres adoptivos estaban seguros de ello, lo veían embozar una sonrisa y mover su cabecita en señal de aceptación.

¡He Aquí!

A los navegantes de Palabras
de ilusiones y alegrías,
que componen odas
y sueñan con fantásticos relatos
arreglando historias…
dejan sus mentes navegar
por océanos del conocimiento.

Cada uno es un complemento del otro,
cada uno es un mundo a descubrir,
cada uno es el navegante de su ser,
componiendo poemas
hacen sus almas florecer
y en conjunto enaltecen
al Club de Literatura.

Un día un poeta escribió:
"Caminante no hay camino,
se hace camino al andar".
Y lo complemento:
entre novelas y crónicas
verso a verso,
cuento a cuento.

María Cecilia Blanco

Nací el 12 de julio de 1947 en La Habana, Cuba. Estudié Licenciatura en Geografía en la Universidad de la Habana. En 1983 salimos de Cuba para Venezuela, donde vivimos 7 años. Vivo en la ciudad de Miami, Florida, desde 1990.

Desde muy joven escribía versos, pero siempre en broma. Mis amigas me pedían que les hiciera versitos para poner en los regalos. De vez en cuando escribo cosas que me vienen a la mente. A veces son versos con rima, otras prosa poética o pequeños cuentos. Me gustan mucho los acrósticos, aunque son difíciles, los considero un reto...

Gané Mención de Honor en el VII Concurso Internacional de poesía del Club Cultural de Miami "Atenea". La obra premiada es un acróstico: DIGAMONOS ADIOS.

Participo en el Club de Literatura de Francis Argüelles, en donde me han alentado a continuar escribiendo, ahora en serio.

mblanco3@bellsouth.net

Teléfono: 305 829-5429

El Encuentro

6 DE ABRIL DE 1977
CIUDAD DE SANTA CLARA, CUBA

Me encontraba sumamente agotada. Llevaba demasiado tiempo nadando a solas para mantener a flote un amor muerto, pero no pude más. Tenía las extremidades engarrotadas y tuve que dejarlo ir. Lo vi como se hundía, ya insalvable, en las oscuras aguas del olvido. Me sentía vacía, sin fuerzas, solo el consuelo de mis dos hermosas flores, me mantenía viva. Ahora, con el alivio de la carga que no arrastraría más, les podría dedicar mucho más tiempo, todo mi tiempo.

Así estaba yo ensimismada en mis pensamientos, cuando oí una voz que decía:

- ¡Hola ingeniero!, ¿qué hace por aquí? Era el chofer que nos había traído desde La Habana, pasando por Cienfuegos, hasta Santa Clara, a mí y a otra compañera de trabajo.

- Yo, trabajando y tú qué haces.

- Aquí traigo a la Licenciada y a una técnica que trabajan allá en la Empresa.

- Mi nombre es Hugo y trabajo en el Departamento de Acueductos, mucho gusto.-se presentó él.

- Yo soy Cecilia y esta es Migdalia, trabajamos en el Departamento de Aguas Subterráneas, encantadas de conocerte.

- Y, ¿qué hacen en este parque a esta hora?

- No lo vas a creer, no tenemos reservación de hotel, nos han dicho que tenemos que esperar hasta las 10 de la noche, para ver si nos pueden ubicar.

- Pues eso no va a ser problema, si no les dan hotel, yo les doy mi cuarto y duermo en el carro con el chofer. No será la primera vez que lo hago.

- Y tú, ¿qué haces aquí?

- Esperando que abran el restaurante del hotel para ir a comer. Como no tengo apuro, esperaré con UDS. hasta ver qué pasa.

A partir de ese momento nos enfrascamos en una amena conversación donde tocamos todos los temas imaginables. Coincidíamos en los gustos por el cine, la música, el baile, y para colmo él también se encontraba reponiéndose de un naufragio sentimental. Fue como si una burbuja invisible nos hubiera envuelto, no existía nadie más, solo él y yo. Así, aislados de todo y de todos, nos hicimos confidencias de nuestras respectivas situaciones. Y el tiempo voló.

Tres horas más tarde, cruzamos la calle y ya pudimos instalarnos en el hotel. Estábamos llenando los papeles en la recepción, cuando me di vuelta y mi interlocutor había desaparecido. Le dije a mi amiga:

- Ay mi madre, qué pena, este hombre se ha ido y ni siquiera me despedí de él. Mañana le voy a dejar una nota en su hotel para invitarlo a cenar con nosotras.

Esa noche, después de habernos acomodado en la habitación, yo dije:

- Mañana mismo me puedo casar con ese hombre y ser feliz toda mi vida…

Ella me contestó:

-Tú estás loca ¡si lo acabas de conocer!

NO ME EQUIVOQUÉ

Olor A Ti

Otras han disfrutado
Lo que a mí me niegas, por temor a herirnos,
O a herirlos…,
Razón te doy en ello.

Aunque mi único anhelo es ser,

Tuya, que dejes,
Impreso en mi cuerpo, ese…

OLOR A TI.

Fecha desconocida

Para Ti

Hasta que te conocí
Un erial me rodeaba,
Gastaba mí tiempo en nada,
Otra andaba tras de ti.

Buscándote me gastaba,
Lamentando mí sufrir,
Acongojada yo estaba,
Nada me hacía feliz.
Casualmente te encontré, donde menos lo esperaba
Otra fue mi suerte entonces, por siempre ya estoy aquí.

29 de noviembre del 2009

Sencillos Al Amor

El amor se deja ver,
aunque quieras esconderlo,
no creas que puedes querer
y evitar reconocerlo.

Cuando la flecha nos toca
una llama nos enciende;
se nos abrasa la boca,
el cuerpo no se defiende.

Que te arrastre la pasión,
que te consuma el deseo,
no reprimas la emoción
que produce el devaneo.

Pobre de aquel que el complejo
no lo deje disfrutar,
o por sentirse ya viejo,
se prive de hacerse amar.

5 de febrero del 2010

Amor Reversible

Anoche te soñé.
Me envolví de nuevo en la piel que inventé para ti; aquella que despertaba con la caricia de tus dedos, con el roce de tus labios.

Fuegos artificiales de hermosos colores brillaron hasta cegarme cuando te acercaste a mí. Cabalgábamos juntos por espacios infinitos. Y yo lloraba, lloraba de dicha y del placer que solo tú lograbas arrancarme.

Cuando desperté, todavía tenía húmedos los ojos.
Eso me queda de ti. Sólo tu recuerdo y los sueños que todavía llegan de vez en cuando…, a perturbar mi paz.

Quería cerciorarme de que había sido sólo un sueño, de que estaba despierta y habías desaparecido.

Rápidamente puse los pies en el piso, quería estar segura de que a mi lado estaba mi amor verdadero, el que se mejora con los años, el que no necesita de fuegos externos porque tiene luz interior. El que reconoce que te has equivocado y te perdona.

Calladamente palpé el otro lado de la cama y me acerqué al bulto que en la oscuridad no podía distinguir, pero reconocí el ronroneo de su respiración tan familiar. Entonces cerré los ojos de nuevo y pensé con tranquilidad, mi amor está conmigo…

18 de agosto del 2010

Digámonos Adiós

Desátame las inhibiciones.
Intenta llegar a lo más profundo.
Gana mi confianza.
Arrástrame a tus abismos.
Mata mis remordimientos.
Orquesta una melodía inédita.
No me dejes vencerte.
Organiza la estrategia.
Secuestra mis sentimientos.

Aprovecha mi debilidad.
Dime que no lo sientes.
Interésate solo por darme lo que necesito.
Olvídame al momento.
Salúdame de lejos.

22 de agosto del 2010

MENCIÓN DE HONOR VII CONCURSO INTERNACIONAL DE POESÍA
CLUB CULTURAL DE MIAMI "ATENEA"

Diálogo

ÉL: ¿Qué tú crees del amor?
Ella: El amor es la fuerza que mueve la maquinaria del Universo.
Él: ¿Y la pasión?
Ella: Es el combustible que mantiene vivo el amor.
Él: ¿Y la esperanza?
Ella: Es la idea que te ayuda a pasar la noche, con la fe de que mañana será mejor que hoy.
Él: ¿Y el odio?
Ella: A ese no lo conozco.
Él: ¿De dónde vienes?
Ella: Del Pájaro Cósmico.
Él: ¿Y eso dónde queda?
Ella: A 650 millones de años luz, nació del choque de 3 galaxias.
Él: ¡Ya sabía yo que tú no eras de por acá!

1ro de septiembre del 2010

Fantasía

Si yo fuera más joven y no estuviera comprometida:
Te enseñaría a amar.
Te pondría prismas en los ojos, para poner en tu foco flores de colores en vez de paredes grises.
Te haría confiar en los que te rodean, a amarlos, a salir de tu encierro.
Te podría hacer olvidar el pasado que te hiere.
Te cabalgaría hasta dejarte exhausto. Arrancaría de tus labios gemidos nunca antes estrenados.
Te invitaría a cometer pecados que he inventado solo para ti.
Te implantaría en la cara una sonrisa perenne, aquella que solo surge de la felicidad interior.
Si yo fuera más joven y no estuviera comprometida, no tendría nada que enseñarte…

12 de septiembre del 2010

Mala Memoria

Entre los infinitos pliegues de mi memoria,
he buscado inútilmente.
No puedo recordar cómo empezó todo.

Tengo la vaga sensación de que mi cuerpo sufrió un
potente impacto,
de que todos mis sentidos estaban a flor de piel.

Puedo sentir todavía la dulzura de un beso nuevo,
la tibieza de un amor que llega para quedarse.
Todo lo demás ha quedado envuelto en la niebla,
pero siempre, cuando abro los ojos, estás a mi lado.

13 de octubre del 2010

Perdida Sin Ti

Tengo las entrañas revueltas;
mi brújula ha quedado sin rumbo.
Estoy rodeada de niebla…
Ven a buscarme, encuéntrame,

ESTOY PERDIDA SIN TI.

20 de octubre del 2010

Diez Años

Este aniversario es tan tuyo como mío. Tú llegaste a tierras de libertad y yo completé el rompecabezas de mi vida.
Estoy muy feliz, porque lo has hecho todo muy bien.
Cuestioné algunas de tus decisiones, pero salieron bien.
Hoy considero que más que madre e hija somos almas gemelas, a pesar de la distancia que nos separó por tantos años, nos entendemos y complementamos a veces hasta sin palabras.
Gracias por ser como eres.

Te quiere mucho.

Tu mamá.

29 de octubre del 2010

Reflexión En Un Día Gris

A veces me siento como aquella muñeca de trapo, tan querida, descansando su olvido en un cajón del ático.

Otras, soy el reflejo en el agua perdido al menor movimiento, o el del espejo, que sólo permanece allí hasta que me cambio de lugar.

Pero hay un momento en el que me siento totalmente realizada, cuando comparto con mis hijas, sus carcajadas interminables…

11 de noviembre del 2010

Amor A Primera Vista

Sí, te conocí ayer, y sin embargo, ya te amo.

Tu imagen ha quedado en mi retina como grabada con fuego.

Nunca antes había tenido esta sensación tan intensa de amor a primera vista.

Desde el fondo de mi alma puedo asegurarte, que este, es de esos amores que no se extinguen jamás.

Las lágrimas arrasaron mis ojos cuando sentí los latidos de tu corazón.

Conocerte ha sido una experiencia única.

Aquí estaré esperando con ansias tu llegada.

Te quiere mucho,

Tu abuela.

En el primer sonograma de mi hija Patricia.

14 de enero del 2011

Amanecer

Era tarde…Lo supe, porque me despertó un rayo de luz en los ojos que se filtraba entre las cortinas cerradas.
Tomé tu cara entre mis manos, te besé en los ojos y susurré un buenos días en tu boca.
Nuestras piernas permanecían enlazadas y mi cabeza descansaba en tu pecho.
Nos vestía solo el aroma del deseo satisfecho.
Despertaste con un te quiero en los labios.
Era la primera vez…

25 de marzo del 2011

Volver

Volver..., volver es tantas cosas.
Es encontrar todo tal cual lo dejé antes de partir.
No importa el tiempo que haya transcurrido. Allí están.
Quizás deslucidas o deterioradas, pero intactas en mi memoria.

Volver a las aceras que vieron mis rodillas rotas al aprender a montar bicicleta…

Humedecer las lágrimas que el tiempo secó; aquellas derramadas por los amores primerizos, frustrados…
Revivir los primeros besos.

Encontrarme con mi cómplice de travesuras de niña, de sueños de adolescente, de confidencias de mujer. Mi mejor amiga, mi única verdadera amiga, porque se pasa de niña a mujer una sola vez.

Volver a sentarme en el regazo de mi madre, en el viejo sillón de madera donde me acunaba desde pequeña.

Todo eso y mucho más es volver a mi barrio, a mi amada CUBA.

2 de abril del 2011

Un Regalo De Reyes

Cuando yo era una niña, todos los años le pedía a los Reyes Magos una muñeca.

Según fue pasando el tiempo, y como yo las cuidaba muy bien, llegué a ser la niña que más muñecas tenía en mi barrio. Las tenía grandes, chiquiticas, blancas, rubias y negritas. Tuve una hawaiana, una francesa, en fin todo lo que una niña pudiera desear; pero mis predilectos eran los bebés. Los bañaba, entalcaba, los mecía en mi silloncito y los acostaba bien abrigaditos en su cunita.

Siendo ya una mujer tuve una niña de verdad. ¡Cuál no sería mi sorpresa, cuando pocos años después, los Reyes Magos me trajeron otra en este día! Si bien cuidaba yo a mis bebitos cuando era pequeña, mucho mejor cuidaba a mis muñecas de carne y hueso.

Cuando la más chiquita tenía 6 años, hubo una reunión de hadas, y como siempre, había una perversa, que decidió quitarme mis dos muñecas de verdad. Una de las hadas buenas, que no había usado su turno, me concedió que me dieran unas muñecas prestadas y una nueva, hasta que me pudiera reunir con las que me habían quitado.

Recibí muchas recompensas tanto de mi muñeca nueva, como de las prestadas, que a su vez me dieron estrellas de sus vientres.

Pasaron muchos años y se reunieron las hadas de nuevo. Hasta la más malvada estuvo de acuerdo en que ya yo había sufrido demasiado y que era hora de que me devolvieran las muñecas perdidas. Cuando llegaron a mi lado, traían las cabezas revueltas y llenas de espinas. Pensaban que su mamá no las quería, no sabían que un hada mala me las había llevado. Con todo el amor que había acumulado durante los años de ausencia, fui desbrozando las malas ideas, hasta que todo quedó aclarado.

Este año para el Día de los Reyes, la que cumple años, ya no está sola. A ella también le nació una estrella de su vientre que me ha llegado como un premio de consolación después de tantos años de sufrimiento: la pequeña Simone.

El Secreto De Lucía

Mi Universidad se encontraba enclavada en un extenso bosque. Era raro, porque usualmente las ciudades crecen y no dejan espacio para áreas verdes tan extensas. Se podía llegar en todo tipo de transporte; pero yo siempre iba a pie. Disfrutaba todos los días de estas caminatas con el fresco que proporcionaban los hermosos árboles.

El recorrido de ida lo hacía acompañada de Carmen, éramos amigas desde pequeñas. Conformábamos una dupla muy contrastante: ella era delgada, alta, de ojos pequeños un poco achinados, trigueña, de pelo largo negro y rizado. Yo, bajita, gordita, muy blanca y rubia, con ojos azules enormes y el pelo siempre muy cortó. Nuestros caracteres también diferían mucho. Carmen era pragmática e iba al meollo en cualquier tema, yo andaba siempre soñando despierta, entretenida y romántica. Cuando íbamos juntas, nos contábamos los pormenores de nuestro trabajo, de la casa y de los estudios. El camino de retorno lo hacía sola, dejaba volar la imaginación y me entretenía mirando las flores y los pequeños animalitos encontrados al pasar.

De regreso trataba de tomar rutas diferentes, para hacer del recorrido algo singular. Un día mientras caminaba advertí de lejos algo nunca antes visto. Era un árbol mucho más alto en comparación a los demás, con un tronco muy ancho. Pero mi atención fue directa a la envoltura. Estaba rodeado por una escultura extremadamente peculiar. Se trataba de un elefante y un tigre, frente a frente, mirándose de forma amistosa. El elefante llevaba sobre su cabeza a una niña preciosa, sonriente, confiada, con la cabellera volando al viento. La piedra era fría y muy pulida, era suave al tacto. Di la vuelta completa alrededor del árbol y así descubrí las colas de los dos animales entrelazadas. Quedé tan impresionada que miré a mi alrededor buscando dónde apoyarme para poder gozar de aquel panorama. A pocos pasos hallé unos troncos apilados; parecían estar esperando por mí. Allí tomé asiento y fui escrutando cada uno de los muchos detalles de aquellas figuras.

No sé cuánto tiempo permanecí sentada, pero de pronto había oscurecido. En aquel momento noté algo insólito, las figuras emitían un extraño resplandor. Al acercarme de nuevo y tocarlas, sentí humedad en mis dedos. Me abracé a ellas y con sorpresa vi que de los ojos de las tres figuras caían lágrimas. Yo también empecé a llorar, una angustia terrible se apoderó de mí. Salí corriendo y no paré hasta llegar a mi casa. Esa noche no comí, le dije a mamá que no estaba bien. Ya encerrada en el cuarto pensé en todo lo ocurrido, no podía creerlo; pero sí decidí no decirle nada a nadie, ni siquiera a Carmen. Tampoco pude dormir, todavía conservaba aquella tristeza desmedida provocada por la visión de "mi árbol"…

Al día siguiente cuando salí de clases, fui corriendo a sentarme sobre los troncos y de pronto empecé a hablar con el árbol, el elefante, el tigre y la niña. Les conté de mi vida, me presenté a ellos formalmente. Les dije: - Mi nombre es Lucía, estudio cerca de aquí y les prometo venir siempre que pueda.

Así empezaron mis visitas diarias. En la próxima luna llena estaba muy contenta, porque con esa luz podía quedarme hasta más tarde. Me encontraba ensimismada hablando de mis cosas, cuando sentí pasos a mi espalda. Era un hombre delgado pero fuerte, con cabello canoso y unos ojos que parecían traspasarme completamente con la mirada. Me asusté un poco, pero él levantó una mano y me dijo:

__No te asustes Lucía, soy profesor de Física en la universidad. También vengo aquí a menudo y te he escuchado hablar con ellos, por eso sé cómo te llamas. Mi nombre es Héctor.

__ Mucho gusto profesor.

__ Llámame por mi nombre, no soy tu profesor.

__ Gracias.

Aquel hombre inspiraba confianza con su rostro bonachón y la voz suave. Noté algo de melancolía en el tono de hablar.

__ ¿Ud. sabe quién esculpió esas figuras?

__Las hice yo hace años.

__ ¿Y qué quiso decir?

__Los animales son simbólicos. El tigre posee una inteligencia extraordinaria, es habilidoso y tiene poder. Los demás animales lo respetan. Instaura su madriguera donde encuentra suficiente alimento para el año, porque es precavido, piensa en el futuro.

__ ¿Y el elefante?

__El elefante es símbolo de fuerza y de potencia, no sólo física sino también mental y espiritual. En las procesiones es la montura de los reyes, simbolizando así la fuerza de la soberanía.

__ ¿Y quién es esa niña tan bella?

__ Es mi hija, y la coloqué junto a ellos para darle todo lo necesario en la vida. Inteligencia, habilidad, precaución, fuerza y para que fuera digna de una montura de reyes.

Ahora él se veía todavía más triste. Casi se le saltaban las lágrimas en aquellos ojos bellos, pero extraños…

__Vete ya Lucía, es muy tarde, nos vemos mañana- desapareció en la oscuridad.

Regresé a casa casi arrastrando los pies. Después de aquel encuentro había quedado muy conmovida. Esa noche tampoco dormí.

Al amanecer no cabía en mi piel. En cuanto sonó el timbre de salida de clases partí despavorida hacia el encuentro con "mi árbol". Ya Héctor estaba esperando sobre nuestro asiento de troncos.

__Hola Lucía, ¿cómo estás?

__Bien Héctor, ¿y tú?

__Aquí esperándote como todos los días para disfrutar un rato de tu compañía.

El tuteo nos salió de forma natural y cuando me comentó como todos los días, me di cuenta de algo. Desde el principio de mis visitas él había estado presente y había escuchado todas mis conversaciones. Pensando en eso sentí que me sonrojaba. Él sonrió. Por primera vez se había alejado la tristeza de su rostro.

__Cuéntame más de ti Héctor, ya sabes todo acerca de mí. En realidad soy una persona muy común y has oído lo suficiente para dar por terminada mi historia.

__Tu historia está aún por escribir. Eres joven, pero madura y tienes un alma muy sensible. Me casé demasiado pronto con una muchacha aparentemente sencilla y dulce. Enseguida supe que era rencorosa y un poco trastornada. No mantenía ningún trabajo estable, pero yo ganaba suficiente para vivir con holgura.

__ ¿Y por qué no te divorciaste?

__Porque en cuanto nos casamos quedó embarazada y nos nació la niña más hermosa del Universo, la pequeña Cristal. No quería por nada del mundo separarme de ella. Empecé a trabajar en la universidad siendo todavía soltero y me cedieron un pabellón abandonado, el cual había sido en algún tiempo el laboratorio de Física. Lo reconstruí completamente. Hice de un ala del edificio mi vivienda y de la otra el laboratorio para dar las clases; tengo además un pequeño taller donde dibujo.

__Ah, también dibujas.

__Sí, eso es lo que más disfruto. Esta es mi única escultura. ¿Quieres ir a visitar el taller?

__Me encantaría.

__Pues vamos.

Empezamos a caminar adentrándonos cada vez más en el bosque. Vi a lo lejos, en un claro, una construcción de piedra semejante a la del edificio central de la universidad. Tenía en el frente un jardín impecablemente cuidado. Él vio con qué gusto admiraba sus flores, cortó una, me la entregó, y la guardé cuidadosamente dentro de uno de mis libros para conservarla. Continuamos en silencio y entramos directamente a su taller.

Había dibujos con carboncillo, acuarelas, todo clasificado por temas en diferentes mesas. El salón era amplio, entraba la luz por unas ventanas grandísimas. En una esquina había una pequeña cocinita y un refrigerador. En una de las paredes laterales había un arco y del otro lado vi una cama estrecha y otra puerta que supuse conduciría a un baño.

__Entonces, ¿aquí es donde vives?

__Sí y no, esta no es la casa principal, pero paso aquí la mayor parte del tiempo.

__ ¿Y tu hija?

__Esa es otra historia. Al oírte hablar en el bosque, pensé eras la clase de hija que hubiera querido tener, pero no es así. Es como la madre, superficial, interesada, vaga, nada de lo planeado para ella.

__Algo bueno habrá sacado de ti.

__Lo único mío es su sentido del deber para con la mamá. Ella la cuida, porque como te dije antes, la madre siempre fue un poco trastornada y llegó el momento en el que ya no se la puede dejar sola. Vivo enclaustrado en este lugar, ya doy pocas clases y mi único consuelo es caminar por el bosque tanto cuanto puedo. No quiero ponerte triste con esta vida de ermitaño, Lucía. Vete ya, se va a hacer de noche. ¿Puedes encontrar el camino de regreso?

__Sí, no te preocupes. Conozco bien el bosque, aunque nunca había estado tan lejos.

Adelanté unos pasos, noté que él no me seguía, y al darme vuelta no lo vi. Caminé despacio acompañada por la luz de la luna, los ruidos propios de los árboles, de los insectos y sobre todo de mis pensamientos.

Al llegar a casa me asusté mucho, porque encontré a mi madre en el piso. Se había caído hacía pocos minutos y no podía levantarse. Llamé inmediatamente a emergencias y nos fuimos para el hospital. En cuanto la vio el médico, confirmó lo que ya sospechaba, tenía la cadera fracturada y necesitaba cirugía. El ortopédico pidió una serie de exámenes de sangre y programó la operación para la tarde del día siguiente.

Nunca había visto enferma a mamá. Al verla quejarse de dolor me sobrecogí, era como si parte de mi persona no estuviera funcionando. Mi padre murió siendo yo muy pequeña y no teníamos más familia; por eso éramos muy unidas. Llamé a Carmen para decirle lo que pasaba y me dijo: - en cuanto pueda voy para el hospital a acompañarte.

Carmen estuvo conmigo mientras operaban a mi madre. Fueron 4 horas de angustiosa espera. El médico nos comunicó que la operación había salido bien, pero ella había perdido mucha sangre y se encontraba en la sala de cuidados intensivos. Me dejaron entrar a verla, el pequeño cuerpo casi irreconocible, lleno de tubos, sueros, transfusión, etc. Por suerte dormía y no pudo advertir la impresión que me causó su estado.

Permanecimos varios días en el hospital y cuando le dieron el alta, tuve que quedarme en casa. Ella necesitaba atención constante. Gracias a las gestiones de Carmen, no perdí el curso. En el trabajo pedí vacaciones y algún tiempo libre para poder cuidar a mi mamá. Cada noche antes de acostarme, abría el libro donde conservaba la flor y la acariciaba. Al cabo de un mes estaba lo suficientemente fuerte para quedarse sola. Me reintegré a trabajar y a estudiar, pero no podía escaparme hacia el bosque, adonde tanto deseaba regresar.

Dos meses después falté un día a clases y corrí hacia mi refugio. Caminé, o más bien volé hasta llegar a mi árbol, pero algo había pasado, la escultura no estaba allí. Los troncos donde tantas veces me había sentado, estaban convertidos en un pequeño montón de astillas. Decidí dirigirme hasta la casa del profesor. Ya desde lejos noté un cambio drástico, el hermoso jardín era un monte de malezas, las piedras del pabellón estaban ennegrecidas, las ventanas eran como las órbitas ciegas de un cráneo, no había cristales, ni mesas, era un lugar totalmente abandonado. No entendía lo que estaba pasando. Caí sentada en el piso y lloré mientras me quedaron lágrimas. Necesitaba una aclaración a tanta locura. ¿Me lo había imaginado todo? ¿Estaba delirando?

Al día siguiente todavía estaba muy confundida y le pedí a Carmen que me acompañara hasta la Facultad de Física. Necesitaba averiguar todo lo que pudiera y tener un testigo. Accedió a ir conmigo y respetó mi decisión de permanecer en silencio. Le pregunté a varios estudiantes si conocían a un profesor llamado Héctor, nunca nos dijimos nuestros apellidos. Uno de los estudiantes me sugirió que fuera a la biblioteca y consultara con el profesor Andrés Pérez, un señor que trabajaba allí, porque él llevaba muchos años en la facultad y conocía a todo el mundo. Nos vimos frente a un señor muy anciano, de lentes gruesos, el cual nos recibió con mucha dulzura. Le expliqué que estaba averiguando por un profesor llamado Héctor, pero no sabía el apellido. Él se quedó un rato pensativo y me dijo así:

__Héctor Acosta fue profesor mío cuando entré a la facultad hace más de 50 años. Era la mejor persona del mundo. Sembró en mí el deseo de llegar siempre hasta el final de las cosas. Gracias a él, todavía hoy me encuentro aquí. Hace mucho estoy retirado, pero sigo en la biblioteca como voluntario, porque si abandono este lugar voy a morir. Este recinto es mi vida. Él tuvo una existencia muy desgraciada y un final trágico. Era más que un profesor un amigo para todos sus estudiantes. Pasaba muchas horas aquí en la biblioteca preparando sus clases y la mayoría de las veces dibujando. Estaba casado con una mujer desequilibrada y tenía una hija preciosa, pero inútil, lo único que hizo con su tiempo fue perderlo. Estaba a cargo de la madre y ni siquiera en eso cumplió. Habitaban en una dependencia de la universidad donde estaba el laboratorio, la casa y un pequeño taller dónde él pintaba y pasaba casi todo sus ratos libres. Una noche la joven se descuidó y la señora le prendió fuego al lugar. Empezó por el laboratorio, en dónde las llamas se propagaron con mucha rapidez. No pudieron salvarse, los tres murieron. No quedó nada de aquel refugio que él había construido. Guardo como un tesoro muy especial el último de sus dibujos.

Se dirigió con paso lento hacia una mesa y tomó una carpeta, esta tenía adentro una cartulina amarilla por el paso del tiempo.

Y allí estaba mi árbol, rodeado por aquellas tres figuras que tanto había llegado a querer. Sentí perdidas todas mis fuerzas y tuve que sentarme. Tomé el dibujo entre mis manos y lloré desconsoladamente. Tanto Carmen como el profesor no salían de su asombro, no entendían a qué se debía el impacto que aquella hoja maltratada había producido en mí. Ambos se apartaron y pude desahogarme.

Cuando estuve más calmada se acercaron a mí y me preguntaron cuál era el motivo de tanta angustia. Había quedado sin palabras, ¿cómo podía explicarles lo que me pasaba? Al final les dije:

__Hace un tiempo tuve un sueño extraño. Un hombre, que dijo llamarse Héctor y ser profesor de Física, me mostró en un bosque la figura de este árbol con esta escultura. Parecía algo muy real y quise averiguar si esa persona había existido de verdad. Ahora quedó demostrado.

Carmen y el Sr. Pérez quedaron atónitos. ¿Quién podía interpretar lo que acababa de decirles?

__En realidad creo que no fue un sueño, fue una revelación-dijo Carmen.

El profesor, después de una larga pausa, se quitó los lentes y nos dijo:

__He sido físico por muchísimos años, pero soy más viejo que profesor. No a todo en la vida se le puede encontrar lógica ni se puede resolver con una ecuación. Hay misterios que todavía no han podido develarse- al decir esto se alejó cansadamente. Lo que no les dije y todavía conservo dentro de mi libro, es la flor que cortó para mí, de su hermoso jardín, el profesor Héctor.

24 de febrero del 2012

Calladamente

¡Cuántos silencios en mi alma guardados!
¡Cuántos te quiero no me atreví a decir!
Con nudos de arena los tengo amarrados,
si miro tus ojos se quieren salir…

Debo ser fuerte, mantenerme firme,
no dejaré escapar ni un rayo de luz,
con mi secreto a oscuras debo irme,
llevando tu ausencia, arrastrando mi cruz.

10 de marzo del 2012

Hugo H. Blanco

Hugo H. Blanco, cubano, retirado y residente en Miami, Florida. Publiqué en el año 2010, mi primera novela: "VIVENCIAS". En los próximos meses saldrá la siguiente novela: "UN PADRE ES MUCHOS PADRES".

En esta Antología, aparecen dos cuentos que forman parte de mi libro, "COSAS DE LA VIDA"

Participo en el Club de Literatura que dirige Francisca Argüelles y en el "Club Cultural de Miami Atenea" dirigido por Orestes Pérez.

Participé en la antología "Un Horizonte Literario"2010 del Club de Literatura.

mblanco3@bellsouth.net

Teléfono: 305 829-5429

Dedicatoria

A mis hijos

Yo Soy Yo Y Las Circunstancias

El ruido de la alarma del reloj lo hizo despertar; dejó caer su brazo derecho para callar tan desagradable sonido. De esa manera comenzaba para él un nuevo día de trabajo. Proustiano, que así se llamaba el hombre, presentaba una apariencia nada agradable: de baja estatura y regordete, a tal extremo que visto de perfil hacia recordar la silueta de Alfred Hitchcock que aparecía en cada una de sus películas; esta se caracterizaba por hacer que el mentón, la papada y el abdomen formaran una perfecta parábola. Por si esto fuera poco, padecía de calvicie y su piel y sudoración lo hacían parecer algo grasiento. Como para confabularse con su cuerpo, el vestuario y la limpieza corporal también dejaban mucho que desear.

Su limitada educación y su cociente de inteligencia, no eran precisamente su mejor faceta. De manera que en el orden intelectual también dejaba que desear. Dadas estas características no tenía uno que ser demasiado avispado para imaginar que era muy pobre. Con las limitaciones ya mencionadas, lo único que había conseguido como forma de ganarse la vida era ser conserje en un edificio de gente adinerada. Este trabajo tenía la ventaja de que le ofrecían vivienda, gastos de electricidad, agua, teléfono y además un salario. Como pago debía trabajar incansables horas de lunes a sábado, soportar el menosprecio por parte de algunos de los que allí vivían, y a veces ser molestado a altas horas de la noche por cualquier cosa que se le ocurriera a alguno de los inquilinos. Llevaba 16 años haciendo aquel mismo estúpido trabajo día tras día, sin una esperanza de mejorar. La naturaleza es tan sabía que a los seres humanos que tienen que realizar este tipo de actividad, les impide tener conciencia de la situación en que se encuentran, porque de lo contrario su vida sería un verdadero infierno.

Después de prepararse un café y beberlo, recogió los instrumentos de trabajo, vio que eran las 6:15 de la mañana y se dispuso a comenzar el día .Su primera tarea era ir a limpiar el ascensor privado de los que allí vivían, de modo que no tuvieran razón para echarle a perder el día desde muy temprano. Comenzó limpiando las paredes del ascensor y de pronto la puerta se cerró para acudir a una llamada. Un gesto instintivo descubrió que no le agradaba lo que venía a continuación: Como en muchas ocasiones, seguro que provenía del pent-house donde vivía un hombre de unos 35 años, que venía siendo la antítesis de Robustiano: era bien parecido, médico, vestía elegantemente y gozaba de mucha aceptación entre las mujeres. Sin lugar a dudas, la vida le sonreía.

Se abrió la puerta en el pent-house y apareció el individuo en cuestión.

__Buenos días señor Cisneros -dijo Robustiano y como de costumbre, recibió el silencio por respuesta.

Por eso lo detestaba. Aquel arrogante se creía el dueño del mundo y miraba por encima del hombro a los que estaban por debajo de él en la escala social. Robustiano interrumpió su trabajo y se hizo a un lado en el ascensor. Cada vez que esto sucedía, quería que se lo tragara la tierra. Le daba la espalda y a duras penas se atrevía a respirar, para no molestar al "señor".

De pronto se fue la corriente y el ascensor se detuvo, quedando los dos encerrado en una absoluta oscuridad. El silencio era cortante; Robustiano se quedó petrificado al ver que su momento de agonía se iba a dilatar más de lo debido. Cisneros, por su parte también enmudeció, porque no estaba dispuesto a intercambiar palabras con "aquel ser". Así transcurrieron algunos minutos que parecieron siglos para ambos. Por fin Cisneros rompió el silencio y dijo con voz imperativa:

__ ¿Qué diablos pasa? ¿Acaso Ud. no puede resolver esto? Yo tengo una reunión muy importante a primera hora en la mañana y necesito salir de aquí cuanto antes.-El conserje no sabía qué responder.

__ ¿Es usted mudo?- continuó el otro de forma descompuesta. Todas estas preguntas las había hecho en una fracción de segundo, de manera tan atropellada que ni siquiera le había dado tiempo a Robustiano para hilvanar una respuesta.

__Disculpe señor pero parece que se ha ido la corriente y no nos queda otra cosa que esperar.- respondió el conserje de manera casi imperceptible.

__ ¿Usted cree que no tengo ojos? Eso ya lo sé; Dios mío que inutilidad.-gritó Cisneros.

El silencio se volvió a hacer dueño de la escena. Robustiano, aterrorizado se puso a rezar pidiéndole al Señor que lo sacara de aquella situación.

__ ¿Qué esta susurrando ahí?-preguntó el inquilino.

__Nada señor.

__Maldición, hay un calor infernal en este lugar- El hombre se zafó el nudo de la corbata y se quitó el saco. Robustiano ni se movía. A continuación Cisneros empezó a dar golpes en la puerta del ascensor y a proferir gritos clamando por ayuda.

__Soy el doctor Cisneros, el dueño del pent-house, estoy encerrado en el ascensor. ¿Alguien me escucha? Necesito salir de aquí cuanto antes.- Su solicitud no tuvo respuesta. Al verse impotente se puso histérico y la emprendió con su compañero de infortunio.

__ ¿Por qué no se hace útil y aunque sea grita y golpea la puerta? Robustiano no se atrevía a responder, porque sabía por experiencia que cualquier cosa que dijera, solo iba a desatar su ira. Se preguntaba qué hacer, callar o hablar y pecar; se decidió por esto último.

__Señor, por mi experiencia sé que a esta hora nadie lo va a escuchar; la persona que sale después que Ud., no lo hace hasta la próxima media hora.-dijo él, esperando lo peor.

__Y si lo sabe ¿por qué no lo dijo antes?, ¿por qué me tiene gritando, como un estúpido?

__Perdone señor pero Ud. lo hizo sin preguntarme.

__Ya, basta de tonterías; bastante tengo con estar encerrado aquí para encima tener que oír sus insensateces.

De nuevo se hizo el silencio, silencio largo e insoportable.

__Coño, ¿por qué me pasa esto a mi?- gritó el doctor en forma sumamente descompuesta. -No, no puedo ponerme así, tengo que controlarme; esto va a pasar. Necesito tomar control de la situación. Gerardo concéntrate -pensaba en voz alta-. Ya sé, debo llamar a Elizabeth para que se comunique con el servicio de emergencias.

Comenzó a tantear en su maletín que estaba en el piso, en busca de su teléfono celular. Al fin lo encontró y con la luz del mismo pudo hacer la llamada.

__Elizabeth, soy yo-. Una voz soñolienta respondió del otro lado de la línea.

__ ¿Quién me habla?

__ ¿Quién diablos puede ser si no yo?-contestó Cisneros frenético.-Te estoy llamando porque estoy encerrado en el ascensor de mi edificio y necesito que llames a los bomberos para que vengan a sacarme cuanto antes- dijo muy enfáticamente.

__Y ¿por qué no ha llamado mejor al conserje?

__ No te me hagas la sesuda ahora; si no lo he llamado es porque el muy condenado esta aquí encerrado conmigo-vociferó.

__Está bien, voy a ver qué puedo hacer-dijo ella.

__Voy a ver no, más vale que hagas algo y cuanto antes mejor.- desconectó la llamada no sin antes decir varias maldiciones. Otra ronda de silencio se estableció.

__Tengo calor, no hay luz; esto es un infierno. ¿Por qué no hay luces de emergencia en este ascensor?- Silencio por respuesta.

__ ¿Es que acaso tampoco oye?

__ ¿Habla conmigo señor? preguntó Robustiano atemorizado.

__No, seguramente estoy hablando con las paredes.

A pesar de no ser ágil de mente, el conserje pensó que eso era lo que el dueño del pent-house había estado haciendo hasta ahora: hablando consigo mismo.

__Señor varias veces he hablado en las reuniones de la asociación sobre esto y me han dicho que la instalación es muy costosa.

__Quiero que una vez que salgamos de aquí, le comunique a la dirección de la asociación que yo, el doctor Cisneros, el dueño del pent-house, exijo que se pongan luces de emergencia, cuanto antes.

__Así lo haré señor-. Una larga pausa, demasiado larga para los dos.

__Tengo que llamar a alguien, "hablar con un ser humano"; no soporto este encierro, me falta el aire.- no paraba de hablar-. ¿Puede Ud. hacer algo? ¡Necesito, aire coño!

De pronto Cisneros oyó que Robustiano buscaba algo; después oyó un sonido y se encendió una linterna. Cada uno reaccionó pero por diferentes razones: Cisneros, porque fue tomado por sorpresa por la luz que lo enfocaba y Robustiano porque quedó muy impresionado al ver al otro. Ese no era el hombre que estaba acostumbrado a ver, elegante, dueño de sí mismo. Aquello parecía una caricatura de aquel ser: el hombre estaba tirado en el piso hecho un ovillo. Su rostro, sudoroso mostraba a un ser aterrorizado. Al verse expuesto, Cisneros instintivamente, se cubrió la cara con las manos porque no quería que el otro lo viera en ese estado de indefensión. Robustiano no pudo menos que sentir lástima por él.

__Quíteme esa luz de la cara. Si tenía una linterna, ¿por qué no la encendió antes?- reclamó indignado-.

__Señor, porque anteriormente dijo que no quería oír mis insensateces.

__Bueno, basta de excusas.- Estaba acostumbrado a decir siempre la última palabra, pero esta vez lo hacía sin un gesto de soberbia; lo hacía dándole la espalda. Ahora era él quien trataba de pasar inadvertido, y no el otro. Los papeles se habían intercambiado. Por primera vez en doce largos años, el conserje estaba a cargo de la situación, pero no abusó de su instantáneo poder. Sin mediar palabra, Robustiano agarró la escoba y con ella levantó una pequeña compuerta que había en el techo. Cisneros lo miró asombrado y preguntó:

__ ¿Para qué hace eso?

__ Señor lo hago porque usted se queja de que le falta el aire.

__No es que me este quejando, es que en realidad falta. Deme la linterna-. Alargó la mano y la cogió; así ya el otro no podía verlo en el estado en que se encontraba. Enfocó el hueco en el techo del ascensor y le dijo al conserje:-¿Por qué no sale a través de ese hueco y acaba de sacarme de aquí?

__Señor yo no puedo pasar por ese pequeño agujero-dijo Robustiano, mientras con una mano trataba de escapar del rayo de luz con que Cisneros lo hostigaba.

__Yo creo que puedo pasar, pero no me hace gracia la altura.

Las circunstancias habían cambiado, pero no por ello Cisneros se sentía mejor; antes la oscuridad le permitió ocultar cuan histérico estaba, pero a la vez le molestaba la falta de luz; ahora tenía luz, pero se sentía como desnudo; no quería que el dichoso conserje lo viera en un momento de debilidad. Era médico y siempre se había mostrado dueño de todas las situaciones que enfrentaba. No permitía que nadie cuestionara lo que decía; su temperamento y su profesión se habían aunado para dar un ser sumamente arrogante, altanero, prepotente. Cisneros buscó el teléfono y lo encontró en el piso. Trato de hacer una llamada y vio que no tenía señal.

__Parece que hoy todo está destinado a salir mal-refunfuñó, a la vez que daba un golpe con el puño cerrado en la puerta del ascensor.

Robustiano no se atrevió a hablar; se hizo quizás el más largo de todos los paréntesis. El conserje lo miró de soslayo. El señor no paraba de moverse y comenzó a hacer una serie de tics nerviosos: movía el cuello a ambos lados, levantaba compulsivamente el hombro izquierdo y se pasaba el dedo índice y el pulgar por el exterior de la nariz. Al conserje le pareció que aquello era una marioneta colgada por hilos y obligada a moverse constantemente. Temblaban tanto sus manos que la linterna se le cayó y el rayo de luz desapareció.

__Maldición, ¿qué he hecho? -exclamó con un tono de lamento.

Por primera vez, aquel individuo se cuestionaba y se hacía responsable de algo mal hecho.

__No se preocupe señor, yo la busco -contestó Robustiano y se puso de rodillas para tratar de encontrar la linterna; en ocasiones chocaba con las piernas de Cisneros y este se escurría inmediatamente.

__ Ya la tengo señor, pero las baterías se han salido de lugar; creo que son cuatro y voy a tratar de encontrarlas- argumentó el conserje.

Pasó un largo rato mientras el pobre hombre seguía buscando las baterías. Al fin pudo hallar tres de ellas y se lo comunicó "al doctor Cisneros, el del pent-house". Como siempre mencionaba su condición de dueño del apartamento más lujoso del edificio, quizás más de uno llegó a pensar que "dueño del pent-house" era su segundo apellido.

__Con eso no resolvemos nada-.Trato así una vez más, de derivar la responsabilidad en el otro. Su actitud resultaba incoherente; tan pronto se culpaba, como al minuto siguiente se desentendía de la situación. Era ni más ni menos que la lucha interna entre el eterno arrogante y el pobre diablo aterrorizado. El médico con su conducta, hacía más que válido el famoso pensamiento de Ortega y Gasset que dice: "yo soy yo y las circunstancias".

__Esto demora demasiado para mi gusto- dijo Cisneros a la vez que se sentía un fuerte golpe. Inmediatamente Robustiano sintió que lo habían pateado.

__Ay, -exclamó el conserje adolorido.

Su reacción inmediata, no fue la de quejarse y lamentarse por su dolor, sino preocuparse por lo que le había pasado al otro.

__ ¿Le pasó algo señor? -.Toda profesión deja una secuela en el que la ejerce y la labor de conserje no era una excepción. Eso es lo que se conoce como enfermedad profesional. Como consecuencia de ello, él estaba exento de la más mínima autoestima. Había sido sicológicamente estructurado para achacarse la responsabilidad de cuanto estropicio sucediera. Era de antemano, "culpable hasta que se demostrara lo contrario".

__No es nada, es que estoy cansado de estar aquí-replicó "el señor". Tras una pausa, Cisneros, quizás en busca de conmiseración, rompió el silencio con una confesión-. Padezco de claustrofobia.

__Claustrofobia, ¿qué es eso?-preguntó Robustiano alarmado.

__ Es temor al encierro -dijo Cisneros-.

__ Ah -exclamó el conserje con cierto alivio-. Yo creí que eso es una enfermedad venérea.

Cisneros no pudo menos que pensar que aquel hombre era un analfabeto, pero comprobó que sentía cierto alivio cuando hablaba, porque mientras lo hacía, mantenía su mente ocupada y no lo dejaba pensar.

__Como si fuera poco tengo otras fobias, como son el miedo a la oscuridad y el miedo a la altura. -Continuó el hombre que en ese momento estaba poseído por un ataque de franqueza.

__ ¿Y todas esas cosas se llaman fobias?-.Inquirió el conserje.

__Sí.

__Yo no sabía que tenían nombres. Por cierto yo tenía una de ellas.

__ ¿Cuál? -preguntó Cisneros que no quería por nada del mundo cortar la conversación

__Esa de la altura -dijo el conserje-. En cierta ocasión, yo estaba sin trabajo y la única posición que pude encontrar, era trabajando con una pequeña empresa que se dedicaba al cuidado de la jardinería de las áreas públicas de la ciudad. Cuando hablé con el dueño de la empresa, dijo que tenía que subir escaleras para limpiar árboles y yo le confesé que le tenía miedo a la altura; que tenía miedo a marearme y caerme.

__ ¿Y qué pasó?-.preguntó el "señor".

__El hombre me preguntó si estaba muy necesitado de dinero y le dije que sí y entonces me comento que él venía del campo y en su pueblo había un dicho que decía:"la necesidad hace parir hijos machos"; que cuando se tiene hambre uno no puede darse el lujo de ponerse limitaciones; que esas cosas, eran propias de los que tienen la barriga llena; que esa era una de las pocas ventajas que tenía la pobreza.

__Quizás sea cierto; no lo voy a negar, porque nunca me he visto en la pobreza, pero no creo que eso sea algo tan simple- dijo el doctor.

__Él se lo creía y me dijo que la mayoría de la gente adinerada padecía de depresión, porque al tener todas sus necesidades satisfechas, no tenían que preocuparse y entonces se ponían a pensar. Que pensar es un lujo que los pobres no se pueden dar. Y para ratificar lo que decía me contó que en una ocasión estaba haciendo un trabajo en una casa, y al final lo hizo algo distinto a como le había dicho el que lo contrató. Cuando el hombre vio aquello le preguntó colérico por qué lo había hecho. Algo intimidado le dije que yo pensaba que así se vería mejor y entonces él, enardecido me gritó en plena cara: "yo a usted no le pago para que piense, sino para que ejecute lo que le digo. Aquí para pensar estoy yo. Queda despedido".

__ ¿Qué hizo usted entonces?

__ ¡Qué voy a hacer doctor! Cinco minutos después estaba en lo más alto de una palma. Es mejor morir de miedo que morir de hambre-. Mientras hablaba, el conserje seguía buscando la batería que faltaba y al fin la encontró pero no le dijo nada al otro por temor a no poder hacer funcionar la linterna. Poco después, la linterna encendió y se hizo la luz.

__Señor ya tiene una fobia menos- dijo Robustiano, con el objetivo de animar al famoso inquilino. Cuando lo enfocó se percató de que el hombre respiraba agitadamente.

__ ¿Se siente mal señor?

__Algo-respondió el hombre.- Parece mentira que un incidente como este me ponga así; soy un desastre- confesó.

__No señor, usted no es un desastre. No tiene la culpa de tener esas "enfermedades"; es más, Ud. es un hombre exitoso porque es rico, tiene una profesión y la vida le sonríe. Desastre soy yo que ni siquiera he sido capaz de tener una familia.

__No diga eso- respondió Cisneros más por reciprocidad que por convicción-. Por cierto, ¿cómo Ud. se llama?-Llevaba 12 años viviendo en aquel lugar y jamás se había interesado en saber su nombre.

__Robustiano- respondió el conserje agradecido por el interés que había mostrado "el señor" en intimar con él.-No sé si lo molesto con mi conversación; si lo he hecho es porque quiero que se mantenga entretenido; lo último que deseo es que se vaya a desmayar y le pase algo peor.

__Gracias Robustiano-respondió el hombre y en un acto inconcebible le extendió la mano. El conserje estaba totalmente confundido; aquel gesto lo había sacado de paso, pero con cierto temor le extendió la suya también

Mirándolo bien, aquella situación tenía su lado bueno-pensaba Robustiano-, porque gracias a ese incidente él y aquel hombre al fin se habían llegado a conocer.

Cada uno estaba absorto en sus pensamientos, cuando oyeron unos golpes y una voz que preguntaba si había alguien encerrado. A Cisneros el rostro se le ilumino y respondió:

__Soy yo, el doctor Cisneros, el dueño del pent-house y estoy aquí encerrado con el conserje-. El individuo le respondió que llamaría a la línea de emergencia inmediatamente.

__Menos mal que al fin alguien va a salir en nuestro rescate.-Dijo el médico aliviado.

__ ¿Quiere que le confiese algo doctor?- preguntó el conserje.

__Dígame.

__Se lo digo ahora, porque ya estamos próximos a salir, la realidad es que yo también le tengo miedo al encierro, pero por ironías de la vida he tenido que aprender a vivir con él; no es la primera vez que me quedo encerrado en este ascensor. Es tanto el miedo que a veces tengo que ir a algún piso y lo hago por las escaleras. Solo lo tomo cuando lo tengo que limpiar. Como decía mi antiguo jefe, "los pobres tenemos que convivir con nuestros miedos".

De nuevo se volvieron a escuchar gritos; cada vez eran más los que se acercaban al ascensor; y por lo que pudieron escuchar, había personas en la planta baja queriendo subir y personas en otros pisos, queriendo bajar. De pronto se hizo la luz y el ascensor se puso en movimiento. Como un resorte, Cisneros se levantó, se limpió de polvo el trasero del pantalón, se puso la camisa por dentro, se arregló el nudo de la corbata, se alisó el cabello y se puso el saco; todo esto lo hizo en un santiamén. De nuevo se ponía su disfraz y asumía su erguida postura.

Por fin el ascensor llegó a la planta baja y la puerta se abrió.

__ ¿Doctor Cisneros, cómo lo ha pasado?-preguntó uno de los que esperaba. El doctor esbozó una sonrisa y se dispuso a responder.

__Oh, no ha sido nada, solo un pequeño percance, pero hice las llamadas pertinentes para resolver el problema-levantó la cabeza y después contestó otra pregunta sobre cómo había manejado la situación-. Por suerte he aprendido ciertas técnicas para manejo de situaciones de crisis. Gracias a eso se me hizo más llevadera la estadía allá adentro-.dijo con arrogancia, irguió la cabeza y se dispuso a partir.

En tanto esto ocurría, Robustiano contemplaba la escena desconcertado; instintivamente, apretó con una mano el botón de parada, y con la otra, cogió un trapo y se puso a limpiar las paredes. Casi con la misma rapidez con que el doctor había vuelto a su mundo, él había vuelto al suyo y pensó que no tenía tiempo que perder porque la tarea del día se le había retrasado con el incidente.

Las personas entraban en el ascensor y Robustiano ceremoniosamente, les preguntaba a qué piso se dirigían para marcarlo. Uno de los que subió comentó:

__ ¡No cabe duda que el doctor Cisneros es un personaje!- dijo admirado y todos asintieron. "Decididamente lo es", pensó Robustiano y bajó la cabeza como acostumbraba a hacer.

Timidez

La vida, quizás por tener nombre de mujer, es veleidosa como esta. La vida me ha jugado una mala pasada hoy. Me explico: desde el mismo día de mi concepción y según algunos espermatozoides que fueron testigos del hecho y contaron a condición de anonimato, sucedió algo muy extraño. Como de costumbre, en esa ocasión al darse la voz de partida los mencionados espermatozoides fueron raudos en pos del ansiado óvulo. Cuando ya todos jadeantes, trataban de penetrar, se dio una orden no se sabe por quién, mediante la cual esta vez se le iba a dar prioridad al más rezagado de ellos. Los demás, bufando, abrieron paso y aquel pobre bichito se movió tímidamente hacia el umbral, pero no arremetió como correspondía. El óvulo femenino consideró que quizás no le resultaba apetecible y aquello hirió su amor propio. Ante esa situación, tomó la iniciativa y succionó al pobre diablo cerrándose así la triste historia de cómo fui concebido.

Todo parece indicar que aquel hecho marcó mi existencia porque aquella inhibición de mi progenitor la arrastré para siempre. Durante el embarazo de mi madre, no di guerra. Cuando llegó el tiempo de salir, yo me encontraba solo, a mis anchas en aquel medio acuático. Aquello hizo que se retrasara el parto hasta que mi madre cumplió 10 meses de embarazo. Un día, sin más ni más, surgieron unas convulsiones que me hacían mover de un lado para otro. En ese momento vi algo que no había visto nunca: una claridad. Al fin salí y me vi rodeado de unas cosas muy grandes que se movían y emitían ruidos. Todos estaban concentrados en mí. Ser el centro de atención me hizo sentir muy mal porque venía genéticamente estructurado para calificar como muy tímido. Me propuse entonces que haría lo indecible por impedir que esta situación tan embarazosa se volviera a repetir jamás.

Pasar inadvertido fue mi primera prioridad. En mi infancia fui un niño escuálido sin grandes rasgos físicos o intelectuales. Vestía con discreción a tal extremo que toda mi ropa era gris claro. No hacía nada extravagante. Nunca me presté a participar de cualquier clase de competencia, porque lo último que quería era tener que pararme ante todos. Estudié contabilidad y gasté tres décadas sentado en un buró que estaba en el más apartado rincón de una oficina, transfiriendo números al libro mayor. Me casé a edad tardía, a instancias de una mujer que era una persona tan anodina como yo. Mis espermatozoides, para ser coherentes con el portador, no eran capaces de fertilizar y no tuve hijos.

Volviendo al inicio del relato, la dichosa y veleidosa vida me vuelve a jugar una mala pasada y por segunda vez en mi existencia me convierte en el foco de atención. No sé por qué siempre tuve el presentimiento de que algo así me iba a suceder. El caso es que todos me miran y hablan de mí. Dios mío que situación tan desagradable. Lo peor del caso es que no tengo opción alguna porque estoy nada más y nada menos que en mi funeral.

José Caballero Blanco

Nació en Cuba y Reside en los Estados Unidos, es ganador de dos menciones en los concursos Lincoln-Martí de poesía «2009 y 2010».

Mención de Honor en el Primer Concurso Latinoamericano Virtual de Poesía de la Editorial Virtual D'har Services «2011»

Ha publicado un libro de poesías "Aprendiz de Poeta" y sus memorias de los campos de trabajos forzados, en su natal Cuba. UMAP. Una Muerte a Plazos, el cual se encuentra en su segunda edición y saldrá próximamente en www.amazon.com y www.dharservices.com

Tiene incorporados poemas en dos libros de antologías en España. "Lluvia de Recuerdos" en la antología "Eclipse de Luna" y "Adicción" en la antología "Cálida Esperanza" de la editorial Rincón Poético. También participó en la antología "Un Horizonte Literario"2010 del Club de Literatura.

Actualmente está en edición su tercer libro titulado "Preciosa" donde el autor plasma su amor por los animales y narra la vida de Preciosa. Próximamente en Amazon y D'har Services.

Aunque desde su juventud los poemas fueron refugio de situaciones difíciles en su vida, es en Miami donde decide publicar sus obras, además participa activamente con la revista Mujer, donde ha publicado cuentos cortos, artículos y poemas. Cuenta con una columna fija en la revista.

Después de tener situaciones difíciles de salud, manifiesta que "Escribir es su terapia" haciendo versos es como aprovecha la extensión de su licencia para vivir dada por Dios.

J_caball@bellsouth.net

Dedicatoria

Escribir ha sido, la oportunidad que me ha regalado Dios, para vencer mis limitaciones, a través del maravilloso mundo de la creación literaria.

¿Está El Doctor?

__ ¿Está el Doctor?

Preguntó el hombre mayor, con cara demacrada y mal aspecto, a la empleada que atendía la oficina del consultorio médico.

¿Cuál de ellos? Respondió también con una pregunta, la joven mujer. Aquí trabajan varios médicos. Depende con quien tiene usted consulta.

__Vengo a ver a un tal Dr. John Albert. Psiquiatra.

__Si, el Dr. ya llegó hace rato y está consultando. El es muy puntual. ¿Pudiera decirme su nombre, para confirmar su cita?

__Mi nombre es Oscar Madero. Mi cita es para las dos de la tarde, me sospecho que no tendré que esperar mucho.

__Exacto señor Madero, Como le dije el doctor es muy puntual y trata de atender a todos a tiempo.

Esbozando una sonrisa la empleada voz dulce, continuó:

__Pero no olvide que a todas las personas que entran por esa puerta les cambia el nombre. Ahora su nombre es: Paciente. Por eso, para que el médico le pueda dar un servicio adecuado debe tener paciencia. Si es primera vez que viene, le ruego llene esta planilla con todos sus datos y después me los entrega junto a la tarjeta del seguro. Le dijo mientras extendía una tablilla con una pluma atada a ella y señalaba un asiento desocupado en una esquina de la sala de espera.

Pasado un rato y transcurrido los trámites reglamentarios, la empleada, con actitud muchas veces ensayada, abrió la puerta de acceso a un largo pasillo lleno de cubículos llamando: Señor Maderos, por favor puede acompañarme. Franqueó la entrada, guiando al hombre hasta un consultorio vacio, el cual cerró tras él, no sin antes colocar el portafolio perteneciente al paciente en un soporte plástico frente a la puerta.

No tuvo que esperar mucho, transcurridos unos minutos entro un hombre con una bata blanca, trayendo en sus manos la información del paciente y con gesto agradable le tendió la mano presentándose.

__Señor Madero, soy el Doctor Albert. ¿En qué puedo servirle?

Era el Dr. Albert un profesional quien desde la primera vez que lo vemos derrumba barreras y se gana nuestra confianza a pesar de ser joven. Impecable en su vestir y de cara afable, su mirada rompía el frío que siempre existe entre médico y paciente. Sus ojos azules daban la misma impresión de tranquilidad que sentimos cuando miramos el mar.

Madero comenzó diciendo:

__Dr. tiene que ayudarme, no puedo más. Sus manos no se estaban quietas, mientras se movía en el asiento, pareciendo que en lugar de tela tuviera espinas el fondo de la silla.

__Sufro de delirio de persecución.

__Tranquilo, estamos aquí para ayudarlo. Nuestra función es calmar su intranquilidad, pero si no es más explicito en decirme que le pasa, no podemos lograrlo. Le ruego sea claro, conciso y que confíe. Como profesional estoy obligado a mantener confidencialidad y todo lo que usted me diga quedará entre estas cuatro paredes. La Psiquiatría consiste en indagar lo que hay en la mente humana y buscarle solución a cualquier desorden que pudiera haber. Dijo el médico:

Al escuchar estas palabras, una ligera sonrisa sarcástica se dibujó en la boca del paciente.

__Se eso, era enfermero en un hospital psiquiátrico en mi país. Esa es la causa de mi problema.

La mirada del galeno no se inmutó y con voz pausada lo conminó.

__Adelante señor Madero. Si cree conocer la causa, me va ayudar a hacer el trabajo mucho más fácil.

__ ¿Es Usted cubano? Preguntó Madero, quien al ver el movimiento de cabeza negativo del Dr. Albert continuó, en esta ocasión sin detenerse, soltando las palabras con la velocidad propia de los nacidos en ese país caribeño.

__Las cosas en Cuba no son fáciles. Seguro que usted nació, estudió y se graduó aquí, desconociendo las cosas que suceden allá. No se imagina todo lo que hay que hacer para no señalarse y caer molido por el engranaje de la política.

__Al principio como la mayoría me monté en el carro de la revolución y me hice miliciano, cooperando en todo lo que podía. Confiando que eso era lo mejor para el país.

__Un día, llegaron a la sala donde trabajaba de enfermero unos oficiales de la seguridad del estado «El G2, como le decían en ese tiempo» y me llevaron en un vehículo a un lugar, que después supe era el cuartel principal del organismo. Allí trataron de convencerme que la patria necesitaba mi ayuda, pudiendo ser muy útil. Intoxicado por toda esa porquería, accedí a cooperar con ellos.

Mientras Madero continuaba su historia, los ojos del médico no perdían uno solo de los gestos del paciente, sobre todo captaban que la mirada de aquel resultaba imposible de atrapar, pues nunca sostenía la vista.

Continuó su relato.-Yo pensaba que hacia lo mejor, por eso cuando ocuparon una sala del hospital usando la psiquiatría para doblegar a los contra revolucionarios y hacerlos confesar sus delitos, llegué a ser uno del personal de confianza. Experimentando con el método Pavlov de los reflejos condicionados en muchas ocasiones y otras aplicándoles electro shocks, en el cual me convertí en experto.

Se mantuvo por un rato callado, aprovechando el médico para preguntarle.

__ ¿Qué sentía usted cuando aplicaba esos, llamados tratamientos, a los reclusos? Defínalo en una palabra. Inquirió el galeno

Sin pensarlo dos veces Madero respondió: "Poderoso"

Y por primera vez desde que comenzó la charla hubo algo de brillo en sus ojos.

Tocaron a la puerta, el médico respondió dando autorización a entrar, mientras hacía un gesto al paciente, solicitando su anuencia.

Asomó un rostro femenino que anunció: El Dr. Gómez está tratando de contactarlo. Dice que no es urgente, pero necesita lo llame.

__Lourdes, sabes bien que cuando estoy con los pacientes prefiero no ser interrumpido. Al decir esto no lo dijo con grosería, pero si con voz firme. Pero vino bien que entraras: ¿Cuántas citas tenemos después de Madero?

__Dos más doctor.

__Suspéndelas, porque no voy a poder atender a nadie más.
La asistente preguntó ¿Seguro Dr.? Sabiendo que no era práctica común del médico posponer citas.

__Si Lourdes. Este paciente requiere toda mi atención y por favor, no quiero ser interrumpido.
La puerta se cerró ocultando el rostro de la dama y dirigiéndose al paciente dijo;

__Disculpe, pero estos incidentes no son frecuentes en mi consulta. Nos quedamos en que Ud. se sentía "Poderoso". Y quiero hacerle una pregunta. ¿De niño era tímido?

__Si, es cierto. Respondió Madero. Por eso cuando tenía a esa gente bajo mi dominio, me sentía importante. Mojaba el piso antes de aplicarle los shocks y no le ponía protectores de goma entre los dientes, por lo que muchos se rompían las muelas o se cortaban la lengua. Podía hacer con ellos lo que quisiera.

__ ¿Nunca tuvo algún sentimiento de piedad con ellos? Es decir. ¿No tenia remordimientos, señor Madero?

__En esa época no, pero ahora sí. No puedo dormir, me parece que me persiguen. En ocasiones estoy solo en la casa y siento que alguien me mira. Me levanto, busco y no hay nadie.

__¿Si pudiera ubicar el tiempo, desde cuando comenzó a tener esa sensación de persecución?
Se quedó pensando Madero y antes de contestar hizo a su vez una aclaración.

__Médico. Me dijo que todo lo que aquí se hable es entre Ud. y yo ¿Es decir que no me puede denunciar a la justicia, ni con inmigración, ni con la gente de Miami?

La cara del Dr. Albert cambió de color tomando un tinte rojizo antes de contestar a Madero.

__Me imagino que una persona como usted que alguna vez estuvo relacionado con el trabajo en el sector de la medicina, no le es ajeno al juramento Hipocrático que hacemos los médicos, en el cual nos comprometemos a salvar vidas y curar las dolencias del ser humano. Es más, soy de la opinión que todos los que trabajan como enfermeros o técnicos de la salud debieran también hacerlo suyo. Que existan algunos que en lugar del juramento de Hipócrates, hagan el de hipócrita y mercenarios, no me incluye en ellos.

Al decir estas últimas palabras dio una entonación que no dejaba lugar a dudas.

Maderos. Más confiado ante la respuesta del doctor. Continuó su relato:

__Llevaba años haciendo los electros y dando drogas sicotrópicas para alterar la salud mental a esos pacientes que la seguridad del estado me ordenaba dar un carácter "especial". Usted me preguntó si sentía remordimientos, debo ser franco, No. A veces me extralimitaba, en ocasiones me orinaba arriba de ellos, sabiendo que al aplicarles los electrodos y dejar pasar la corriente, el efecto sería mayor. Quizás podría decirse que hasta lo disfrutaba.

__¿Cuándo comenzó a sentir remordimientos? Preguntó Albert.

Después que murió un paciente, con él "se me fue la mano". Al aplicarle las descargas eléctricas no resistió. Al parecer tenía el corazón débil, pero allí no se estaban con esas tonterías. Terminé las descargas, cesaron las convulsiones, me percaté que sus ojos quedaron abiertos, me miraban fijos. Lo ausculté con el estetoscopio y su corazón había dejado de latir. Cuando fui a buscar al médico de guardia en el pabellón para notificarle lo ocurrido, me respondió que no perdiera tiempo, total, un gusano menos.

__¿Eso le afectó tanto, que le ayudó a revalorizar su actitud? Cuestionó el médico.

__Los ojos. Esos ojos no se han borrado nunca de la memoria, hasta el día de hoy. Eran claros como los suyos, pero grandes, casi salidos de las órbitas. Por las noches me despierto y los veo, me acusan, son testigos mudos que me persiguen.

__Señor Madero, ¿Qué dijeron los familiares? o mejor dicho. ¿Supo en algún momento de la familia o el nombre de esa persona que falleció?

__Tenía miedo, no quería que nadie se enterara, pero siempre hay fugas de información y alguien habla de más. El teniente a cargo de la sala fue quien dio la noticia a la esposa que estaba embarazada y se desmayó en medio del pasillo. Después me desentendí de todo y solicité traslado para otro hospital, alegando problemas de salud. Me dejaron ir, en el lenguaje del G2, ya estaba quemado; es decir, llevaba mucho tiempo en esos menesteres.

Bajando la voz, como si temiera ser escuchado fuera del cubículo, Madero dijo:

__Antes de irme del hospital busqué el nombre del individuo en su expediente, nosotros sólo lo conocíamos por el número de la cama. El tipo se llamaba Alberto Cano.

El médico tuvo una ligera contracción en el rostro y apretó la pluma con la que comenzó a escribir el papel que tenía ante sí. Con calma se acomodó en el asiento, carraspeó antes de comenzar a hablar con voz pausada, mirando fijamente a Madero.

__Su primer problema podemos considerar que es, no poder diferenciar arrepentimiento de remordimiento. Parece un juego de palabras, pero no lo es. Voy a tratar de explicárselo, porque todo radica en sus definiciones.

Los seres humanos no somos perfectos y en ocasiones a consecuencia de traumas o trastornos de nuestra personalidad, cometemos hechos o desarrollamos conductas que dejan marcas en nuestro subconsciente.

Cuando tenemos conciencia que nuestro proceder entra en conflicto con lo que definimos comúnmente como el bien o el mal, es cuando comenzamos a juzgar en nuestra propia mente y condenamos o gratificamos nuestro ego, por el mal que causamos o por el bien que hacemos.

En el caso suyo; está consciente que actuó con falta de ética profesional, dejó de lado el principio de hacer el bien. Pero, cuando la persona se arrepiente, reconoce que hizo mal, tratando de reparar el daño cometido, busca el perdón de los afectados y lo más importante, se perdona a sí mismo, logrando su equilibrio mental.

No sucede así con quien sabiendo que ha obrado incorrectamente, persiste en la negación de los hechos, tratando de justificarse, pero sabiendo en su subconsciente que no se perdona. Eso es remordimiento y conlleva a la disfunción de la salud mental. ¿Me hago entender? Preguntó el galeno.

Madero, no quitó la atención a cada una de las palabras que el psiquiatra había dicho y en el corto intervalo que tomó para respirar el médico, le espetó:

__ ¿Pero, tengo cura?

__Sí, puedo decirle que tiene cura, pero todo depende de usted y la voluntad de querer convertir el remordimiento en arrepentimiento. Desde el comienzo le dije que todo radica en definiciones, las cuales no ha tomado en cuenta. ¿Qué significa para Ud. Señor Madero las palabras, perdón y justicia?

Al escuchar la última palabra, el paciente trató de levantarse del asiento. Pensó en la confrontación con la justicia, que lo llevaría a la cárcel o a la venganza de los residentes de esta ciudad, con quienes tenía cuentas pendientes.

__Siéntese, dijo el doctor con autoridad, no crea me expreso en esos términos porque le he preparado una encerrona. Quizás dude de mi profesionalismo y discreción, le repito, no tema, se lo digo francamente.

__No. No le tengo miedo, respondió Madero. Aunque su actitud mostrara lo contrario.

__Si vine hasta aquí, es porque tengo referencias de su capacidad como psiquiatra y hasta ahora me ha demostrado que sabe hacer su trabajo.

__Voy a definirle esos términos también, Madero. Perdón es poder borrar el odio y el rencor que albergamos, aun teniendo causa justificada para sentirlos y justicia es afrontar la responsabilidad por nuestros actos. No sé si usted es creyente o no, pero dice la Biblia: Todo lo que el hombre sembrare, eso también segará. Si lo traduzco al lenguaje de los campesinos de su país, diría "Quien siembra vientos, recoge tempestades".

Las suaves palabras del médico no lograban apaciguar a Madero quien miraba a la puerta con más ganas de abandonar el consultorio que de escuchar.

__Madero, usted ha vivido una vida de temores y escapismos, por eso, para dejar de padecerlos tiene que enfrentarse a su verdad y aceptarla. El perdón y la justicia existen, nadie escapa de ellos.

Cuando comenzamos nuestra charla, me dijo que yo no conocía lo que era su país, Está en un error. Yo nací aquí, pero mis padres eran también de su tierra. Aunque no conocí a mi papá, mi madre llegó a este país, sola y en estado de gestación. No solo supo darme con mucho sacrificio una carrera profesional, sino también me enseñó muchas cosas de allá.

Se lo que es la represión, el temor de no querer señalarse, ser uno más de los arrastrados por ese rio tumultuoso, aunque para ello tenga que perder su dignidad como ser humano. Pero sé también que hay personas capaces de pagar el precio que conlleva ser dignos.

Maderos se levantó del asiento y se dirigía a la puerta cuando el Dr. interponiéndose en su camino alzó la voz y le dijo:

__Míreme Madero.

La forma como fueron dichas esas palabras no admitía respuesta. Madero temblando levantó el rostro hasta clavar su mirada en la cara del doctor.

__Mi apellido Albert, es el que tomó mi madre cuando se naturalizó en honor a mi padre que se llamó Alberto Cano.

Madero quedó paralizado, sin poder quitar la vista de los ojos del médico que le recordaban a esos que sin vida lo impactaron en el hospital psiquiátrico de Mazorra mucho tiempo atrás. Dando un grito, empujó al médico y salió corriendo por el pasillo, arrollando a las empleadas en su loca carrera.

Lourdes la secretaria llegó hasta el Dr. tratando de justificarse, diciendo:

__ ¿Dr. Albert ese hombre salió como un tornado, no dio tiempo a cobrarle la consulta, llamo a la policía?

__No, Lourdes, no te preocupes. Esta consulta hace años fue pagada. Cerrando la puerta, el Dr. Albert se sentó en su escritorio, sumergió el rostro entre sus brazos y rompió en llanto.

Al otro día al llegar a su consultorio el Dr. John Albert, notó que todas las empleadas estaban conversando muy alteradas.

Lourdes sin esperar que la cuestionara le comentó:

__ ¿Se enteró, doctor, se enteró? Mostrando un periódico que traía en la mano. El médico sin inmutarse, miró el papel que portaba la empleada, sin entender lo que quería decir.

Ella dijo: -El paciente que se fue sin pagar, el señor Madero, era un torturador en Cuba y lo han encontrado muerto en su casa de un ataque cardiaco.

Los ojos azules del doctor se volvieron más claros, cuando dijo a su interlocutora con voz calma: Nunca he estado tan seguro como hoy, que nadie escapa de la justicia, ni del perdón.

Prosiguió su camino por el pasillo y mientras llegaba a la puerta de su oficina, levantó sus ojos a lo alto y dijo en voz casi imperceptible; Madero, yo te perdono.

Fin

Viviendo El Momento

Nerviosos, como adolecentes traspasaron el umbral de ese lugar para ellos desconocido. Llegar no les había sido fácil. Tuvieron que romper barreras, las cuales resultan muchas veces más rígidas que de madera o acero.

Todo estaba limpio y organizado para cumplir la función que estaban supuesto realizar. Las sábanas estiradas, las almohadas colocadas en el extremo más alejado de la cama, como centinelas de guardia. El baño inmaculado mostrando una cinta sobre la taza sanitaria, advirtiendo que el trabajo de la empleada había sido bien realizado.

No pudieron mirarse directamente a los ojos. La situación era embarazosa y estaban conscientes que sería el paso definitivo entre ambos.
La felicidad no es un estado permanente, se compone de momentos y ellos mostraban en ese instante que estaban felices, haciendo realidad sus ilusiones.
Estando a su espalda le resultó fácil pasar su brazo sobre la cintura de ella, atrayéndola hacia sí, sumergiendo el rostro entre nuca y cuello, embriagándose con el suave olor de sus cabellos. Suavemente respondiendo a la caricia dio vuelta y al mirarse, una sonrisa espontanea surgió al unísono, la que fue cortada cuando se unieron en aquel tan ansiado beso.

Los ojos lanzaban miradas picarescas y brillantes, como luces de artificio, anunciando que un hecho trascendental se llevaría a cabo entre esas cuatro paredes que ocultaría su secreto.
Lo consecutivo de aquellos besos no los dejaba articular palabras, saciando la sed en el torrente de pasión que quizás ya

no encontraban en lagos placenteros donde el navegar resultaba aburrido y monótono.

No era un acto lascivo, era como si ambas bocas fueran aves que buscaran libertad después de largo cautiverio, escapando, pero con miedo a herirse las alas, temiendo las volvieran a encerrar.

No fue un contacto grosero, si pudiera describirse, podría usarse la palabra "sublime" que sería la más apropiada. No hay nada impuro entre dos seres que se aman, es una entrega donde no debe haber ni vencedor, ni vencido.

El fuerte pecho masculino, se sentía lacerado por la presión de los turgentes senos. Tanto quería estrecharla que en un momento temió perdiera el aliento entre los poderosos brazos. La calma llegó al darse cuenta que eran sólo suspiros pasionales de la sensual boca.

Cual se deshojan flores, las piezas de ropa fueron cayendo una a una, la temperatura adquirió los grados que puede tener el cráter de un volcán en erupción.

Como invidentes; el tacto sustituyó los otros sentidos, explorando lugares a los que nunca antes habían tenido acceso. Resbalando por la piel pudieron sentir bajo sus dedos, la más mínima protuberancia de los poros que como sistema de alarma comunican todas las sensaciones imaginables.

En ningún momento los ojos dejaron de mirarse. El contacto visual los hacía sentir que no eran animales en celo buscando aparearse. Las pupilas se comunicaban usando el lenguaje del alma, donde se dicen infinidad de cosas sobrando las palabras.

El lecho acomodó las desnudas figuras y las tibias sábanas les hicieron conocer que se puede estar entre nubes, sin nunca haber visitado el firmamento.

Llegó ese momento, cuando la sólida joya se guarda en delicado cofre de alabastro. Momento en que se entrega todo y se reclama todo, al ser dos que se convierten en uno.

Exhaustos, las caricias siguieron arropándolos como nido protector a esa explosión ya calmada.

Cuando pudieron hablar, salió de los delineados labios femeninos una palabra que lo hizo sentir el hombre más feliz del universo, pronunciando solamente: gracias.

Pasaron las horas sin que se dieran cuenta y llegó el momento de decirse adiós.

No queriendo ninguno de los dos despedirse, pero debían hacerlo, porque los esperaban en sus respectivas casas.

Sabían que habría otro día, en otro lugar o quizás el mismo, donde las ansias de compartir el delicioso pecado de amar, los llevaría   al encuentro de un abrazo ardiente y el beso robado que ocuparía sus sueños hasta ese nuevo momento.

Salitre

La brisa, salitre y sol
quemaron mí piel de niño
curtiendo mis pies descalzos
los corales de la costa
mientras mi pelo aclaraba,
la mar y calor de agosto.

Viaja la barca cargada
con mis velas llenas de sal
donde un pescador cantaba
vieja tonada marina
con la rítmica cadencia
de las olas de la playa.

Aunque lejano me encuentre
sin poder calmar mis ansias
de vacíos pulmones llenar
en donde quiera que vaya
mi bajel de los recuerdos
con brisa, salitre y mar

Crepúsculo

Mención de Honor
Primer Concurso Latinoamericano Virtual de Poesía D'har Services.

Batalla que se libra entre la luz y tiniebla
se fraccionan los rayos del sol en despedida
contrastes de matices en loca acuarela
funeral de la tarde que claudica a la vida
y llega la noche, que con negror nos viene
que se admira de lejos y que jamás se olvida
etapa inexorable que nunca se detiene.

Llenando el alma con sabor de nostalgia
el ocaso en retirada, sin canto de sinsonte
en su fulgor parece, los elementos quema
se retrata en las aguas, hundiendo el horizonte
luchando con denuedo, sin ganar la porfía
escapando la sombra que refleja en el monte
y muero con la tarde, como se muere el día

Entre reflejos rojos, naranjas y violetas
se despide el crepúsculo, su derrota ocultando
hoy vencen las tinieblas, triunfó la oscuridad
olvida que el mañana su tiempo está esperando
para que el sol pujante nos de su renacer
deshaciendo lo oscuro con su luz, que brillando
nos invita al disfrute de un nuevo amanecer.

Teresa Cifuentes Plá

Nace un cinco de noviembre en La Habana, Cuba. Cursa sus primeros estudios en la provincia de Camagüey donde se gradúa en la Escuela Normal para Maestros.

Sus versos han sido publicados por la revista literaria virtual Oriflama en España y por el Instituto de Cultura Peruana en el 2007.

En el 2009 participa en la actividad Tinta Fresca de la 26 Feria Internacional del libro, con su poemario: "Una hoja en el tiempo".

También ha participado en múltiples actividades Literarias.

Vive actualmente en Miami.

Teresa1139@bellsouth.net

Dedicatoria

A la memoria de mis padres: América y Rafael

Tres cosas me son ocultas:
Aun tampoco sé la cuarta:

El rastro del águila en el aire;
El rastro de la culebra sobre la peña;
El rastro de la nave en medio del mar;
Y el rastro del hombre en la doncella·

Proverbios 30:18-19,
Antiguo Testamento

Encuentro

"Vivir en puerto de mar es correr descalza con el salitre entre los pies. Es impregnar la sal en la epidermis", pensó Ella cuando subió al tranvía para visitar su playa. Su playa, asentada entre dos farallones, donde las olas se yerguen como rizos en el aire. Desnuda de gracia, libre al desafío de las rocas tajadas, salta y se sumerge en la marea.

El agua resbala sin censura por su piel. Ella es pez, no sirena, y con su cuerpo eterniza el perfume de las algas marinas mientras los cobos, pandilleros del océano, iluminan con su armadura de nácar el camino que la conduce al encuentro de su amante.

El Columpio

Una vez más Ana Pilar Larreau compró flores para sus difuntos.
Era el aniversario de la muerte de su prima Delia.
El viejo Julián, como en otras ocasiones, eligió las mejores
gardenias. En su actitud de caballero brotaba un cariño especial,
un respeto casi místico por aquella mujer de digna madurez.
—Ya no te queda nadie para llevarle flores —precisó mientras le
acomodaba las gardenias entre los brazos.
—Solo los recuerdos.
—… y con esa energía de quien nunca va a morir —Julián
ponderaba el hecho de que ella sobreviviera sola—. Aquí tienes a
un amigo, un ser que vela por ti desde que quedaste
desamparada, un hombre necesitado de una mujer como tú.
Julián calló de pronto, asustado por su confesión; pero Ana Pilar
no pareció sorprendida pues lo sospechaba desde el día de la
muerte de su madre, cuando él cerró su venta de flores para
unirse a su pena.
Antes que Julián retomara sus palabras, ella buscó el modo de
contar su historia.

Una ventisca abrió el portón para enjaular la tarde en la cochera
donde un columpio pendía, aburrido, sujeto al techo de
hormigón.
—Ven, siéntate y balancea tu cuerpo como yo —dijo Delia.
—¿Cómo? si casi no quepo en esta tabla —respondió Ana Pilar.
Ella vio cómo su prima Delia volaba desde adentro del cobertizo
hasta rozar en el exterior con las mecedoras, donde tejían su
abuela y la comadre. Tejían como arañas, y las bolas de
estambres rodaban hasta engarzar las agujetas.
   Ana Pilar subió al columpio que dejó libre su prima y la imitó,
balanceándose.

El columpio subía y bajaba a un ritmo isócrono en aquel tablón con manchas de cera. Su falda acampanada parecía una sombrilla en el aire.

"Si mi madre me viera", pensó mientras impulsaba al máximo el columpio, entre sollozos.

—¿Por qué tanto lloriqueo? —preguntó la comadre.

—Ella llora por gusto. No quiere volver al colegio, la casa es su sitio preferido —fundamentó la abuela.

—Pero si todavía es una niña, para qué separarla de la familia —replicó la comadre.

—Hay que enseñarle desde pequeña los conceptos religiosos y las buenas costumbres —dijo la abuela mientras engarzaba la hebra. Ana Pilar danzaba con la libertad de un águila en su espacio vital.

—Arácnidas, pongan atención a mis palabras —vociferó desde lo alto con pícara inocencia—. La Madre Superiora del colegio acaricia con sus dedos los muslos velludos de los trabajadores, y ellos disfrutan del juego.

Al descender, sus pies impulsaron nuevamente el columpio, en busca de acercarse al cielo raso.

—¡Y qué me dicen de la monja Cris! —prosiguió en alta voz—. Me persigue con el pretexto de asearme mis partes íntimas, pues asegura que no huelen bien.

—¿Estás oyendo eso, Lucrecia, todo lo que nos cuenta tu nieta?

—¡Pero le vas a creer a esa muchachita que se pasa las santas horas del día inventando cosas. ¡Y qué cosas, Santo Dios! —respondió la abuela y las dos se persignaron.

—¿Entonces por eso llora y escandaliza tanto? —comentó la comadre.

—Su rebeldía es una insolencia, hay que combatirla y dónde mejor que en un colegio religioso.

Julián interrumpió a su Ana Pilar.

—¿Que pasó contigo en el colegio?

—Lo peor, amigo mío.

La mujer suspiró profundamente y el perfume de las gardenias avivó sus recuerdos.

—Fue corta la distancia y largas las horas —confesó mientras sacaba de su bolso un pequeño espejo que le devolvió su imagen en la luna azogada—. Payasos que peinan canas y estremecen tumbas. Después, no hubo tiempo.

Ese lenguaje despertó en Julián al joven de antaño. Destilando la agonía de aquellas palabras, rememoró el verbo de su padre: "La valentía no radica en la capacidad del cuerpo, sino en la integridad y la fe en sí mismo".

—¿Sabes algo, amigo mío? Hoy cumplo años.

—Frente a la belleza de damas como usted la edad desaparece, no así en mi naturaleza septuagenaria.

—¿Cuántos crees que cumplo, mi sabio Julián?

—¿Cuántos cumples, mi hermosa Ana Pilar? — preguntó, mientras se sonrojaba con idéntico tono al del sol recién nacido.

—Diez años de vivir por estos lares.

I

Tirada en la maleza
con sus pechos desnudos
fatigada descansa
como en su lecho.

Cantos del bosque
en sus nocturnos silbidos,
gotas de lluvia
que corren por su boca.

Tierra sembrada
con puños vividos,
dulce pasto
del fruto prohibido
allí, en su boca.

Ónix

Tu silencio
es un ónix
en medio de mi frente,
un ópalo en mi garganta,
un rubí en el costado.

Callas tu ego
por altivez,
golpe hondo
que me das.

Tu silencio
es cripta, oquedad,
ríes, gozas,
te revuelcas
en tus instintos.

Calló al fin mi aflicción,
me retracto,
no eres más que un áspid
en esta suciedad.

Miedo

Arropado en sus temores, gritaba:

Miedo, miedo,
de ser un inútil pervertido.

Miedo de ser el muchacho invisible,
quien dio todo por la familia.

Amigos y enemigos obstruyeron
mi dignidad.

Vi aquel rostro adusto,
doblarse rígido,
sobre las amarras
de un tronco en el sendero.

Impotente, gritaba:

¡Oh Dios mío! solo ahora contigo.

Una bandada de pájaros,
abría surcos por los caminos.

Lo Que Queda De Mí

¿Quién dice que la alegría
no tiene un toque de tristeza?
Entre humo y cenizas
mis pies descalzos se hunden.
Y bajo el recuerdo vivido
se perdió tu imagen en mi memoria,
veneno inocuo de mis pechos,
pequeño riachuelo
por donde corre
lo que queda de mí.

La Paloma

Cuando pienso en ti
se agitan y se agolpan
mil palomas en mi pecho
y las echo a volar…
y al amanecer regresan todas
menos una.
Me asomo entonces a la ventana
y miro al cielo…
allá sentada está mi paloma.
¡Ay! ¡Cómo duele el alma!

Mi paloma tiene un nombre
y se pasea por el espacio sideral.
¡Ay! ¡Cómo duele el alma!

Se agitan y se agolpan
mil palomas en mi pecho
y las echo a volar
y al amanecer regresan todas
menos una.
¡Ay, mi paloma!
¡Cuántos años!
¡Cuántas primaveras anidando sola!

El Cocuyo

Vuela el cocuyo
alumbrando la estera
donde se lleva
la caña al central.

Melcocha trenzada
que sobre sus hombros resbala
va por el carril del tren
en un solo pie.

Trapiche y guarapo
caña brava
azúcar fina
melado y ron.
Y por las torres del central
imitando trompetas de bambú
entre bagacillo y humo
volando va, el cocuyo.

El Arco-iris

Aquella tarde de abril
tú y yo
vimos el Arco-Iris.
Y subimos al azul
bailando en el violado
y como arco de juguete
lo tomamos de las manos.
Y en un saltar
con bandas de colores
entre el verde y el amarillo,
nuestros cuerpos entrelazados
se mecían como niños.

Tú, encima,
del anaranjado,
yo, debajo,
del añil…
tú y yo
yo y tú
ceñidos en el rojo
vimos el arco-iris
aquella tarde de abril.

Alain L. de León

Nació en San Antonio de Cabezas, Matanzas, 1975 es autodidacta; hasta ahora su obra estaba inédita.

Tiene varios libros de poesía y cuentos, los cuales están en proceso de su publicación.

Reside en Miami desde 1999

Asiste al Club de Literatura que dirige "Francisca Argüelles"

alaindeleonh@yahoo.com

Dedicatoria

A mis compañeros del Club de Literatura Francisca
Argüelles·

Consulta Con El Santero

Mire compañero sargento: María Caridad era una mujer muy buena, y digo era porque ya está muerta, la pobre, ¡se la comió un escualo! Bueno, eso es lo que piensa la gente del barrio, la cual no ha sabido nada de ella en semanas. Todos creen que se fue *pa' La Yuma* en balsa, pero bien pudo haberse mudado a otra provincia y, simplemente, no quiere saber nada de nadie. Lo cierto es que no está ni ella ni Juan, su esposo y todos cuentan lo que quieren, como ahora que los chismosos dicen que se la comió un escualo, por si no lo sabe, eso quiere decir: tiburón. Déjeme y le cuento:

Ella iba todos les días a ver a Jesús, su vecino, para que le dijera algo a través de cáscaras de coco. Jesús, qué menos podía hacer si gracias a ella que no estaba mal de posición económica, siempre le tenía a sus santos: tabacos, dulces y hasta aguardiente para que se emborracharan.

Recuerdo que ella siempre tenía un vaso con agua detrás de la ventana del cuarto; no con agua de la pila, sino con agua mineral que le traía su marido Juan que trabajaba en Varadero. Imagínense si los santos de Jesús, gracias a Caridad y a su marido, que no era menos creyente que ella, se iban a sentir mal, cuando hasta las velas eran compradas con *fulas*.

Todo iba muy bien hasta un día en que Jesús empezó a dar saltos y a hablar de una forma que se entendía poco. Era algo así… como tenían que realizarse varios despojos y usar unos collares que los protegieran de un viaje peligroso que iban a dar los dos. Caridad quedó asombrada con la noticia: un viaje, lo que siempre había soñado. Si no es *pa'l Yuma* no lo quiero, le decía a todos los vecinos del barrio. Desde ese momento, menos salía de casa de su vecino o padrino querido, como empezó a llamarle, mejorando cada vez más las fiestas a sus santos. Era mucho para un corazón chismoso, así que pronto no sólo se enteraron los vecinos, sino hasta el jefe de su esposo que Caridad, la mujer de Juan, un excelente trabajador revolucionario perteneciente al Partido Comunista y cumplidor con las tareas de la Patria, quería irse para *El Norte*.

Ahí comenzó lo bueno: a Juan lo acusaron de ser un *gusano* contrarrevolucionario, le quitaron el carné del Partido y lo botaron del trabajo. Desde ese momento el excelente revolucionario comenzó, según él, a darse cuenta de algunas cosas, y los santos tuvieron que aceptar que hasta ellos estaban en crisis. Y eso que Caridad había hecho todo lo que su padrino le dijo para que no los perjudicara nadie y poder dar ese viaje. Entonces, ¿por qué los jodieron si ella hizo todo lo que le mandaron? Esto se preguntaba Caridad, cuando Jesús, que en paz descanse, dijo que los santos habían querido que pasara esto porque el viaje estaba por darse.

Al fin llegó el día del viaje. Saldrían en una balsa bastante rústica, de maderas amarradas a cámaras de camión. Allí llegó Caridad, Juan y otro muchacho y así de fácil lograron salir sin contratiempos. Digo salir, porque el problema se presentó en alta mar, cuando el arrepentimiento no servía de nada aunque la fe depositada en los collares fuera mucha. Estuvieron varios días en el mar. Desde el segundo día perdieron la comida y sólo rescataron un botellón de agua que tendrían que compartir. Pronto el agua se vio reducida a cero y ellos cada vez se sentían más débiles.

Caridad tenía calor, hambre, mareos y ganas de vomitar. A pesar de sentirse así, decidió concentrarse en algo para olvidar cuanto pasaba, comenzando una conversación con el joven del cual no conocían ni el nombre. Preguntó:

–¿Por qué estás aquí con nosotros, te persiguen?

–Fui yo quien construyó esta balsa, después me pareció grande; entonces me enteré que un matrimonio también se quería ir, y así fue como ustedes llegaron aquí. No quería irme solo, por eso dejé que me acompañaran.

María Caridad le miró al cuello, no llevaba collar alguno, entonces, nadie lo protegía, no llegaría, pensaba ella y decidió preguntarle de nuevo.

—Por casualidad, y le pregunto esto no por nada malo sino porque como ya estamos metidos en esto no tiene porqué haber rodeos entre nosotros. ¿Usted fue a ver a algún santero?

—¡No…! ¿Por qué habría de hacerlo?

—Para que le garantice el viaje.

—Señora…, usted me disculpa, yo no creo en esas cosas.

—Bueno, yo no te digo esto por nada malo sino porque como no le vi collar, pensé que no llegarías porque no tienes protección. Yo te digo esto porque yo cualquier cosa la consultaba con mi vecino Jesús, que es santero.

De pronto Juan empezó a gritar:

—¡Tierra… tierra…! He descubierto América. Miren, allá, ¡tierra… tierra…!

Pobre Juan, se había vuelto loco. Estaba tan seguro de haber visto tierra que dándole un tirón a su collar lo lanzó al agua y se tiró detrás para alcanzar la orilla que sólo él había visto. No nadó más de seis metros. Fue devorado. Todo había sido tan rápido que Caridad no pudo hacer nada. Había perdido a su marido y aunque triste y con los ojos llenos de lágrimas pensó en lo que le había dicho Jesús: que el viaje era peligroso, pero que iban a llegar. También recordó que se había dirigido a ella y no al que hasta unos segundos fuera su marido. Además, Juan se había arrancado el collar, entonces, que pasó: Oshún lo castigó. Pero a ella, a ella no le pasaría eso porque tenía su collar y estaba bien protegida.

Todo esto pensaba mientras que los tiburones que se cenaban a Juan iban en busca del postre, cualquiera que fuese. El muchacho se abrazó de las cámaras de la balsa, mientras que Caridad se aferró a una de las sogas que amarraban las tablas. De pronto se parte la soga abriéndose en dos la balsa. El joven saltó a su cámara preparada con una lona y Caridad cayó al agua sujetándose de una de las tablas. Ya estaba oscuro. Caridad se tocó el cuello y sintió que el collar no estaba, ya nadie la protegía, pensó y comenzó a gritar:

–Dios mío, y ahora qué hago.

El muchacho oyó que estaba cerca de él y le dijo:

–¡Señora… señora…, nade hasta aquí!

–No sé nadar —respondió ella— ¿qué hago entonces?

El joven, que haciendo un paréntesis, se llamaba Fidel y era miembro de la Unión de Jóvenes Comunistas, tampoco sabía, ¿qué podía hacer ante la oscuridad que los invadía, lanzarse al agua repleta de escualos y sacarla con vida? Nada. Habría sido mejor si hubiese cerrado el pico envés de soltar una frase injusta, cruel, lapidaria, como la que le dijo: "*No sé, señora, consulte con su santero*". Y eso es todo lo que sé compañero sargento.

–Y… ¿cómo se te ocurrió todo eso? —Preguntaron unas voces ocultas en un cuarto.

–Eso ahora no viene al caso, lo importante es que ustedes dos se preparen para salir mañana en la noche ahora que los dan por muertos y nadie los busca por la muerte de Jesús.

This Cry Me Nation

–Dale Negrón sube rápido que estoy retrasado. —Fueron las palabras del chofer del bus a uno de los dos señores que estaban subiendo.

Bastó escuchar esto para que, la otra persona, el señor Paterson se pusiera a favor de la causa.

–¡Usted es un racista! —le dijo al chofer—, parece mentira que en pleno siglo XXI haya gente como usted que juzgue e insulte a las personas por el color de su piel, y más aún, a una persona mayor. Debería ir corriendo a atenderse con un psicólogo o mejor, con un psiquiatra a ver si le manda a dar unos electrochoques y se le arregla el cerebro. Eso que usted dijo lo dice un cobarde, seguro que cuando niño, el negrito del aula le quitaba la merienda. Quién sabe si el mismo negrito le quitó la novia que tenía y ella se quedó con él porque él sí tiene una buena herramienta para el sexo. Ah, ya sé, lo que usted está es acomplejado porque nosotros los de raza oscura tenemos más tamaño. Es un envidioso. Como si no tuviera a alguien en la familia que se haya mezclado con otras razas. ¿Quiere que le diga como le dicen a eso en los Estados Unidos?: *This-cry-me-nation...*

–Señor —interrumpió el chofer—, con todo el respeto que usted se merece, déjese de hablar basura y acabe de sentarse, que usted no me conoce.

–¡Me está amenazando! Todos ustedes, los pasajeros, son testigos de que el chofer me está amenazando. Lo voy a demandar y lo van a botar del trabajo.

–Yo no lo estoy amenazando. Yo solamente le dije que usted no me conoce. Para su información, yo estoy casado con una negra más prieta que usted. Y ese señor que usted tanto defiende porque cree que lo ofendí, es mi amigo y es de apellido: Negrón.

Juan Es Cantante

Juan Pérez Cualquiera era un chico sencillo que amaba la música. Tenía un grupo y un disco que logró vender en el barrio; una linda esposa y unos enormes deseos de triunfar. Un día, después de tanto pedirle a Dios pegó una canción que lo puso en el primer peldaño de la escalera a la gloria. Al fin se haría famoso, ganaría muchos premios, por supuesto, vendería sus discos más allá de la barriada y así la gente podría conocer lo que él pensaba y sentía. Siempre estaría dando conciertos y en giras mundiales, tendría una casa hermosa, o... muchas casas hermosas. Todos lo querrían, respetarían, creerían en su palabra, en sus buenas intenciones, y lo más importante, con sus canciones lucharía por la paz del mundo, claro está, sin meterse en política. Sólo le faltó decir que quienes lo frotaran podrían pedirle tres deseos.

Anfibología

El palacio real estaba bajo el agua. No había sufrido inundación alguna, simplemente lo habían construido así. Dónde mejor que en un lugar tan seguro como la enorme laguna. Ahí estarían protegidos de los enemigos de fuera y aunque en el agua también los había era algo con lo que podían lidiar. Era un lugar hermoso y pacífico, pero eso no bastaba cuando por su ser corría el deseo de amar.

Como todos en su reino, nadaba muy bien; también gozaba del consentimiento de su padre. El viejo le toleró de todo, que saliera de los predios del reino, que se enfrentara a los enemigos, inclusive, que no cantara el himno ancestral que los identificaba como únicos, pero que se enamorara de alguien de la servidumbre, no. Por eso realizó el hechizo a la inversa de lo que era costumbre, sólo así, transformándolo en humano, podría alejar al sapo bufón de su princesa rana.

Cambio Extremo

¡No lo puedo creer…! —Dijeron a coro.

Había pasado tiempo desde que fueron novios.

Ella estaba sin maquillaje, con el cabello corto y un tatuaje en el brazo. Él usaba aretes, el pelo largo y ya no tenía bigote. Indagaron en lo más recóndito de sus pupilas. Hubo risas, sonrisas, latidos de corazones con esperanzas adolescentes y un beso, un profundo beso interrumpido quince años atrás. Él habló primero:

—Ahora me llamo Carmela.

Ella contestó:

—Yo soy Pablo.

Cuestionario De Temblores

Hace tiempo, el ser solitario que habita en mi pecho decidió, por obra y gracia de una musa del pasado, quedarse quieto. Solamente se limitaría a cumplir con su función de mantener con vida al recipiente de órganos que le había sido encomendado. Y así fue, durante un tiempo largo..., hasta que una noche, el habitante solitario de mi pecho, sin saber porqué, alteró su rutina de ejercicios poniéndose tan rojo que parecía que iba a explotar. Rápidamente, los demás órganos comenzaron a preguntarse qué ocurría. Hacía varios años que no sentían esos temblores de sangre provenir desde el vientre del pecho. Por lo que aspirando entender lo que estaba pasando decidieron clasificarlo.

–Tiene un salidero —dijo el estómago—, sino cómo se explica esta tempestad de mariposas que tengo dentro.

–No, debe de estar muy lleno —dijeron los riñones—, sino la vejiga no estaría tan nerviosa.

–Calor, tiene calor, —corearon los cachetes y las orejas—, no hay otro motivo estemos colorados.

–Frío, frío, —dijeron las manos—, si estamos sudando frío, tiene frío.

–A lo mejor fue un paro —señalaron los pies—, ¿qué otra razón puede haber para que nos hayamos quedado paralizados?

–Es una arritmia de emociones —indicó la lengua con mucho esfuerzo—, no hay otro porqué para que esté enredada.

–Nada de eso —explicaron los ojos—, nosotros estamos viendo lo que él ve, y no es más que un infarto de sentimientos.

Y así, cada órgano, desde el tonto bazo hasta el pedante hígado, expuso su punto de vista de acuerdo a lo que les pasaba. Mientras el habitante solitario de mi pecho trataba de escuchar los latidos en el vientre de un pecho cercano, con la esperanza de que los órganos de este otro cuerpo se estuviesen haciendo las mismas preguntas.

Tu Regreso

Llegaste ayer, radiante, opacando amaneceres.
¡Qué locura de brisa te besó sutilmente!
Estaba, en tus cabellos, la noche, tan presente;
y la luna en tus labios buscaba mil placeres.

Llegaste ayer, maldita, como fuiste, como eres,
como diosa, espejismo o tal vez simplemente,
cual sueño dislocado, maniático, latente;
de un tiempo echo cenizas, con todo, sin deberes.

Llegaste ayer, volviste, con un amor insano
fantasma predecible, lucífero pantano
que todo lo agita; que todo lo enloda.

Como musa malvada, con un látigo en mano,
cual demonio perdido que se sabe cercano,
como una pesadilla la noche de la boda.

Sólo Para Verte

Sólo para verte realizo este viaje
nada comparado con otras distancias.
Sólo para verte, tú eres el paisaje
que habita en mis sueños y mis arrogancias.

Sólo para verte vestida de traje
de novia que espera su boda con ansias.
Sólo para verte, rendirte homenaje,
gárgola que vives en mis noches rancias.

Sólo para verte tan cerca y tan lejos,
a unos cuantos pasos y algunas palabras;
sólo para asirte a mis dos espejos.

Sólo para verte, que la puerta me abras;
que nazca en tu dermis fiebre de conejos
y quieran tus piernas trepar como cabras.

Recuerdos Y Cenizas

Tengo en los bolsillos de mis sueños rotos
varias estaciones con tu cuerpo mío,
tu risa desnuda cantando en los sotos,
rompiendo con besos y abrazos el frío.

Tengo de recuerdo rojos alborotos
en las claras aguas de un lejano río
y en esa laguna cubierta de lotos,
donde nuestro bote fuese un gran navío.

Tengo la tristeza de alguna botella
compartiendo el suelo con mis ilusiones;
cigarros que te hacen sentir una estrella,

casetes de viejas y cursis canciones,
y el cruel recipiente que a tu foto bella
acompaña junto con mis oraciones.

Pan Y Escudo

En la luna llena de tu loco ombligo
yo puse mi lengua como perro hambriento,
me bebí tu noche, que emergió conmigo,
y llegué hasta el fondo de tu sentimiento.

Desperté la risa que te dio el abrigo,
conquisté la jungla de tu pensamiento,
y al sabernos juntos me escapé contigo,
donde no pudiese ni tocarte el viento.

Y en ese remoto paisaje que escondo
en estos bolsillos de mi ser desnudo,
do sólo el Supremo me sabe redondo,

me amarré a tu cuerpo con tan tierno nudo,
que nada en la vida parece más hondo,
que tener tus besos como pan y escudo.

Tu Boca

Me quema tu boca, tu boca gigante,
tu boca que besa, que besa, que besa…,
tu boca que mira, tu boca de fresa,
tu boca de rosa; tu boca calmante.

Me quema tu boca, tu boca incesante
tu boca de cama, tu boca de mesa,
tu boca de sueños, tu boca sorpresa,
tu boca en mi boca parece un tragante.

Tu boca es un orbe que a veces intuyo
que desnuda bocas con una mirada.
Tu boca en mi oído, mi más tierno arrullo

tu boca de azúcar, tu boca salada.
En cada estatura de mi cuerpo tuyo,
tu boca, serpiente de dulce picada.

Hechizo

Pon atención oh, mujer,
acercándote a estas flores
notarás nuevos olores
que penetran en tu ser.

Verás el amanecer
vestirse de mil colores
y todos los ruiseñores
en tus ojos renacer.

Cierra los ojos, respira
lo fugaz de cada aroma;
siente en tu alma guajira

que la eternidad se asoma,
desde un verso que suspira
con libertad de paloma.

Cita Rota

Lloro, la noche no quiso
regalarme tu cintura,
la noche con su estatura
de sediento paraíso.

Es tarde no te diviso
descalza por la llanura
y en la desembocadura
de mis versos te improviso.

Ruego a la ausencia desate
ese nudo usurpador
que te amarra al disparate

de un cariño sin amor.
Yo sé que en tu alma late
un miedo ensordecedor.

Frescura

Pon tu sonrisa mujer
a mi consideración
y verás la perfección
de un sueño al anochecer.

No pretendas deshacer
el arpa de la ilusión,
mi amor es una canción
que no va a retroceder.

Las canas buscan espacio
muy lentamente en mi pelo;
las arrugas, el prefacio

para arrugarme el desvelo,
mas tus ojos de topacio
son la luz de mi consuelo.

Desde Siempre

Desde tu niñez
tengo la locura
de ser tu ventura
hasta tu vejez.

Llegaré a tu tez
sin cabalgadura,
bridas ni montura,
a lomo de pez.

Y aunque un sol te asombre
con dorado rayo
que lleva tu nombre

en raudo caballo,
he de ser tu hombre
tu rey, tu vasallo.

Confesión

Como una fruta madura
entre desiertos y antojos,
en el umbral de tus ojos
puede morir mi cordura.

Tu piel es suave locura,
tus labios tienen cerrojos,
y entre tus sueños más rojos
está oculta la ternura.

Tú dominas con la noche
que amanece en tu mirada,
eres un dulce derroche

que no ha sido derrochada.
Eres un tierno reproche
que se recuesta en mi almohada

Rosa Fuentes

Nació en La Habana, Cuba. Desde muy temprana edad descubrió su pasión por el arte. Graduada de Ciencias Comerciales en La Escuela de Comercio de La Víbora.

Ha recibido varios premios por sus pinturas. Ha sido finalista en varios concursos de poesía y mereció Mención de Honor en el VIII concurso Internacional de Poesías Lincoln-Martí en el 2010. Recibió 1^{era} Mención en el XV Certamen Literario de Carta Lírica 2011 y ganadora del 2do Premio del concurso "El Poema más Bello del 2011" realizado por La Sociedad de Escritores y Poetas.

Prepara su primer poemario y trabaja en su primer libro de cuentos. Sus obras integran varias antologías. Expresa sus sentimientos a través de sus pinturas, cuentos y poesías.

Rosafuentes44@gmail.com

Dedicatoria

*Doy gracias a Dios por permitir
que pueda expresar mis
sentimientos, y emociones
a través de mis palabras.*

La Casa Azul

En todos los barrios hay una casa diferente, ya sea por su construcción, su tamaño, el color de su pintura, su jardín, o por los que habitan en ella.

Mi barrio no era distinto a los otros, en el había una casa diferente, pero esa sí era distinta a las otras casas diferentes de los otros barrios, les voy a explicar porque, y estoy seguro que van a estar de acuerdo conmigo.

En mi barrio vivíamos varios niños, hembras y varones, de 10 a 12 años; jugamos todos juntos, rara vez el grupo se separaba para jugar juegos de niñas o de niños, como los adultos se han empeñado en clasificar, todos jugamos de todos los juegos imaginables ya fueran de una u otra categoría.

Nos encantaba hacer maldades, es ese entonces eran travesuras sanas, nos encantaba ver la cara de los que eran objetos de estas, aunque en más de una ocasión recibiéramos el castigo porque nos habían descubierto y le habían dicho a nuestros padres, pero ya nadie nos podía quitar lo que habíamos disfrutado.

Uno de nuestros juegos preferido era tocar a las puertas de nuestros vecinos y mandarnos a correr, escondernos, esperar, y como ya les dije, ver la cara de los que venían a abrir y que se encontraban con la desagradable sorpresa que no había nadie; después de hacer esto varias veces en la misma casa, se podrán imaginar esas caras.

Siempre iba uno diferente, lo echábamos a suerte, y suerte realmente tenia al que no sorprendían, pobre del que era cogido con las manos en la masa, como se suele decir, porque tenía que sufrir el castigo, el peor de los castigos: no poder salir a jugar, dependiendo de cada padre este castigo en ocasiones podía durar varios largos días.

Pero, bueno, lo que les quería contar realmente era sobre la casa diferente de mi barrio.

Esta casa estaba un poco apartada de las demás y realmente era diferente, grande, muy grande, quizás la veíamos así debido a nuestra edad, pero en fin, era más grande que las demás casas de mi barrio, tenía un jardín hermoso lleno de flores, aunque nunca veíamos a nadie cuidándolo, estaba pintada de azul, el color también era distinto a las otras, que generalmente eran blancas, amarillas o de cualquier otro color que no era azul, sus grandes ventanales estaban pintados de blanco y siempre estaban cerrados al igual que la gran puerta que también era blanca y nunca habíamos visto abierta y a la que nunca se nos había ocurrido tocar para hacer nuestras travesuras, también su techo era blanco y cuando el sol lo tocaba parecía dorado.

Esa casa nos llamaba mucho la atención, nos atraía, pero como les dije era una casa diferente, no nos atrevíamos a hacer allí ningún tipo de maldad, eso sí, nos ocultábamos para vigilar, para observar los movimientos que se produjeran en ella, pero nunca vimos nada, realmente debo confesar que nunca nos acercábamos suficiente y cuando teníamos por necesidad que pasar frente a ella lo hacíamos corriendo.

A nuestra corta edad nos dábamos cuenta que había algo distinto en esa casa, pero no sabíamos que, en varias ocasiones sorprendí a los mayores hablando de ella, pero en cuanto se daban cuenta de mi presencia se callaban, lo mismo le pasaba a mis amigos, para nosotros esa casa era un misterio y quizás por eso nos llamaba tanto la atención.

Un día decidimos descubrir el misterio que rodeaba la casa azul, como todos la llamaban y nos dimos a la tarea de vigilar, más de cerca, pero con la distancia suficiente para poder correr, si era necesario.

Como éramos un grupo de ocho, como hacíamos siempre lo echamos a la suerte, esta vez con unas ramitas que habíamos encontrado en el suelo; iría primero quien tuviera la ramita más corta, ¿qué creen?, acertaron, me toco a mí.

Con mucho miedo, pero sin demostrarlo, me separé del grupo, caminé sigilosamente hasta acercarme lo más que mi miedo me permitía a la casa azul.

No veía nada, no oía nada, pero una fuerza extraña me atraía hacia ella, me había olvidado de mis amigos, sin darme cuenta me acercaba más y más hasta estar junto a uno de los grandes ventanales, traté de mirar a través del cristal, pero unas gruesas cortinas impedían que viera algo, me fui moviendo de ventana a ventana, pero nada, todas estaban igual de cerradas y con esas gruesas cortinas que si no permitían que entrara un rayo de luz, menos iban a permitir que entrara mi curiosa mirada, ya sólo me faltaba llegar a la última, la más apartada, la que estaba al fondo de la casa, pensé no hacerlo, regresar, pero la curiosidad fue más fuerte y me acerqué.

Cuál no sería mi sorpresa al ver que la esquina de la cortina estaba ligeramente levantada, como invitándome a acercarme y mirar, pegué mi cara a la ventana, sentí el frio helado del cristal en mi frente, pero no me importó, quería ver que había dentro.

Todo estaba en penumbra, pero pronto mis ojos se acostumbraron a ella, y pude distinguir un gran salón, con unos muebles extraños; en el centro había un gran piano de cola, y sentada frente a él una mujer, no podía ver su rostro, pues estaba de espaldas a mí, estaba tocando el piano; yo podía ver claramente cómo las teclas se movían al ella tocarlas, pero no podía oír la música, viré mi cara, y acerqué mi oído al cristal, no escuchaba nada, de pronto sentí sobre mi hombro una mano que me tocaba, no recuerdo más.

Estaba en mi cuarto, oía la voz lejana de mi madre hablando bajito con alguien, lo trajo su amigo Rodrigo, dice que lo encontró en el jardín de la casa abandonada.

La Puerta

La veía siempre en mis sueños, y al despertar la recordaba con tal claridad, que era como si realmente hubiese estado frente a ella.

Podría describir las líneas de su gruesa madera, su color oscuro y su brillante picaporte.

En muchas ocasiones la comparaba con otras puertas que encontraba en mi camino.

Algunas se semejaban en el tipo de madera con que estaban hechas, otras por su color, pero nunca encontré alguna con un picaporte ni remotamente parecido al de la puerta de mis sueños.

Cuando le contaba a mis amigos sobre ellos, decían que yo estaba obsesionado, que me olvidara de eso y no faltó alguno que quisiera interpretar el significado de los mismos.

Noche a noche los sueños se repetían.

Siempre eran iguales: el mismo lugar, la misma puerta, yo acercándome despacio, ya frente a ella tomaba el picaporte, pero al hacerlo girar no sucedía nada, la puerta continuaba cerrada, buscaba en mis bolsillos la llave para poder abrirla, pero estos estaban vacíos, de repente sentía que una fuerza extraña me alejaba de allí.

Debo confesar que cada día al despertar sentía tristeza y una gran desilusión.

La puerta ejercía sobre mí un gran poder.

¿Por qué no podía abrirla? ¿Qué había detrás de ella?

Decidí que esta noche sería distinto: me preparé para ir a la cama, asegurándome de poner en el bolsillo de mi pijama una llave.

¡Hoy descubriría que había detrás de la puerta!

Al fin podría ver lo que por tanto tiempo había deseado y podría contarles a mis amigos lo que había descubierto.

Sin haberlo logrado aún, ya me sentía contento.

Me costó mucho conciliar el sueño, pero como nos sucede a todos, poco a poco me quedé dormido.

Me sentía embargado por una gran felicidad, había logrado lo que por tanto tiempo había deseado.

Había descubierto lo que había detrás de la puerta.

Eufórico corrí a contarles a mis amigos.

Los encontré a todos reunidos; en sus rostros pude observar una gran tristeza, no le di importancia, me acerqué a ellos, quería decirles tantas cosas, pero para mi sorpresa ignoraron mi presencia.

De pronto oí que uno de ellos decía: "no se sabe mucho, sólo que lo encontraron esta mañana en su habitación, tenía una llave apretada en la mano y una gran placidez en su rostro."

Amor

¿Qué es el amor? Me pregunte un día
y no supe contestar, confundida y apenada
por no saber la respuesta; consulté en varios libros,
pero no me convencía lo que en ellos yo leía.

En mi afán de averiguar la verdadera respuesta
yo me puse a preguntar.

Unos dijeron……
Es un grato sentimiento, dulce y amargo a la vez.
Es alegría, es tristeza, es un constante soñar.
Es querer siempre estar junto a esa persona amada.
Es contar cada minuto para verla otra vez.

Es reír cuando ella ríe y cuando llora, llorar.
Es suspirar con un beso, y en un abrazo morir
para volver a vivir cuando sientes su calor.
El aroma de una flor, cuando se encuentra a tu lado.

Ver un cielo estrellado, ver una luna que brilla,
ver un sol resplandeciente, un perfecto atardecer.
Es sentir el corazón, con su agitado latir
pensar que vas a morir, por su loco palpitar.
No tener miedo al mañana, cuando tú vives el hoy.

Es ignorar a la gente que tienes alrededor,
cuando se encuentra presente.
Pensar a cada momento en esa persona amada.

…

...

Justificar sus errores cuando se ha equivocado
y tenderle una mano cuando caída se encuentre.

No quise preguntar más, pues de forma muy variada
la gente me contestaba a través de su experiencia
y tuve yo la respuesta de lo que antes buscaba.

AMOR es una palabra muy difícil de entender
y no existe un diccionario, que la pueda explicar
porque cada corazón tiene, distinta forma de AMAR

Ayer, Hoy, Mañana

En la soledad de la noche, tengo ganas de escribir
para así poder decir, del pasado lo vivido,
recuerdos que se amontonan día a día en mi mente,
y que aparto bruscamente por no querer recordar.

Yo solo quiero soñar, con un futuro cercano
extendiendo una mano para poder alcanzar
lo que sueño y deseo, pero por mucho que trato
no lo puedo yo lograr, estamos en el presente.

Sueños, muchas ansias y deseos no cumplidos,
un lamento, un suspiro, por no tener lo querido;
angustia en el corazón, y tristeza en el alma
esperando la llegada de lo que tanto yo ansió.

El tiempo pasa veloz, al final no escribo nada;
en realidad es la hora en que debo descansar
para volver a soñar con el futuro que añoro,
y yo esperaré paciente, hasta que llegue, mañana.

Mañana será otro día, y cuando esto recuerde,
estaré en el presente y será el pasado hoy,
y querré vivir de prisa para el futuro alcanzar
para así poder lograr lo que desea mi mente.

El Tiempo

El tiempo pasa de prisa
no lo puedes detener
es el reloj de la vida
y nos movemos con él.

En ocasiones corremos
pues el tiempo se nos va,
en otras nos detenemos,
y no lo vemos pasar.

Cuando viramos la cara
y miramos hacia atrás,
vemos que se ha marchado
sin poderlo remediar.

Si tú esperas el mañana
con ansias de que éste llegue,
no te debes inquietar,
sólo tienes, que esperar.

Por eso vive el presente,
muévete al mismo compas,
que marca el reloj del tiempo,
no lo puedes evitar.

Fe

Si al pensar en tu pasado,
ves lo triste que has vivido,
piensa que quizás un día
puedas lograr lo anhelado.

Soñaste, mucho soñaste,
con un futuro feliz,
pero lo que estaba allí,
era un presente de espinas.

Tus sueños se desvanecen,
con un constante sufrir,
pero tú puedes vivir,
esperando lo soñado.

Confía, siempre confía
y no dejes de soñar,
camina en el pedregal
que vives en el presente.

Y con tu Fe, libremente,
desea, sueña y espera,
que en un futuro cercano,
ellos se realizarán.

El aroma de las flores,
los pájaros al cantar
su música celestial
siempre te acompañarán.

...

...

Caminarás sobre pétalos,
y te sentirás feliz,
porque la felicidad que buscas,
se encuentra dentro de ti.

Pilar Gómez Nieto

Nací en Ciudad de La Habana, Cuba. Comencé mi vida laboral en la Ciudad Universitaria "José Antonio Echeverría" «CUJAE», donde laboré por 27 años en el campo administrativo.

Estudié en la Universidad de La Habana, "Técnico en Control y Análisis del trabajo Docente Investigativo en la Educación Superior", ejerciéndolo en la Vicerrectoría, hasta que emigré a Estados Unidos, donde he cursado estudios de "Medical Coding and Billing" y "Certified Nursing Assistant" Soy Agente de Viajes www.lospinostravel.com

Durante toda mi vida he tenido inclinación por las artes, desde los disfraces infantiles, recitar, bailar, etc. En la Universidad he estado vinculada al movimiento cultural, conmemoraciones de carácter académico o festivo, organizándolas y/o participando. Nunca había incursionado en el arte de escribir. Conocí la existencia del "Club de Literatura" que dirige Francisca Argüelles, mi amiga de la infancia y comencé a participar. Hoy atrevidamente pongo a consideración del lector mi musa como autor, inspirada en hechos y huellas que dejan el andar por la vida.

pilar_cu@yahoo.com

Dedicatoria

A Dios por todo lo que tengo.
A los que han llegado a mi vida y de una forma u otra
han sido motivo de mi inspiración.
Gracias

Nunca es tarde para realizar un sueño,
y los sueños no son imposibles...
Pablo Coelho

Primer Amor

Es tan corto el amor y es tan largo el olvido.

Pablo Neruda

En un pueblo con puerto de mar de La Habana se celebraba en el Liceo, "la Fiesta de los Pescadores"; donde asistían los vecinos y disfrutaban de la música grabada, compartían bebidas y bocadillos mientras conversaban y desde el viejo horno del patio les llegaba el olor típico del puerco asado.

Los Alonso reunidos en el salón principal saludaban a viejos amigos que no veían desde el fin de año. De pronto apareció un apuesto jovencito, interrumpió pidiendo permiso y con un ligero ademán con su mano derecha se dirigió a la hija menor de la familia, invitándola a bailar. La niña Crecencia quién nunca antes lo había visto, con cara de asombro buscó el rostro de su madre, ésta hizo un pequeño gesto de aprobación. Ella tomó la mano del joven que la condujo a la pista de baile. Al ritmo de la balada "Las puertas del olvido" de Los Iracundos, grupo musical de moda, iniciaron su primer baile que resultó un mágico hechizo de amor. Terminada la pieza se miraron, quedaron por unos segundos extasiados.

-¿Vamos a donde tus padres? dijo en voz baja Leonardo.

-Sí, ¡vamos!

Brotándoles una dulce sonrisa; al parecer se conocían desde hacía mucho tiempo; pero eran demasiado jóvenes para pensar en el amor a primera vista, ella sólo tenía trece años y él dieciséis.

Conversaron por unos minutos, regresando nuevamente al salón de baile, pasaron la noche de una en otra pieza, hasta finalizar la fiesta.

Ese 30 de abril de 1986 cambió sus vidas, a partir de ahí no hacían más que pensar el uno en el otro.

Al día siguiente, domingo, Crecencia fue con sus tías y primos a la playa. Se dispuso a caminar por la orilla, observando el vaivén de las olas que acariciaban la arena con su salida y entrada al mar, mientras bañaban sus pies. Al levantar la vista se llevó una gran sorpresa, Leonardo, frente a ella. Sentía una mezcla de sensaciones, se sonrojaba, temblaba, apenada cuando se percató que estaba en traje de baño, como desprotegida. Trató de disimular su contrariedad, él fue discreto, nada comentó y se unió al grupo pasando un día espectacular.

Al caer la tarde todos los estudiantes de la zona partían a sus becas, ellos no eran la excepción de la regla, también tenían que estar en el punto de concentración. Crecencia aprovechando que su mamá conversaba con otras madres, escapó al encuentro de Leonardo, donde sellaron el compromiso de amarse para toda la vida con un ardiente beso, quedando como testigo la legendaria glorieta del parque del pueblo, la que guarda secretos de varias generaciones.

El viernes al regreso de la escuela Leonardo la esperaba. Ambos pasaron toda la semana pensando en este encuentro, llenos de ilusión y ansias de amor. Se abrazaron y besaron como novios oficiales, ante todos, ella un poco nerviosa, él muy decidido.

-¿Te acompaño?

-¡Sí! Pero no me puedo demorar.

Juntos caminaron hacia casa de Crecencia y en la cuadra anterior se detuvieron, haciendo planes para el fin de semana. Él le dio un beso en la mejilla, siendo visto por la madre de ella, quien le dice: no tienes que detenerte en la calle con ningún amiguito, para eso en casa hay un enorme portal. Aprovecha ella la conversación y le confiesa que el muchacho no es su amigo, son novios desde la semana anterior y la visitaría más tarde. A la caída del sol llegó Leonardo, haciendo su primera visita para formalizar el compromiso, la relación, según los patrones de conducta dictados por la familia Alonso.

A pocas semanas de noviazgo, Leonardo le propone a Crecencia tener una relación más íntima, para lo cual ella no estaba preparada, tenía bien claro que sólo al casarse se entregaría al hombre amado. En tan poco tiempo surge la primera contradicción entre ellos, aunque él no perdía la esperanza, algún día no lejano ella accedería y esto lo mantenía ilusionado e insistente.

Pasó mucho tiempo y la situación no cambió, para él era tan importante lograr su deseo sexual que lo planteaba como una necesidad y al ver que no era complacido comenzó a alejarse, ausentándose a las visitas de novio. La relación se afectó llegando a la separación.

El sentimiento de fracaso y desilusión invadieron a ambos porque realmente existía amor.

Leonardo siguió su camino, con el tiempo se unió a María Julia, vecina de su cuadra; constituyendo una pareja formal. Todo con Crecencia había terminado.

Crecencia por su parte a los 3 años de separación se casó y tuvo un hijo, divorciándose cinco años más tarde. Al ocurrir este desenlace piensa dedicar su vida a la crianza del niño, y se propone estudiar y trabajar.

Cuando sólo habían transcurrido unos meses se encontró con Leonardo, quien estaba al tanto de su vida y le pidió comenzar una amistad, aclarándole que hacía tiempo estaba separado de su esposa.

La amistad se convirtió en unión, él era el hombre de su vida y fue inevitable una nueva etapa llena de felicidad y satisfacción en todos los sentidos.

A los pocos meses, Crecencia quedó embarazada y hubo una objeción inesperada, Leonardo tenía entre sus planes emigrar a Estados Unidos, ella lo desconocía, razón determinante para tomar la decisión de interrumpir su embarazo, aunque la relación continuó.

Dos años más tarde, se hizo efectiva la partida de Leonardo hacia Miami; el compromiso quedó sujeto a promesas.

El tiempo transcurría, las llamadas se realizaban en casa de la familia de él, esporádicas y de corta duración, no existía privacidad; toda la familia de Leonardo estaba esperando para hablar y no le daban prioridad a ella. Poco a poco fue alejándose de las esperadas llamadas. Perdió la esperanza del reencuentro con Leonardo.

Con el tiempo ella y su hijo también viajaron a Estados Unidos, viviendo en principio en casa de su tía Lucia, en Miami.

Un día se encuentra con Leonardo, ya comprometido. Al cruzar sus miradas para nadie seria un secreto que aún quedaba una llama encendida dentro de sus corazones, se sentía nerviosa y temía que él lo notara, como dice el viejo refrán "donde fuego hubo, cenizas quedan". Acuerdan mantener la comunicación. Ella reflexionó, considerando continuar por caminos diferentes.

Pasan unos meses y Crecencia se independiza, agradeciendo la hospitalidad de su tía, quien le proporcionó alquilar un apartamento pequeño al fondo de la casa de Rubén y María, un matrimonio amigo de ella y pide a su tía que si Leonardo pregunta por su paradero no le dijera y así fue cumplido.

Rubén y María brindan a Crecencia y su hijo un trato respetuoso y a la vez cariño familiar. En casa del hermano de María se hizo una fiesta, a la que fueron invitados. Allí conocen a Alejandro, primo del anfitrión que se mostró interesado en la joven. Después de ese día la llamaba insistentemente, hasta que en una oportunidad le manifestó su deseo de visitarla. Ella aceptó, surgiendo un nuevo romance que se convirtió en una relación matrimonial. Para él, José Luis fue como su hijo, un tiempo después tienen un segundo hijo al que llaman Fernando, él tenía una hija de su primer matrimonio, por lo que un varón lo hacía muy feliz.

Para Crecencia, Alejandro no es el hombre ideal y mucho menos comparado con Leonardo, porque manifiesta frecuentes escenas de celos, le ha sido infiel, es bebedor, pero por encima de estas características negativas, ella considera que le proporciona estabilidad económica y una familia. Justificándolo cuando afirma que en el fondo es una buena persona.

Crecencia con un hijo de trece años y uno de nueve, dedicada a ellos, a las labores de su casa y a su único entretenimiento, la red social Facebook. Encuentra una invitación para ser amigos y grande fue su sorpresa, era Leonardo Ruiz. No pudo controlar su emoción y por tercera vez está en su camino. Él mantiene su estatus de casado, con dos niños también.

Intercambian anécdotas, fotos, etc., lo que va despertando en ambos la necesidad de verse, ella acepta y deciden encontrarse en un Starbucks.

Crecencia se engañaba, repetía en su pensamiento que tomó la decisión por curiosidad, amistad o cualquier otra causa que no fuese la real. No obstante se vistió para la ocasión, como para una velada extraordinaria, nada más parecido al propósito de llamar la atención o coquetear.

En camino a la cita, lo llama y dice:

-¿Dónde te encuentras?

-Donde quedamos, en la última mesa del pasillo a la derecha.

-Ok. Estoy llegando.

Crecencia hace su entrada en el Starbucks. Al verlo su corazón se agita. De inmediato Leonardo siente la mirada, levantó la vista, se puso de pie y sonrió, caminó unos pasos, quedó deslumbrado, la mujer esperada estaba a su alcance. La vio más bella que nunca.

Frente a frente de nuevo, experimentan una sensación que sólo lo explica el instinto de amarse. Nerviosos se aproximan, saludándose como viejos amigos, el tomó sus manos fuertemente dándole un beso en cada mejilla, no la dejó reaccionar. Crecencia sintió la cercanía de su cuerpo y fue como una señal de "peligro", rompe su silencio y dice:

-¿Nos sentamos?

Sin esperar respuesta camina hacia la mesa. El no perdió tiempo la ayudó a tomar asiento y acarició su pelo.

Quieren saber que ha sido de sus vidas, se preguntan y responden sobre sus familias. Se miran fijamente, ella siente que Leonardo la desnuda con la vista, parecía que no atendía la conversación.

¡Quién sabe cuántos pensamientos pasaban por sus mentes mientras conversaban!

Tomando el café revivieron tiempos pasados. Ella le preguntó si recordaba la primera pieza que bailaron.

- Si, respondió, quedando pensativo.

- "Las puertas del olvido", se adelantó ella a decir.

- Claro, claro que si, ¿cómo olvidarla? No me diste tiempo a responder, muchas veces vi nuestras vidas identificadas en su letra. Puedo contarte:

- Recién llegado acá conocí la soledad y en muchas ocasiones me fui a la orilla del mar. Siempre me refugiaba en el contenido de esa canción, sabía que del otro lado estabas tú, sentía que tenía relación con nuestras vidas.

- ¡Caramba! Interrumpió Crecencia, ¡que romántico! No conocía esa faceta tuya, casi poeta.

- No, no te burles, aún no he terminado, continuó: Quizás ese comienzo fue una premonición, atiende, la letra dice así:

No saben que mirando el mar
Yo veo mucho más allá
Que a ti, yo te vuelvo a encontrar
Y encuentro luz
Para mi oscuridad…

-¡Wow! Dijo ella en tono jocoso, no quería ver el sentido del tema de la canción. Continuaban muy entusiasmados con la conversación sin darse cuenta que el tiempo pasaba.

El dijo:

-Nunca he comprendido que pasó. Al principio llamaba y era poco el tiempo que disponíamos para hablar, lo sé, pero después ni esperabas las llamadas.

-Es cierto, eran tan breves y tantos a hablar que perdí la esperanza de volver a encontrarnos, sabía que me olvidarías.

-¿Te agrego la otra parte de la canción? Y continuó:

Las puertas del olvido cerré

Ese no es lugar para ti...

-Y fíjate si es así, que te encontré y podemos comenzar nuevamente, no tenemos porqué privarnos de dar riendas a nuestros sentimientos, nadie tiene que enterarse.

-Dejemos esto Leonardo, tú tienes tu compromiso, yo el mío. A propósito, tengo que irme. Dijo muy seria poniéndose de pie para huir de las garras del ave de rapiña, notaba que era vulnerable, quería evitar a toda costa cualquier acción de la cual más tarde tuviera que arrepentirse. El sin perder tiempo la abrazó, le robó un beso, como si no estuvieran en un lugar público. Cuando ella logró liberarse de sus brazos, le aclaró:

-Leonardo, yo soy casada, recuérdalo.

Y sin mirar atrás se marchó.

En la noche suena el teléfono celular de Crecencia. Leonardo llamando, ella con dudas, sin saber qué hacer, ¿responder o no? Pero la llamada se repite, finalmente responde. El pide mil disculpas por lo ocurrido y tan amigos como siempre, sin reparar en lo que sería correcto o no, una vez más vence el amor y no la razón.

Ella, no quiere dejarse llevar por el instinto de amar, queda meditando todo lo sucedido y... De pronto compartía el lecho del pecado, donde hacía el amor, saciando todos los deseos reprimidos y aprovechando el tiempo perdido, impuesto por la distancia, decisiones bien o mal tomadas, disfrutando intensamente de la entrega como la primera vez, ahora con más profundidad y madurez.

Un toque en la puerta de la habitación, paralizó toda acción, ya el amanecer.

¿¡Fue descubierto su secreto de amor!?

Como un eco escuchó:

-¡Mamá!

Asustada reaccionó. Respiró profundo, lo abrazó, le dio un beso.

Su hijo Fernando la había despertado.

Ella alegrándose que no haya sido una realidad y como dice la canción:

...Estás entre las cosas que amé...

Soñé...

Si deshecha en menudos pedazos
llega ser mi bandera algún día
nuestros muertos alzando los brazos
la sabrán defender todavía.

Bonifacio Byrne

Aunque poco usual en mí, al despertar, recordé que algo soñé.

No era un tema aislado, coincidía con la noche en que el noticiero difundía la acción de la caminata pacífica de "Las Damas de Blanco"; mi subconsciente debe haber retenido esa información como inconclusa y mi sueño amplió la noticia.

Vi, en la medida que pasaban "Las Damas de Blanco", personas que observaban tras las puertas y persianas entornadas, salir vestidas de azul y rojo completando los colores de la bandera.

Creándose una gran multitud que se convirtió incontrolable, donde las acciones de las marionetas manejadas por el régimen castrista, fueron bajando sus manos y alzando sus voces.

La alarma del reloj, interrumpió el sueño, no logré oírles ni ver el final; pero con mucho anhelo deseo que haya sido coreada la frase:

-¡Viva Cuba Libre!

Y que mi sueño se haga realidad.

Regalo

La más insignificante de las acciones,
vale más que la más grandiosa de las Intensiones.
L.E

A una expo-venta de productos, en horas tempranas de la mañana llegó una anciana vestida de negro que le hacían resaltar sus brillantes canas blancas.

Tomó asiento, se mantuvo observando todo a su alrededor en silencio durante mucho tiempo.

Al parecer le llamó la atención a un mercader que por su apariencia podría ser árabe.

El hombre se acercó, le dijo algo en inglés, ella no logró entender. El árabe miró hacia atrás y llamó a un joven que le acompañaba, para que le ayudara a comunicarse con la señora y éste le preguntó:

-¿Qué edad usted tiene?

-¿Cuántos cree? Respondió de forma jocosa, la viejita.

-Pues, unos 80.

-Se acerca pero no llega, cumplí 90.

-¡Bendiciones mi señora!

El joven tradujo la conversación con la señora.

El mercader se dirigió a su mesa, tomo una fina bufanda negra y dorada y pidió a la señora en cuestión que la aceptara como obsequio de Navidad.

Ella la tomó y mientras la colocaba alrededor de su cuello, agradecida le dio el mejor de sus regalos:

Su sonrisa.

Colores

... El instante mágico es el momento en que un si o un no puede cambiar toda nuestra existencia...

Paulo Coelho

Después de mucho tiempo de añoranza y desvelo, llegó el sobre amarillo. Indicando el momento de colocar en la balanza la unión familiar y el amor que pudiera ser pasajero.

La magia del color se hace presente; **amarillo** lleno de vibración y entusiasmo; no hay mucho que pensar después de once años de ausencia.

Más allá del horizonte un **arcoíris**, quien me dio la vida, los frutos de mi vientre fértil y la cuarta generación que no se hace esperar.

El **rojo** que viaja dentro del ser, atrae, magnetiza.

El iris **verde** armoniza entre el nivel emocional y la esperanza.

Abandoné el caimán dormido, bajo un manto de Marpacíficos **blancos,** irradiando luz sobre un fondo **azul,** lleno de confianza y Fe.

¡Quedó atrás el yo!

Al frente; símbolo de bienvenida exhibiendo sus múltiples estrellas y con su **azul** y **rojo** a través del cristal los veo mezclados dando un color **púrpura** en que visualizo, encontrando mi misión de vida, el momento del cambio.

¡El arcoíris alcanzo, la lluvia cesó!

¡NO!

Mujer, ser inigualable,
mezcla de fragilidad y fortaleza,
renovadora de la especie,
engendrando el ser humano.
Diseñada para ser amada,
no abusada.
¡No lo permitas!
Como guerrera armada
defiende tus derechos.
¡No tengas miedo!
No justifiques
No toleres
No aceptes el maltrato
¡Lanza tu grito de mujer!
Llegará al infinito
Se hará un eco en el universo:
¡No a la violencia!

Reflexión

Donde la vida florece a donde termina…

Llamo "donde la vida florece", a la Universidad; donde durante 27 años trabajé.

Allí, ilusión y entusiasmo van de la mano revoloteando por corredores, jardines y aulas en su carrera para alcanzar los sueños que otorgará el tribunal académico. Disfruté a lo largo del tiempo los julios y los septiembres.

Hoy, me ha tocado estar del otro lado, en pasillos fríos como túneles iluminados con salida al firmamento, rodeados de entradas que individualizan historias, de poco más de un siglo en algunos casos, la mayoría exiliados cubanos, sin que cuente ya su "yo", nivel intelectual, ni posición económica, sólo sus dolencias y condiciones de salud, además de la lejanía de sus familiares y sentir el peso de la mano ajena encargada de su cuidado.

Estos seres en medio de sus demencias, cuentan pasajes de su vida, llaman a sus familiares queridos, muchos saben de sus lugares de partida que mencionan con agrado y orgullo, experiencias vividas que marcaron pautas y guardan en sus subconscientes. Curiosamente, basta con mencionar el régimen castrista para oír alguna expresión de desprecio al respecto, como deuda que quedó sin saldar.

Me he preguntado y me he respondido:

-¿Por qué Dios me ha puesto en este camino?

-Él es sabio.

¿Será a modo de aprendizaje para comprender y manejar adecuadamente la condición médica que, hoy por hoy se apodera de mi madre?

¡El Alzheimer!

Y yo, en este asilo de ancianos, tratándolo, no como un empleo sino como un servicio a la humanidad, una obra de caridad;

velando sus sueños y detectando sus necesidades, observando el paso a la gravedad y al sueño eterno, con la fortaleza que "Él" nos da para enfrentar todas estas adversidades, a lo que llamo: "donde la vida termina".

Después de esta comparación entre tiempos de juventud y experiencia acumulada, les dejo como reflexión algo del emblemático Charles Chaplin.

La vida es una obra de teatro
que no permite ensayos…
Por eso, canta, ríe, baila, llora
y vive intensamente
cada momento de tu vida…
Antes que el telón baje
y la obra termine sin aplausos.

Una Mañana

Amaneció todo nublado
sentí sensación de tristeza
Vi desde mi puerta
que en un jardín abandonado
del cercano vecindario
yacían dos flores
del viejo orquideario
¡Resplandecen de belleza!
Luciendo sus colores
un intenso verde y un fino morado
Vi que sonreían al día
agradeciendo la vida
A pesar de estar nublado

A Mi Padre

De él, recuerdo la piel canela en contraste con sus ojos azules de la influencia norteña; carismático y sonriente siempre, trabajador y emprendedor.

Fue un excelente hijo y hermano, cuentan los que de joven lo conocieron.

De él, recuerdo la buena cocina, el disfrute de paseos a playas, picnics y fiestas impregnados de su gran entusiasmo.

No tuvimos mucho tiempo para conocernos, el régimen castrista me lo arrebató cuando apenas comenzaba a tener uso de razón.

De él, recuerdo que desde su encierro no olvidaba un motivo de celebración, haciendo llegar un telegrama en cada fecha.

Sustituyó su nombre, el número 28396 durante nueve años. Inolvidable la búsqueda de su paradero, seguido de visitas a la prisión de La Cabaña, Isla de Pinos, Pinar del Rio y a cuantos lugares fue confinado.

De él, recuerdo su insistencia por la celebración de mis quince noviembres, donde no pudo asistir.

En libertad condicional salió, meses antes de cumplir sentencia.

De él, recuerdo cuando al altar me llevó. De sus nietas disfrutó menos de una década. Fue buen esposo, padre y abuelo.

Su corta vida terminó como una estrella fugaz, en mi corazón siempre vivirá y podrá descansar en paz.

Extraño...

¡De mi Cuba, extraño!
Las calles de La Habana
el Malecón
la música cubana
y su Son
el eterno verano
con su sol
Extraño…
La familia que allá quedó
los amigos de antaño
que fuimos a la escuela de la mano
los que juntos bailamos
mis vecinos que son mis hermanos
la gente de mi barrio
y el carisma del cubano
Extraño…
Una yuca con mojo
el rico lechón asado
y el olor a café tostado
Extraño, pero…
algún día regresaré
sin sentirme extranjera.

Vacaciones De Primavera

Empieza a cuidar la naturaleza y la naturaleza cuidará de ti...

Al regreso de las vacaciones de la temporada primaveral, en el maravilloso mundo de Disney, Claudia, mi nieta de siete años, cuenta lo mucho que disfrutó del recorrido por los cuatro parques temáticos:

Animal Kingdom, Magic Kingdom, Hollywood Studios, EPCOT.

Particularmente hace referencia a su visita a EPCOT, describe sus atracciones relacionadas con el Planeta Tierra, la energía y el espacio, entre otros.

Los temas tratan desde la época prehistórica y como el hombre fue cubriendo sus necesidades de supervivencia hasta nuestros días.

Ella considera que aprendió muchas cosas interesantes que desconocía, sobre todo el cuidado del medio ambiente para lograr un mundo mejor y otras le impactaron, como:

Cuando el parque se cubrió con el velo oscuro de la noche, en medio del lago comenzaron a levantarse al ritmo de la música, destellos de luces, y colores, los fuegos artificiales que caracterizan al mundo mágico de Disney, ¡creando un espectáculo increíble! Y desde el agua surgió el Globo Terráqueo, empezó a dar vueltas, «sin planetas a su alrededor». De pronto se abrió y de su interior salían más fuegos artificiales como si se hubiese explotado.

Claudia hizo una pausa y acongojada, dijo:

-Después de todo un día aprendiendo sobre el medio ambiente y como salvar el planeta, al final, ¡llenaron de contaminación el cielo!

Todo se llenó de humo, como el que sale de las factorías.

Atardecer

Inusual tarde navideña
de cálido invierno.
Lucida puesta de sol
se divisa desde la orilla de la playa.
Mientras se internaba en el horizonte,
reflejó su luz incandescente
sobre las quietas aguas del mar.
Encandilaba la vista,
justo, iluminó el castillo de arena
majestuosamente construido por los niños
creando un escenario irrepetible
o sólo logrado por el pincel
de un artista inspirado.

Explosión

Una estrepitosa detonación, en medio de la noche rompió el silencio de la zona urbana. Al momento se escucha un bullicio: voces de personas alarmadas, el ladrido de perros, el acercamiento de la sirena ensordecedora de los bomberos y la patrulla de policía.

En breve, la "EXPLOSIÓN" se convirtió en noticia. En la primera emisión de la mañana, al Noticiero Local no le faltaron imágenes y algunos comentarios. La causa de los hechos aún se desconocía.

El Sr. Valdés, quien fue víctima del caso, narra lo ocurrido:

-Salía del baño, encendí un cigarrillo, tiré el fósforo atrás y la respuesta fue contundente, me dejó atónito, oía aletargado, el vecindario alborotado. La onda expansiva me empujó, caí al suelo y estuve aturdido por unos instantes.

Fui socorrido por mi esposa y algunos vecinos, entre tanto llegaron los bomberos, me dieron atención inmediata. Felizmente no hubo mayores afectaciones, recibí un ligero golpe en la cabeza, espero no me traiga consecuencias mayores en un futuro, mi salud está primero y en segundo lugar las pérdidas materiales, simplemente, la rotura del inodoro motivado por el estallido ¡Inesperado!

Ahora sólo me queda conocer ¿Por qué ocurrió algo así?

A pocos días del suceso, comenzó la investigación sobre aguas residuales vertidas, por diferentes establecimientos comerciales y de servicios ubicados en los alrededores. Analizan muestras colectadas de los depósitos soterrados de una gasolinera cercana que, potencialmente podría tener relación con el incidente. Sin dudas, todos apostaban a favor de dicha hipótesis y después de este evento muchos afirman que en más de una ocasión el aire les traía el olor a gasolina, quizás procedente de algún desagüe hogareño y algunos comentan que a veces, cuando han caminado cerca de rejillas de alcantarillas, notaban que despedían gases entremezclados de desechos químicos y perfectamente estaría presente el combustible.

Pasaron unas dos semanas, las labores investigativas del caso, habían concluido y revelaron las causas de la explosión:

En realidad el accidente estaba estrechamente relacionado con las aguas del alcantarillado. Fue descartada la vinculación de la estación de gasolina, como se había planteado en principio, estaban todas las normas y regulaciones establecidas cumplidas estrictamente.

¿Dónde se originó la situación?

En la esquina anterior a la casa de la familia afectada, justo a una cuadra de distancia, estaba "El Dragón", lavandería típica china que, los vecinos nombraban "tren de lavado". Esta era operada por una de las familias de origen oriental, asentadas en la localidad por más de cinco décadas. Ellos tradicionalmente, usan la gasolina blanca como producto quita manchas en las tintorerías de lavado en seco.

Se comprobó que uno de los depósitos de almacenaje del líquido inflamable, había sufrido una avería no detectada, cayendo justamente en un desagüe obsoleto. Aunque fue accidental, infringen la ley establecida que prohíbe verter algunos productos a la red de alcantarillado, por tanto fueron declarados responsables del hecho, aplicándoles los correspondientes cargos.

Valdés, recibió una buena recompensa monetaria, la cual nunca dio a conocer, le permitió disfrutar de un moderno cuarto de baño, nunca antes soñado. El susto, fue tan traumático que jamás encendió un cigarrillo y decidió iniciar en su comunidad, una campaña contra la contaminación ambiental, bajo el título:

¡Todo lo que contamina daña el mundo!

El Botón

La rutina de cada día para llegar en tiempo al trabajo, hacía tomar dos ómnibus muy congestionados.

En uno de ellos luchaba por alcanzar la puerta de salida y a un escalón de distancia de la acera, mi bolso tejido quedó trabado entre la gente, justo en el botón de la camisa de un estudiante. En ese turbulento momento, la solución fue tirar de la bolsa ¡el botón! salió disparado.

El muchacho indignado exclamó a toda voz:

-¡Viejaaa! tan fea como está.

La elocuente expresión del jovencito provocó carcajadas contagiosas entre los pasajeros a su alrededor, quizás ni imaginaban el motivo, pero mientras me alejaba oía la diversión y más de uno algo gritaba.

Me dio pena lo ocurrido, pero también tanta risa que caminé cuadras sin poder contenerla.

Aún hoy, cuando lo recuerdo, no puedo evitar sonreír.

Luis Gutiérrez

Nací en Ciudad De la Habana, Cuba, en un buen año de la década de los 60. En mi adolescencia inicié mi actividad literaria con largos poemas y cuentos inacabables, de los que ahora soy incapaz de mostrar. A los 17 años comencé a participar en los talleres literarios en mi terruño natal Habana Vieja.

En los años 1990 y 1991 gané los concursos de cuentos de los talleres literarios en la Habana Vieja. También por esa fecha tan vertiginosa e importante para mi desarrollo, colaboré como reportero para el diario capitalino "Tribuna De la Habana". En el cual me mantuve por varios años.

Así mismo en 1992 obtuve mención en el primer concurso de relatos "Cirilo Villaverde" Y también en el concurso de cuentos provincial del municipio Guanabacoa. Al tiempo me graduaba como técnico en Contabilidad en el Politécnico De Economía de Ayesterán.

Pero no me sentía feliz y en el 1993 emigré a los Estados Unidos, donde resido actualmente. Por otro lado participo en el Club de Literatura que exitosamente dirige Francis Argüelles. Donde me siento realizado y dichoso.

gutieperez@hotmail.com

El Favor De Dios

En la Iglesia, entre adoración y alabanza, proclamamos su omnipotencia, su poderío; esa capacidad sobrenatural de convertirlo todo a sus deseos, a sus designios, sin que haya voluntad que pueda influirlo o decidir lo contrario. Yo, por otro lado, consortico alegre, no soy su elegido. Mi sangre no es azul ni pertenezco a los Bourbon o a otra dinastía Europea. La mayor parte del año no tengo trabajo. Mi única propiedad es un sato de nariz alargada, pintas negras y decenas de pulgas inmisericordes que le arruinan su vida marcada por la sobrevivencia. Soy uno más. Alguien que como usted lucha a diario con los camiones, el alza de las tortillas y una renta que me despoja de los pocos chavitos que consigo. Sin embargo, ahora, hay una diferencia. Dios me debe un favor. Ese ser venerado por todos está en deuda conmigo.

¿Quizás ustedes se pregunten cómo es posible, o es que yo soy un parlanchín mentiroso? No. Yo amo a Jesucristo y a nuestra patrona La Virgen de Guadalupe. Allí no más, en el caminito, tengo mi guacal en el que son mi orgullo dos fotografías de Jesús y la Guadalupana. Ambos cuadros son enormes y vistosos y sin una partícula de polvo que para eso mi viejecita los limpia todos los días y hasta le pone sus flores a diario. Claro tengo que vigilarla pues en una oportunidad se confundió, - imagínense tiene 94 años- y le puso a Jesús un rosario antiquísimo, reliquia de la familia, que según ella estaba bendecido. Y no sé si fue mi imaginación o no, pero Diosito me miró fuerte. Sus ojos eran como de fuego azul. Yo me asusté. Y en ese tiempo no me debía el favor. Por lo tanto le lleve doble limosna a la iglesia y por la sonrisa beatífica, consentidora del pastor, El señor me perdonó.

Mi pastor es un Tiíta bueno. Él me enseñó a escribir correctamente, utilizando palabras más bonitas y hasta unas cosas que él las llama "metáforas". Lo único que al parecer no hace mucho ejercicio y debe de alimentarse con puro graserío y multitudes de calorías pues está gordo como el elefante del Zoológico. También luce un granerío humoriento que él trata de disimular con una barba rojiza, ríspida. Así es Ramiro, Hombre de Dios, mesurado y hacendoso. La única oportunidad en que lo vi enojado fue cuando me descubrió un crucifijo con el rostro de Cristo, "hermano Crisanto, las imágenes no son apropiadas ni bendecidas por nuestro señor Jesucristo. Por favor, quítese ese crucifijo" .Yo había acabado de salir de la iglesia Católica, pues para adorar a la Guadalupana debo ir allí, Y había olvidado ponerme el crucifijo con la cruz lisa. Pero no se confundan, taitas, Yo amo a Jesucristo y trato de seguir todos sus postulados, pero también quiero a la virgen de Guadalupe, milagrosa y santa patrona. Para hacerlo debo ir a dos iglesias y uno a veces se confunde. Y ahora yo me pregunto, ellos que han estudiado y que son más inteligentes ¿Por qué no hacen una Iglesia en la que se pueda adorar a Jesús y a la virgen y a todos los santos?

¿Por qué dividir la fe? ¿Por qué tratar de demostrar que uno tiene la razón y el otro no? ¿Acaso en el cielo no hay suficiente espacio para todos? No lo entiendo. A pesar que voy a las Iglesias todas las semanas, comulgo, doy el diezmo y enciendo velas «aunque a mi Pastor no le guste».

Pero cuando llegue allá arriba, voy a hablar con Diosito y le preguntaré: ¿Por qué hay tantas iglesias en el mundo? No es preferible hacer una bien grande y que allí todos nos congreguemos y le rindamos Adoración. Las otras las podemos destinar a los niños, para que ellos jueguen y hagan grandes papalotes en reverencia al Señor. Aunque, ay tata, que complicada es la vida. El señor Cura de la parroquia principal del pueblo, esa de grandes vitrales multicolores, y el Diosito sonrosado que ríe cuando le echas unas monedas, me miró bien feo el otro día y dijo que yo estaba blasfemando porque se me ocurrió hacer una pinturita de nuestra patrona La Virgen Morena extendiendo la mano y tocando a Rosalinda, la pobre señora que acaba de perder un hijo en la guerra, pinches militares. Ella está muy afectada. Era su único hijo y se fue a la guerra con apenas 13 años. Nunca más lo volvió a ver. Por eso se dice que ella se dedicó a las malas artes e invocaba a los espíritus para que su hijo regresara a verla. Otros decían que era facilona y que cobraba por sus servicios. A mí no me consta. Pero el señor padre al ver mi pinturita alzó sus manos huesudas, resopló como caballo brioso y extendiendo su cruz de palo rustico me hizo la cruz. Después me dijo que yo era un buen hombre, creyente y fiel católico por lo que debía romper esa pintura antes que el pecado que ella contenía se extendiese y causara más daño en el mundo.

Yo no lo entendí del todo pero deduje que el problema era la pintura, por lo que me la eché al hombro y me alejé; mientras el sacerdote con voz melosa y apacible me decía:"bendecido sea, hijo". Por la noche, antes de las doce campanadas, Rosalinda llego a mi casita. Estaba hermosa. Sus carnes apetecibles y abundantes anunciaban el festín, su perfume de hembra indómita lo inundaba todo, su pelo se movía rebelde y atrevido. Sin embargo sus ojos ateridos de llanto, de soledad, de un dolor inacabable anunciaban que esta mujer no vivía. Y no hubo palabras ni frases dolorosas. Ella hizo por quitarse la blusa negra de algodón grueso y los zapatos tristes, ahítos de pena. Pero yo no la dejé continuar y extendiendo los brazos le alcancé la pinturita. Y por primera vez esa mujer lacia, marcada, sin nada que ofrecer me sonrió. No su cuerpo o su rostro sino su alma, y la vi como era. Un caparazón vacío, unos sentimientos asfixiados de tanto dolor y un corazón roto en su esencia, en algo que ya se le había escapado hacía mucho. Dos días más tarde Rosalinda murió en una noche apacible y sin estrellas. Todos lo esperábamos, y tu Diosito te encargaste de juntar todos sus huesos y llevártela. Eres sabio, Señor. Existe el dolor pero también la alegría; el paraíso igual que el infierno. Y ella señor ¿A dónde irá? El párroco dice que al Infierno y que su cuerpo arderá infinitamente. Yo no estoy tan seguro. Alguien que amó como Rosalinda no puede sufrir por siempre. Tú, Jesús, no eres dogma y castigo. Y me debes un favor. ¿Recuerdas? Tú estás en deuda conmigo. Con este insignificante labriego de manos ásperas, ojos como cocuyo despierto, y machete al cinto. No temas. No te pediré Castillos, Principados o millones de almas que me adoren y que estén dispuestas a arrojarse a un barranco por mí. Lo que deseo será mi premio. Algo que me recuerde lo que sucedió ese día. El momento imperecedero en que cambió mi vida para siempre.

Era una mañana azul. El sol lamía las pocas calles asfaltadas del centro del pueblo. Las mínimas nubes se deslizaban sigilosas formando imágenes no siempre incomprensibles y sujetas a una desbordada imaginación. Y en el medio, justo en la avenida principal, un pequeño carro de pintura chapucera y parachoques hundido iba sin destino definido y con la agresividad propia de un conductor inexperto e imprudente. Yo me quedé incrédulo al verlo, más aún porque en el asiento trasero un niño de unos 7 o 8 años sacaba su cabecita suplicante. Pero desgraciadamente nadie podía hacer nada, solo esperar y rezar, pues el auto iba a más de 80 millas por hora y aquel conductor indolente no pensaba reducir la velocidad. De súbito el carro dio un giro inesperado y por poco arrolla a dos ancianitas que horrorizadas se estaban persignando. El cambio fue tan brusco y a tanta velocidad que el chofer perdió el dominio del volante y dejando una estela de tierra y piedritas a su alrededor fue a estrellarse contra un viejo árbol, al lado de la calle que cruzaba la avenida principal. El hombre quedó incrustado contra el timón. Entonces era claro que lo que más importaba era el niño. Monté mi bicicleta y me acerqué al auto. El infante estaba inconsciente, y con su cabecita destrozada contra el cristal derecho de la ventanilla del carro, sangraba profusamente. No lo pensé mucho. Y con trabajo logré sacar al muchacho, que seguía sangrando e inconsciente. Después me lo puse entre el hombro y el brazo, y con el otro maniobré la bicicleta y conseguí llevarlo al Hospital "María Auxiliadora" que estaba solamente a dos cuadras, gracias a Dios.

Después toda la noche me la pasé clamando por un milagro, para que tú señor omnipotente te manifestaras y le salvaras la vida a Juanito, que así se llama el niño. Mientras el médico, un regordete con ojos de sapo redomado, le anunciaba a la familia que a Juanito solo le quedaban horas.

Todo fue pena y desconcierto en ese Hospital. La madre del niño que había llegado un momento antes, no sabía qué hacer. Sus manos se deslizaban afanosas, cimbreantes por un vestido incoloro de tantas lavadas. Su vista moría en un piso gris, mustio y su corazón era un corcel a galope marcado por el dolor y la desesperanza. El doctor esperaba, aparentando una sincera comprensión, al tiempo que se sobaba una panza redonda y peluda, e irrumpía con voz misericorde: "Señora, tiene que decidirse. Su hijo solo está vivo por las máquinas. Los riñones no le trabajan, morirá sin remedio. Mantenerlo así solo alargará su sufrimiento y - el hombre mira a los presentes- el de todos". En ese instante noté que algo se rebeló dentro de mí, y que cobraba vida y fuerza a cada instante." No desconecte a Juanito, Isabel. El vivirá a pesar a pesar de los vaticinios. Tenga fe. Dios está en su cabecera". Sentí como todos me miraban asombrados, dudando y expectantes, pero ya no había remedio había comenzado y ya no deseaba callarme: "Dios no lo quiere muerto". Yo lo saqué del auto para que viviera, no para que un fantoche lo condenara aún antes de luchar. Vamos a levantarnos, oremos y Juanito abrirá sus ojos. "Es una promesa". De pronto me sorprendí por lo que había dicho, pero no había marcha atrás, taita, y las orejas me ardían ¿Eras tú, señor? Mas el médico alisándose el pelo intervino: "Señora, ni cien mil oraciones lo salvará. Tiene los dos riñones inoperantes. Es imposible que se salve. Por favor, quítele el sufrimiento". Isabel me observa y mira al doctor. Ahora se percata que es la única jueza y que tiene en sus manos la salvación de su hijo. Un pequeño que no puede decidir por él. "Doctor -comienza la mujer- desconecte los aparatos y entrégueme el cuerpo de mi hijo lo más rápido posible. Quiero tenerlo cerca para ver si la muerte me alcanza también a mi". El galeno se marcha a cumplir la orden de Isabel, y yo siento que no lo puedo permitir. Algo muy sagrado está en juego. Y me lanzo en pos del médico. Deseo agarrarlo, detenerlo, impedir la sentencia y mis manos se engarrotan incapaces, la respiración me asfixia y mi corazón lanza bramidos de lidia. Y desde lo más profundo un grito ululante, áspero irrumpe con ferocidad, con el seco detonante de una furia, un coraje que va creciendo, que se agiganta cual olas destructoras, letales: ¡No, no, no!

Silencio. Todo ha pasado. Dios te ha concedido el favor que anhelas. Una enfermera dedicada te arropa con cuidado. Te cuida con sus manos delgadas, serenas, y le señala a su compañera: "Este es". No puedes ver su sonrisa. Hechizarte con sus dientes blancos. Está dormido. Aunque ahora extiendas tu mano y la roces ligeramente; como también tocas complacido a Juanito, el orgulloso niño que vive gracias a un riñón que le cediste.
¡Ése es tu premio!

Juan José Hernández Mirabal

Nació en Cuba, actualmente reside en la ciudad de Miami, Estados Unidos, es un conocido diseñador de carteras, sus creaciones han sido usadas por: la actriz Sofía Loren, La primera ex-dama de Estados Unidos la Sra. Nancy Reagan, entre otras personalidades.

Desde niño allá en su Cuba, sentía gran admiración y pasión por la Virgen María la madre de Jesús y sus apariciones, fue a la aparición de la Virgen en Coyers en Atlanta Georgia. Asiste en Hollywood, Florida, a un lugar donde también aparece la Virgen, durante siete años va a este lugar los día trece de cada mes.

Ha tomado maravillosas imágenes. Ha visto milagros asombrosos y siempre he pensado que el mundo debería conocer estas cosas tan grandes y celestiales.

La inspiración y necesidad de hacer el libro de "Imágenes Celestiales" su primera publicación con D'har Services «2011»

El autor explica que llegó la urgencia y lo empujaron a buscar las fotografías que tenía de las diferentes apariciones de la Virgen María. Tomó la biblia, casualmente cada vez que miraba una fotografía y abría la Biblia enseguida encontraba el pasaje que se relacionaba directamente con la imagen que tenía en sus manos. Le impresionó el hecho, la coincidencia y facilidad. La voz interior que le guía le anima a seguir adelante.

nanojuanjose@yahoo.com

El Ataque Del Pájaro, La Mariposa Y Yo

Caminar es una de las actividades más beneficiosas que existe. Es bueno para la circulación, la diabetes, el colesterol, etc. También es muy bueno para la liberación de pensamientos negativos e incrementa el optimismo. Esto lo tengo comprobado desde niño. En la actualidad camino mucho.

Tenía tiempo para salir todas las mañanas a disfrutar del día y mis caminatas. Escogía pasear por los lugares más agradables.

Un día pasaba por el costado de un comercio al aire libre, sentí que un pájaro me ataca por detrás, dándome picotazos. El zumbido del ave sonaba estrepitoso en mis oídos.

Estaba temeroso, porque este pájaro venía de sorpresa, cada vez que andaba por ese lugar, yo no sabía cuando aparecería y siempre me atacaba por detrás, eso resultaba muy incómodo para mí.

El pájaro era chico, no como los negros, brillosos y grandes que abundan en Miami.

Quería tener un cañón para despedazarlo, luchar con él era sumamente desventajoso... atacaba y emprendía el vuelo rápidamente hacia arriba.

Un día que venía para atacarme, me vire rápido tratando de defenderme, hice piruetas en la calle. Se alejó y se posó en el techo de un almacén, mirándome con intenciones de continuar su ataque. Luego abrió sus alas negras y vi que tenía debajo de ellas unas franjas rojas, parecía "algo maléfico", burlándose de mí. Cuanta frustración me dio.

Continué pasando todos los días por allí, ya era un reto para mí. Un día volvió para atacarme, y al esquivarlo... frente a mi apareció una mariposa amarilla. En ese instante sentí la presencia de mi madre ¡Tan linda, tan amorosa, y tan segura! Me dijo:
-"No te molestará más".

Pasó tiempo sin que apareciera esa ave maléfica. Cierto día caminando por el mismo lugar, a mi izquierda volví a ver al pájaro volando, lo hacía con mucho trabajo. Y lo que vi, no era un pájaro.
¡Vi una bruja vieja que casi no podía volar!

La Intuición En Cancún

Este es un viaje que se realizó de forma muy especial. Mi prima Teresita, aeromoza de una compañía aérea, invitó a varios familiares a Cancún, México. Yo, asistí con mi esposa Rosmery y mi hijo Lizardo.

Nosotros éramos los únicos viajeros de este avión, que salía desde Miami para mantenimiento en Cancún. Allí, al mismo tiempo encontraríamos a otra prima que venía de Cuba, artista talentosa, que actuaría en diferentes funciones en algunos hoteles.

La estancia en Cancún fue muy alegre, la travesía fue bella y sobretodo muy cómoda.

Visitamos las ruinas de Tulum que está situado en la llamada Riviera Maya , en la costa caribeña de México a unos 130 kilómetros al sur de Cancún. Los Mayas, colocaban sus construcciones en lugares estratégicos y paradisiacos, como éste ubicado en una montaña frente al mar, con una vista espectacular de la playa.

A diferencia de otros lugares Mayas, Tulum se encuentra a orillas del mar.

De regreso, después de más de una hora de camino, me doy cuenta que había perdido mi billetera, allá en las ruinas de Tulum.

Era un verdadero contratiempo. Me encontraba en otro país y en mi billetera estaban todos mis documentos legales. Me sentí muy mal… Requería mi documentación para regresar a Estados Unidos.

El marido de mi prima, me preguntó, si quería regresar a buscarla. Pensé… llevamos más de una hora de camino y ya es de noche… que difícil era tomar una decisión:

Si continuábamos tenía que dar por perdidos mis documentos.

Si regresábamos sería muy tarde y el lugar podría estar cerrado. Además es una zona muy grande para buscar una pequeña billetera.

Una decisión difícil de tomar…

Entonces acudí a mi "Voz Interior".

Con mucha "FE" y ansiedad pregunté mentalmente".

__ ¿Qué hago?

"Y en ese momento recibí la respuesta:

__ "SIGUE, NO TE PREOCUPES".

Me sentí muy agradecido y seguro. Le contesté al esposo de mi prima:

__Sigue adelante, no regresaremos.

Reconozco que tuve mucha "FE" y valor para decidir. Todos quedaron preocupados, claro. Pero yo no.

Cuando llegamos a la Aduana Americana, tuvimos problemas por mis documentos. Los americanos no me permitían viajar sin la documentación requerida. Pensaban que yo quería entrar ilegal al país. Hubo un caos. Llamaron a los pilotos y los reprendieron, por transportar personas en un avión que iba para mantenimiento.

Mi prima no dejaba de llorar. Yo tenía mucha pena y vergüenza por lo sucedido. Aunque no estaba preocupado, ni sabía cómo se iba a resolver este problema.

Después de mucho batallar, a mi esposa se le ocurrió una idea genial.

Y le dijo a los aduaneros que ella era Ciudadana Americana y que yo estaba casado con ella y vivíamos en la misma dirección en Miami. Lo cual pudieron comprobar y me permitieron viajar.

. . . .

Una semana después, en mi casa, fui a buscar la correspondencia al buzón, como de costumbre.

Al revisarla, vi un sobre dirigido a mí que procedía de California.
Al abrirlo ¡Que sorpresa! ¡¡¡Mi billetera se encontraba allí, con todos mis documentos, inclusive con todo mi dinero!!! Eso fue espectacular.

Una muchacha, propietaria de una peluquería en California; había estado también de paseo en Tulum, y ella la encontró en la playa, cerca de las ruinas.

Le agradecí muchísimo y le envié un regalo; una cartera diseñada por mí.

Sobre todo, agradecí a mi "VOZ INTERIOR" porque recibí la respuesta correcta para tomar la decisión y me brindó también mucha PAZ, en un momento tan difícil y tormentoso.

La Familia en Tulum

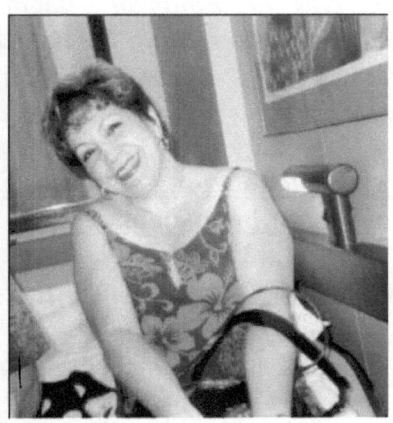

Xiomara J. Pagés

Nació en Cuba y reside en Miami, Florida, EEUU. Es escritora, poeta, periodista y motivadora. Da conferencias, talleres, seminarios y retiros en universidades, escuelas y diferentes organizaciones donde es invitada a menudo. Además conduce tertulias mensuales *«Tertulias de Xio»,* donde se reúnen escritores, poetas, periodistas, editores; actores, cantantes, artistas plásticos, fotógrafos, y todo el que gusta de apoyar las artes y la cultura.

EDUCACION:
En la **Universidad de Miami**: Psicología, Oratoria, Elocución, Idiomas «Francés e Italiano», Fotografía. Certificada en Periodismo.

Publicó en 1996: *"Mi Cruz Llena de Rosas: Cartas a Sandra Mi Hija Enferma"* que ha sido de gran ayuda tanto para la Fundación Internacional del Síndrome de RETT «enfermedad que padece su hija», como para médicos, maestros, padres y terapistas; también para familias de habla hispana, no sólo en EE.UU, sino en

España y en América Latina. Luego, le siguieron, *"Una Pizca de Sal"* Vol. 1 y 2; *"De Mi Para Ti: Gotitas de Fe"*. En preparación: *"La Tercera Edad: Aves que Emigran"*, Poemarios de Amor, y otros. Colaboradora en **Chicken Soup for the Latino Soul** «Sopa de Pollo para el Alma Latina» 2005 y 2008, y otras antologías en España, Argentina, y EEUU.

Email: **PortaCu@aol.com**, **Sonrosas@aol.com**,
Xiomiboop@aol.com,
Tel. (305) 283-4979
www.xiomarapages.com   and   in Facebook
P.O.Box 83-1687
Miami, Florida 33283-1687...USA

Conozca más detalles de la vida maravillosa de Xiomara J. Pagés en la pagina 206 donde se pone a manifiesto su amor, entrega y su contribución a su comunidad y al mundo como líder. Es una mujer que apoya el arte y la cultura, y como madre de una hija enferma con el síndrome de Rett, es una madre en todos los aspectos, siendo también una profesional, una mujer de carrera en defensa de los más necesitados: sean niños, jóvenes, discapacitados, ancianos y mujeres maltratadas y seres humanos en general. Motivar a otros a vivir la vida, al máximo.

Continúa en la página 198

Dedicatoria

Soy lo que soy, gracias a Dios y a mis padres. Ellos fueron y serán siempre mis héroes. Para ellos y para toda persona que siempre me ha apoyado y creído en mí, dedico estas obras.

"La vida hay que vivirla, de modo que lo grato no nos emocione mucho, y lo triste, no nos destruya demasiado. La vida es balance."

Xiomara J. Pages, a la edad de 12 años, © 1961

Destino

Le conoció una tarde cualquiera, en un lugar cualquiera, transitado por muchos, pero ella lo esperaba sólo a él. Entretenida miraba unos papeles sentada en el café donde acordaron reunirse. El se le acercó sonriendo pues la reconoció al instante por las fotos de la prensa, y la llamó por su nombre. Ella alzó los ojos, y vió a un hombre de figura alta, apuesto, varonil. Tenía un bigote y una barba ya casi blancos, pero le daban un aspecto muy interesante. Sus ojos tenían algo misterioso, y su voz la cautivó al instante...

La saludó con ternura sin dejar ese ademán señorial que la conquistó de inmediato. *-Hola. ¿Te hice esperar mucho?-* dijo al hablarle... *-No mucho-* respondió ella con una sonrisa.

Comenzaron a charlar de mil cosas, de aquellos eventos y planes entre periodistas, como habían concertado ese día. Pero ambos se sentían nerviosos. Ella estaba acostumbrada a conversar con otros hombres, reunirse con ellos en muchos sitios diferentes, pero hoy sentía algo diferente con él. -De pronto, le dio miedo tenerlo tan cerca. Podía sentir su aliento, su voz que acariciaba sus oídos, y tocar su piel aún tersa a pesar de los años y la rudeza de la vida, cuando sus manos tropezaban entre los papeles-. Ella se sentía turbada, y trataba de no demostrarlo. Dentro de aquellos ojos varoniles, se veía algo bueno y triste a la vez. Algo le atraía de ese hombre.

Llegó a la casa, preguntándose tantas veces, *-¿Por qué... Por qué siento esto con alguien que hasta hoy era un desconocido para mí?-* ... Se preguntaba cual era el magnetismo que los atraía, porque ella pudo intuir que él también luchaba por evitar que se le notara.

Buscaron mil maneras y excusas, para seguirse llamando y viendo de vez en cuando. Compartieron más y más cosas en un corto tiempo, y llegaron a ser íntimos amigos. Aprendieron mucho el uno del otro. Hablaron de sus vidas, sus proyectos, sus metas.

Y un día, fue inevitable. Se encontraban solos una tarde, trabajando en una vieja oficina del centro. Ella venía con un vaso de café para él, entre las manos. De repente, él la agarró por la cintura... colocó el vaso a un lado, y la atrajo contra su pecho. Luego la besó una y mil veces... ella trató de rechazarlo inútilmente, quiso pensar en mil motivos para rechazarlo, pero no pudo... Cuando se dio cuenta ya él le besaba la boca, el cuello, el pecho... y la iba despojando de sus ropas. Ella le ayudó a desvestirse también. El la recostó sobre la alfombra, como si fuera una muñeca de porcelana, y aquellas manos grandes y suaves, fueron recorriendo todo su cuerpo. Hacía tiempo no sentía el contacto de unas manos así, y sintió que temblaba al contacto de la piel de aquel hombre, que hervía en fiebre. Comenzaron a moverse como las olas, lentamente primero, y luego como la erupción de un volcán. Se repitieron aquellos movimientos y finalmente, quedaron en el suelo, recostados uno encima del otro, exhaustos pero felices, mojados de sudor y de deseo.

El tomó un cigarrillo y lo encendió. Le ofreció a ella un poco del café, y comenzó a hablar.

-*Mañana debo salir rumbo a San Francisco, allí recibiré una mención de honor por mi labor periodística, un homenaje, y me asignarán para un puesto importante al frente de uno de los mejores diarios locales. Perdóname por no habértelo dicho antes.-*

Ella comenzó a llorar, ahora le sería imposible vivir sin la compañía de aquel hombre, pero fingió comprender y secó las lágrimas. Pensó en la soledad que había vivido por muchos años, y que ahora debía hacerlo de nuevo. Además, ella no podría irse de donde estaba, ganaba un buen sueldo en lo que hacía, y le gustaba su vida tranquila y solitaria en Boston.

A la mañana siguiente, ella misma lo llevó al aeropuerto. Era muy temprano, y aún había oscuridad. El se iba apesadumbrado por tener que dejarla atrás. Le prometió escribirle en cuanto llegara y contarle todo. Se comunicarían por cartas, por teléfono, por el internet. Apasionadamente se besaron una vez más, la saliva y las lágrimas, se confundían entre los abrazos y besos. Finalmente, él la separó con cierta brusquedad, y partió corriendo hacia el túnel que lo llevaría a la compuerta del avión.

Durante el viaje de regreso a casa en el auto, ella continuaba llorando desesperadamente, presentía que no lo volvería a ver, a pesar de sus promesas en comunicarse con ella, y buscar la manera de obtener un puesto para ella junto a él, y así vivir unidos para siempre...

No iba a trabajar ese día, se quedaría en casa, y puso la cafetera para colar un poco de café. Encendió la televisión para ver las noticias, y para su horror, aparecieron en la pantalla unos aviones que derrumbaban las torres gemelas de New York, en un acto terrorista...

Corrió a su maletín incrédula, leyó el número de vuelo y hora en que su amante saldría rumbo a San Francisco... Sus ojos se abrieron y un grito de pánico, salió de su garganta: ... "Nooooooo."

Tatuaje De Amor

Tatuaste tu amor en mi piel
y me abrazaron todos tus deseos.
Con un pincel lleno de miel
fuiste dibujando los caminos de la pasión.
Yo caí confiada en tu red de amores
y me dejé llevar en tu marea
hacia las profundidades del mar.
Luego, me tiraste contra la arena.
Te fuiste lejos en un velero
sin decir Adiós.
Y yo, herida y sola,
solo supe lamer mis heridas.
Todo lo dulce se convirtió en hiel,
¿pero sabes?
a pesar de todo,
aún tengo tu amor tatuado en mi piel.

Si Pudiera Esta Noche

Si pudiera esta noche
te besaría todo
despojaría tus ropas
te daría el alma desnuda…
He estado sola y triste
con mucha hambre y sed.
¿Dónde estabas amor?
¿A dónde te fuiste?
¿No sabes que sin ti
el sol ya no existe,
que las canciones no tienen
ni sentido ni encanto?
¿Es que no sabes que por ti vivo?
¿No sabes que te amo tanto?
Eres mi Todo, y sin ti, soy Nada.
Eres mi razón, de amar y soñar.
Si no te veo… la luna no brilla,
si no te beso… siento acá un nudo,
si no te toco… muero de dolor,
si no te escucho… los pájaros son mudos.

Si pudiera esta noche
lo dejaría todo,
para volar contigo a donde tú quieras,
al fin de este mundo, no importa el modo.

Si pudiera esta noche
te entregaría el alma,
sin medidas ni razones,
sin siquiera un reproche.

…

Si pudiera esta noche
te daría la vida…
Y sabrías entonces,
que estoy a ti unida.

Mi Virgen Desnudez

Mi virgen desnudez
abrazó tu cuerpo de hielo
y no encontró eco entre tus sábanas.
¡Qué triste fue arder de pasión
para apagarse con la frialdad de tu alma!
No supiste siquiera acariciar mis lágrimas.
No pude rozar tu intento de volcán.
¡Qué frustración la de querer amarte,
y no poder estremecer tu lujuria.
Te quedaste sin conocer los valles,
ni los prados ni los ríos de mi cuerpo,
que sí estaban llenos de lava.
Solo fui para ti una paloma atada,
cuando dentro rugía un corazón de león.
No supiste besar mis hombros blancos y desnudos,
¡Y quedaron, encorvados… con mi virgen desnudez!

Píntame El Cuerpo

Píntame el cuerpo, todo de Negro,
y acuéstame despacio sobre tu cama.
Cúbreme de lazos y vaporosos velos,
imprímelo en sábanas, con calor de tu llama.
Deja impregnado el blanco lecho con mi figura
para que nunca en la vida, pueda borrarse
y recuerdes y recrees esta dulce locura
de dos cuerpos que amando supieron darse.

Píntame con tus pinceles, amado mío,
que yo seré tu musa, tu alma y tu lienzo.
Llénalo de líneas, de tus fuegos y bríos,
pon la fantasía que en mi mente yo pienso.
Extiende en la yerba, la túnica creada,
que el agua de lluvia la selle y bendiga
Y entre tus obras, la lleves bien guardada,
sin que de su origen, jamás nadie diga.

Búscame

Búscame dentro
de tus fantasías.
Acaríciame dentro
de tus sueños.
Yo, la que di mi amor
al paso del olvido,
desamor y locura.

Búscame tú,
sin títulos ni dueños.
No quiero propiedades,
sólo quiero ternura,
ahogarme en tempestades.
¿Por qué no me convidas?

Búscame,
compartamos
lo que queda de vida.
No prometo muchas cosas,
sólo gotas de natura:
el olor de las rosas,
el calor del sol,
la humedad de la lluvia,
el vaivén del viento.
Un día, una hora…
un recuerdo, una memoria,
un segundo de gloria.

. . .

...

Dale a mi vida
un poco de paz,
un minuto de contento,
que luego yo sola

Recordaré tu huída,
tu amor de un instante,
tu pasión fugaz,
por haber sido eso,
tan sólo… ¡tu amante!

Más Allá De Mi Piel

Más allá de mi piel,
hay un infinito mar,
un interminable océano,
mares de agua y de sueños
que tú no puedes tocar.
Un continente de miel,
de dolores y deseos,
entrelazados con fuego,
con ternura y con pasión.

Inmenso choque de olas,
de lo que llevo por dentro,
de noches llorando sola,
de pasiones sin contento;
de ilusiones casi rotas
de mil amores, intentos.

Te reto a llegar allí
donde jamás han tocado.
Aprovecha la ocasión
y bórrame lo pasado,
lo mucho que ya sufrí
y habita en el corazón.

Te invito a que seas feliz
y compartamos unidos:
Volemos con las gaviotas,
y con ellas reunidos,
soltar el polvo en la roca,
echarnos sobre la tierra,
olvidarnos de las penas,
reír y gozar la vida
sembrar memorias amenas.

...

Más allá de mí piel
se encuentra toda mi esencia,
esa que nadie sospecha,
siendo mí amiga más fiel.
Te doy permiso a tocarla,
riégala con ternura,
es la esencia de mí ser,
es un amigo Rey Midas,
te dará luz para ver
el encanto que me pidas.

Más allá de mi piel
está muy dentro la vida…
para envolverte con gozo
y de dicha… renacer.

Más Sobre Xiomara J. Pagés

Xiomara J. Pagés presta ayuda a una variedad de organizaciones comunitarias, especialmente a padres, maestros y terapistas de incapacitados. Coopera en actividades y obras caritativas y otros proyectos en la ciudad. Ha sido invitada a hablar a diversos grupos de escuelas de discapacitados. Xiomara es invitada a menudo a programas radiales, televisivos y en prensa escrita. Ha dado conferencias en países de habla hispana e inglesa. Ha visitado México, Centro América «Costa Rica; Panamá»; y Sur América «Chile, Venezuela, Perú y Bolivia». También en Europa: Londres «Inglaterra»; Madrid «España», entre otros. Su cooperación incansable con médicos y padres por todo Estados Unidos y el mundo, es para poder diagnosticar más casos del Síndrome de RETT.

Recibe innumerables llamadas telefónicas, correspondencia electrónica de todo el mundo, especialmente de América Latina y de su país natal: Cuba. Algunas cartas semanales son enviadas a sus columnas en diferentes periódicos comunitarios, y las contesta personalmente con consejos o referencia a otros medios de asistencia.

Conoce a muchas personalidades del arte y la farándula, y a muchos escritores pues trabaja incansablemente por el Arte y la Cultura. De su primer libro, que ya está en tercera edición, han comentado muy favorablemente, la fallecida Madre Teresa de Calcuta, y los difuntos Papa Juan Pablo II, y el Presidente Ronald Reagan, entre tantas otras personalidades.

OBJETIVO DE SU CARRERA:

Contribuir a su comunidad y al mundo como un líder, una mujer, apoyando el arte y la cultura, y como madre de una hija enferma con el síndrome de Rett, ser no sólo una madre en todos los aspectos, sino también una profesional, una mujer de carrera en defensa de los más necesitados: sean niños, jóvenes, discapacitados, ancianos y mujeres maltratadas y seres humanos en general. Motivar a otros a vivir la vida, al máximo.

EDUCACIÓN: **Universidad de Miami**: Psicología, Oratoria, Elocución, Idiomas «Francés e Italiano», Fotografía, entre otros. Certificada en Periodismo.

PUBLICACIONES: Autora de: "Mi Cruz Llena de Rosas" «Cartas a Sandra Mi Hija Enferma», el cual es un recurso en español recomendado para padres, médicos y terapistas por la Fundación Internacional del Síndrome de Rett.

"Una Pizca de Sal" «Vol. I y II».

"De Mi Para Ti ...: Gotitas de Fe"

Trabajando en otros libros: "La Tercera Edad: Aves Que Emigran", y otros de poemas y narrativa.

Colaboradora en *Chicken Soup for the Latino Soul* «sopa de pollo para el alma latina» 2005 y 2008, y otras antologías en España, Argentina, y EEUU. Colaboradora en varios periódicos y revistas, y en las publicaciones de la Fundación del Síndrome de Rett: 'Share the Journey', 'The parent idea book' y 'Bridges'.

HABILIDADES: Escritora y Periodista, Poeta y Motivadora. Se comunica perfectamente en Inglés y Español, algo de Francés e Italiano. Muy elocuente para hablar en público. Relaciones públicas. Se desenvuelve muy bien en los medios de comunicación «TV, Radio, Prensa» a los que ha asistido a menudo. Actividades de recaudación de fondos para caridad, y otras obras de la comunidad.

INTERESES: Todo lo que sea aprender. Lectura. Escribir. Hablar en Público. Presentaciones en la multimedia. Ha sido Modelo Profesional, en Modas y Cosmetología. Pintura «óleo, pastel». Bordados y Costura. Aromaterapia y Masaje. Música: Baile, Canto, Ópera, Ballet, Conciertos, Obras de Broadway, etc. Cinematografía, Esculturas, Tallar en Madera, Fotografía.

ACTIVIDADES EN LA COMUNIDAD:

Miembro de varias organizaciones y comités para ayudar a la familia en general, especialmente familias con discapacitados / minusválidos y niños. Escribir artículos y opiniones para la prensa como miembro activo del Colegio Nacional de

Periodistas. Recaudar fondos para caridades, relaciones públicas; impartir conferencias, talleres y retiros, ayudando a otros individuos siempre, sobre todo aquellos que han sufrido pérdidas, tragedias, enfermedades, y crisis. Siempre promoviendo el arte y la cultura en organizaciones culturales y literarias. Fundadora de reuniones mensuales, "Las Tertulias de Xio."

También apoya otras organizaciones, en favor de la libertad y los derechos humanos «incluídos los de las mujeres» en todo el mundo.

Beethoven Promenade: La Calle 9 Street del SW de Miami, lleva el nombre de la 9th Sinfonía de Beethoven. Allí se creó bajo el Metrorail, la ***Beethoven Promenade*** para arte y cultura. Este proyecto creado por el colombiano Gus Nogueras, contó con el apoyo de Xiomara Pagés, como vínculo en Español para su realización, entre otros colaboradores, asistiendo a programas radiales y televisivos para promocionar el evento. A dicha inauguración, asistieron políticos, poetas y músicos locales, personas del mismo pueblo donde nació Beethoven desde Alemania y ciudadanos americanos del *German-American Club* de Miami. El gran compositor argentino, fallecido en el 2011, ***Mario Clavell***, cuyas composiciones son conocidas internacionalmente y en muchos filmes de Hollywood, nos visitó en esa ocasión junto a su esposa. Al acercarnos a la parada del Metrorail por la calle 9 del SW, cerca de Brickell, se pueden escuchar las primeras notas distintivas de la novena sinfonía del compositor alemán. En 2003.

http://www.miamirivercommission.org/greenw051104.htm

PREMIOS Y RECONOCIMIENTOS:

Exceptional Mother. Mujeres Unidas / Diario de la Mujer, Mujer y Poder, Miami, 1996.

Who is Who, International, 1997.

Nomination to the **Spirit of Excellence**, Miami Herald, 1997.

Nomination, **Phoenix Award**- American University Women Association, March, 1998. Nomination, **"In the Company of**

Women" Metro-Dade, Miami, Florida, 1998.

Who is Who in América, 1999.

Mujer Floridana, Cuban Women's Club, 1999.

Who is Who in Lexington, New York, 2000.

Woman of the Year, American Biographical Institute, 2000 & 2003.

Dynamic Woman, American Cancer Society, 2000.

Golden Lion 2000, Club de Leones, Managua-Miami «León de Oro».

Presidential Seal of Honor «Bill Clinton» for Exemplary Achievements in the Field of Motivational Public Speaking, American Biographical Institute, 2000.

Outstanding Speaker for the 21th Century. International Biographical Institute, Cambridge, London, 2001

Galardón Especial del Paseo de las Luminarias por sus éxitos editoriales, Plaza Galerías, México, 2001

Reconocimiento **por actividades artísticas por el Alcalde Alex Penelas**, 1998

Reconocimiento, **International Poet Society, Distinguished Member**, EEUU, 2007

Reconocimiento como **Escritora y Promotora Cultural y Gestora de Tertulias Artísticas**, Departamento de Educación, **Bolivia**; y Ministerio de Educación, San Borja, **Perú**, 2008

Reconocimientos por **contribuciones artísticas y tertulias** por ambos Comisionados **Javier Souto** y **Rebeca Sosa**, Miami, y por el Alcalde de Hialeah, **Julio Robaina**. 2009

Reconocimiento por parte de **"Municipios de Cuba en Exilio"** por sus actividades culturales en beneficio de la comunidad y para la **Herencia Cubana,** 2009

Certificado de Apreciación por su contribución durante muchos años en favor de la comunidad, por la Comisionada Rebeca Sosa, el Presidente de la Junta de Comisionados Dennis C. Moss, y el Alcalde Carlos Alvárez, 2009.

Diploma en el **1er Encuentro Literario Internacional "Luz del Corazón"** por su directora Mery Larrinua y Mr. Trevor Zakov, Office of the Mayor, City of Coral Gables, 2009.

Medalla, Segundo Concierto por la Libertad, Fundación de Expresos políticos cubanos, 2010.

Certificado de Apreciación por contribución, en el **1er Festival "Grito de Mujer"** por la Junta de Comisionados del Condado Miami-Dade, a nombre propio y por "las Tertulias de Xio", Marzo 20, 2011

Certificado de Apreciación por sus contribuciones al medio cultural y artístico de la comunidad, en el **3er Encuentro Literario Internacional "Luz del Corazón"** por su directora Mery Larrinua, la Junta de Comisionados de Miami-Dade, y el **Alcalde Carlos Alvárez**, 2011.

Certificado de Homenaje en el 2do. Festival 'Grito de Mujer,' como Fundadora de las "Tertulias de Xio", por su liderazgo, dedicación y apoyo a escritores y artistas hispanos, otorgado por Encuentros 'Luz del Corazón' y la Asociación Internacional de Poetas y Escritores Hispanos, Miami, 2012.

LITERARY AWARDS:

Mención Especial, Concurso de Poemas «Ediciones Pegaso, Argentina» Julio, 2001.

Mención Especial, Concurso Cartas y Poesías de Amor «Club Cultural de Miami ATENEA» Noviembre, 2001

Finalista, Concursos de poemas, Madrid, España, 2001 y 2004.

Tercer Lugar, Concurso Poemas y Cuentos para Niños y Jóvenes «Club Cultural de Miami ATENEA» Mayo, 2002.

Finalista, Concurso de poemas, 'Palavraieros' , Brasil, 2003.

RESEÑAS DE SUS LIBROS:

 Miami, y otras ciudades, USA:

"Diario Las Américas"

"El Nuevo Herald"

"The Miami Herald"

"Revista Ideal"

"La Voz Católica"

"Sensacional"
"Diario de la Mujer"
"Art Deco Tropical"
"La Voz de Homestead"
"Linden Lane Magazine" «Texas»
Panamá:
"El Universal"   y   "La Prensa"
España:
"España y Sus Libros"
"National Library Journal"
"La Peregrina"
Chile:
"La Estrella de Arica"
"La Estrella de Iquique"
Universidad de Viña del Mar, boletín universitario.
Alemania:
"Perfil Latinoamericano," Nurenberg, Alemania,
con la periodista peruana Violeta Belesbía.
Columnas donde ha contribuído:
En Miami:
"Diario de la Mujer " ,
"El Colombiano-USA",
"Sensacional",
"La Voz Católica",
"Revista Ideal" ,
"Bolivianíssima",
"Art Deco Tropical",
"El Avisador",
"Mi Música Latina ",
"La Voz de Homestead",
"What's New Magazine" ,
"The Cove/Rincón Internacional",
"Miami Exclusive",
"Florida Exclusive",
Entre otras publicaciones.

Columnas y artículos, para Municipios de Cuba en el Exilio:
"El Jaruqueño", "El Santiaguero", "El Nuevitero"
Aporte a boletines o publicaciones católicas:
"Impacto"
"Movimiento Familiar Cristiano"«MFC»
"Militante" «Cursillos de Cristiandad»
Columnas en:
New Orleans, Louisiana: "Mensaje" y "El Nuevo Mensajero",
Baltimore, Maryland: Libros de la RETT Syndrome Foundation:
"Share the Journey", "Bridges", "The Parent Idea Book", and
"The Rett Syndrome Handbook."
Argentina:"Cristo Hoy" y "La Verdad Hoy" «Tucumán,
Argentina»
México: "Red Internacional Católica", y "Nuestro Compartir"
«blog online»
Panamá: "Abrid las Puertas al Redentor"
Costa Rica: "Hogar y Fe" y "Familia y Juventud"
Su primer libro que la dió a conocer internacionalmente:
"Mi Cruz Llena de Rosas" se publicó en 1996 por Ediciones y
Distribuidora Universal de Manolo Salvat en Miami. Segunda
edición, Diciembre, 1998. Tercera edición, Diciembre, 2000
"Una Pizca de Sal" Volumen I y II , 1999.
"De mi ... Para ti: Gotitas de Fe", publicado en 2001.
Trabajando en su quinto libro: **"Aves Que Emigran: La Tercera
Edad",** y otros de poesía y narrativa.
APARICIONES EN TELEVISIÓN:
en Miami, Florida:
TeleMartí, Nick Pimentel
"Despierta América", Univisión «Canal 23» varias ocasiones
"Sábado Gigante", Univisión «Canal 23» varias ocasiones
"Temas de Mujer", Canal 17 «varias ocasiones»
"Hablando con Orlando Cárdenas", Canal 17 «varias ocasiones»
"El Show de Cristina" con la escritora Isabel Allende,
presentando su libro "Paula" sobre su hija enferma que murió.
"En Persona con Ruben Ramos" MiaVision, Canal 13 «varias

ocasiones»
"El Show de Ana Margo", TeleMiami, Canal 41
"El Rosa y El Azul" «Patricia Mitchu y Carlos Mata» «Gems TV» «varias ocasiones»
"El Show de Alberto Cutié" «Cambiando tu Vida» Canal 51-Telemundo «varias ocasiones»
Entrevista en el Canal 41
"Fifty Five Years and Up" con José Mármol «Canal 17»
"Miami- TV" con la actriz Lucy García
"Tele Miami" con Ubaldo Henriquez y Aleida Leal

TV Latinoamericana:
TeleClub, Canal 4, con Doña Inés Sánchez Revuelta, Costa Rica.
Teletica, Canal 7, 'Buen Día" con Edgar Silva, en Costa Rica «dos veces»
Familia y Juventud, Canal 7, con Don Víctor Cordero, Costa Rica «8 veces»
TV Católica, con el Padre Fernando García, San José, Costa Rica
Telenorte, Buenos Días Región, Arica, Chile «3 veces»
Tele Educativa, Noticiero, Canal 11, con Miriam Rodríguez, Panamá.

RADIO «Miami, Florida»:
en Radio Paz/PAX International Catholic Broadcasting en los siguientes programas:

    "Estallido de Alabanza" con Cristy Arias
    "Harambe" «Cristy Arias y Joe Keener»
    "Comunidad en Acción" con Isaúl González
    "Ministerio de los Afligidos" con Diácono Ray Ortega
    "Hola Vida" con Gonzalo Penagos
    "En Busca de la Felicidad" con el Padre Eusebio Gómez
    "Caridad en Acción" con Charito Izquierdo
    "Comunidad en el 2000" con Mary Cantón
    "Vida Humana Internacional" «Pro-Vida» con Adolfo Castañeda
    "Catholic Hospice" con Alex Fiuza
    "Rinconcito del Libro" con Marité Alfonso y el Profesor Roberto Gaviria

"En el Portal de Miami" con Julio Estorino

"Juventud 2000" «Youth Center» con Osmel Diez-Tavel *«El Cuba»*

"Piano Bolero" con el pianista cubano Baserva Soler

Radio Mambí: "La Noche y Usted" Marta Flores «varias veces»

Radio Mambí: las locutoras Magaly García y Marta Casañas han leído poemas de Xiomara Pages en el aire.

WQBA «La Cubanísima»: "Mención de Honor" «por su primer libro 1996»

FM-92 «La Clásica» "Buenos Días, América" «con Guillermo Alvárez Guedes»

Radio Caracol, con Claudia Pinzón

Radio Caracol, con William Restrepo

Radio Caracol, "Los Angeles de la Noche", con Norelkys Urdaneta

«El Angel de la Paciencia...»

WRCN, "La Hora Clara" con Claudia Marinow

WRHC-Cadena Azul, "Bajo la Lupa" con Pedro Corzo

WRHC-Cadena Azul, "Tocando a tu Puerta" con Manuel Salabarría: como co-presentadora   trayendo talentos locales y respondiendo cartas enviadas a su apartado «cada Martes,   Dic. 1997 - Dic. 1998»

"La Poderosa" 670-AM "Tocando a Tu Puerta" con Manuel Salabarría

"La Poderosa" 670-AM "Revista Infantil" «con Lisette y Lily Alea»

"La Poderosa" 670-AM "Campanas del Alba" cada domingo, con Manuel Salabarría.

"La Poderosa" 670-AM "Medicina, Arte & Cultura" con el Dr. Omar Vento y el escritor Jorge   García Mas

WRHC-Cadena Azul, "Sin Fronteras" 1560-AM con Manuel Salabarria y Miguel Sanfiel.

"Radio Marti" con Maria Márquez, "De Mujer a Mujer"

"Radio Marti" con Pedro Corzo and Salvador Lew

"Radio Marti" *«Cubanos por el mundo»* con la actriz Lucy García y el escritor Ernesto Morales Alpízar

"La Voz de las Américas" con *Angélica Mora* «locutora chilena», Washington, D.C.

WRHC-Cadena Azul, con el cantante Rey Ríos, 2011.

"Radio Esperanza" en los programas de Alicia González y Cristina Fundora, 2011.

Radio Miami Internacional, en la red, con Magaly Aguilera, *"Las Tertulias de Xio"* semanales, 2011.

Radio *'Perú, Magia y Encanto'*, en la red, con los periodistas peruanos Jorge Carrión desde Caracas, y Gerardo Rehuel Sánchez, *"Tertulias"* cada viernes, Miami, 2012.

Radio Fundación, en la red, ha participado con poemas suyos y de otros, con la locutora Azalea-Emy Vallés Gil, desdeValencia, España. 2012.

RADIO Latinoamericana:

Radio Columbia, San José, Costa Rica

Radio Reloj, con Nono Antillón, San José, Costa Rica

Radio Columbia "Revista Columbia Actual"con Flory Mata,San José, Costa Rica.

Radio Columbia en "Revista Columbia Actual" con María Jara Quiróz, San José, Costa Rica

Radio Universal: Panamá.

Radio Arica, y Radio Iquique, Chile

Conferencias:

Como madre de una hija discapacitada con el Síndrome de Rett ha dado conferencias a padres, médicos y terapeutas acerca de esta rara enfermedad, para poder lidiar y superar las crisis y las dificultades de comunicación.

Como mujer, habla en defensa de los derechos de las mujeres y contra la violencia doméstica.

Como escritora alienta a niños y adultos jóvenes en escuelas y universidades, a usar su creatividad escribiendo.

Como motivadora, habla de todos los temas de la vida y comparte sus vivencias.

EE.UU: Ha impartido conferencias en escuelas, grupos religiosos y espirituales, y muchas otras organizaciones médicas, artísticas y culturales, en Miami, Florida - New Orleans, Louisiana -

Nueva York, Nueva York - Chicago, Illinois - San Diego, California- Bermuda, Hawaii, etc.

España: a padres de niñas con Síndrome de Rett, Madrid, y contactos @ Valencia, España

Costa Rica: A padres, médicos y terapeutas de los adultos con discapacidad y niños, en escuelas, y en varias organizaciones de San José y Atenas. Presentación de sus libros: Librerías Lehmann y Universal, San José.

Chile: A padres, médicos y terapeutas de niños discapacitados y enfermos, a matrimonios, y en bibliotecas, universidades y escuelas de Arica e Iquique.

Perú: A matrimonios y los padres con hijos discapacitados. Tacna y Arequipa.

Panamá: Instituto Panameño de Habilitación Especial «donde compartió con la entonces Presidente de ese país:

Mireya Elisa Moscoso Rodríguez de Arias.
La Universidad Especializada de Las Américas.
Empleados, en la Zona del Canal de Panamá.
Pastoral Familiar de Panamá. Residencias para los sacerdotes católicos.
Librerías: Librería Católica; Librería San Pablo; y Librería Preciado.
Federación de Padres y Personas Discapacitadas de Amigos de la República de Panamá.
Escuela Experimental para Niños Discapacitados «antigua Zona del Canal».
Escuela del Rey, Educación Personalizada, para los grados 9, 10, 11, 12.
Movimiento Católico, Encuentros Matrimoniales de Panamá.

* Entrevistada para la prensa de Panamá.

Puerto Rico: Quinto Encuentro de Escritoras Latinoamericanas, Abril-Mayo, 2003

Chile: Tercer Encuentro de Escritores, Noviembre , 2003, Viña del Mar, Chile.

Entrevistada por la Universidad de Viña del Mar, en *La Sebastiana* «casa del poeta chileno   Pablo Neruda».

Xiomara J. Pages
Freelance Writer/Journalist/Motivational Speaker
Emails: PortaCu@aol.com, Sonrosas@aol.com,
Xiomiboop@aol.com,
Tel. (305) 283-4979
www.xiomarapages.com   and   in Facebook
P.O.Box 83-1687
Miami, Florida 33283-1687.......USA
Author of 4 books:
* Contributor, *Chicken Soup for the Latino Soul* (2005) &
Spanish version, 2008
working on "Aves que Emigran: La tercera Edad"
Contributor, Books at International RETT Syndrome Foundation
«neurological disease that her daughter suffers»
Columnist, Art Deco Tropical,
La Peregrina Magazine,
Linden Lane Magazine,
Revista: Palabras Diversas,
Diccionario, Talentos Cubanos, www.mariaargeliavizcaino.com
Member, groups of Arts, Literature,e.g.,
The Cove/Rincon ;
Club Cultural de Miami Atenea ;
Instituto de Cultura Peruana ;
Pen Club International of Miami;
Colegio Nacional de Periodistas en el Exilio;
Miami Writer's Association,
Red Mundial Escritores en Español,
International Society of Poets,
Sociedad de Arte de Bolivia;

Orestes A. Pérez

Nace en Marianao, La Habana, Cuba. El 9 de noviembre de 1940.

Es graduado de Bachiller en Ciencias y Letras y de la Escuela Nacional de Periodismo.

Más tarde ingresa en la Universidad de la Habana, en la facultad de Filosofía y Letras. Graduándose de la misma.

Conspira contra la tiranía castrista y es condenado a 7 años de prisión en las ergástulas comunistas de Cuba.

Abandona la Isla en 1979 vía España donde trabaja, estudia y escribe en varias publicaciones españolas y europeas.

En 1981 llega a Miami, como exiliado político y estudia en el Miami-Dade College, obteniendo el título de Bachiller en Letras.

Actualmente se dedica a la Docencia en el Miami-Dade College.

Ha publicado sus producciones literarias en periódicos y revistas europeas y latinoamericanas, así como frecuentes publicaciones en Miami y EE.UU. Sus poemas han sido incluidos en varias Antologías nacionales e Internacionales.

Ha recibido numerosos premios, condecoraciones y menciones de honor en Certámenes y concursos nacionales e internacionales.

Ha publicado 9 libros de poemas:

PUNTO DE PARTIDA: (1986)   RENACER (1988) JUEGOS DE PALABRAS (1992) BURBUJAS DE ENSUENOS (2000) BREVARIO DE AMOR (2003) Ml VOZ DE COBRE (Primera edición 2004) Ml VOZ DE COBRE (Segunda edición 2005) SOMBRAS DEL ALBA (2006) ECOS DEL OCASO (2009)

Participó en la antología del Club de Literatura "Un Horizonte Literario" 2010

Tres libros de cuentos:

NUEVO AMANECER (2001)   20 CUENTOS Y UN POEMA (2007) ENTRE LUCES (CUENTOS DE MEDIANOCHE 2011) TIENE EN IMPRENTA SU PROXIMA PRODUCCION TITULADA CALIDOSCOPIO(2012)

Hace 12 años fundó, junto a otros poetas y poetisas, el Club Cultural de Miami " Atenea " con diversas actividades culturales como LA NOCHE POETICA todos los últimos Martes de cada mes dedicada a un Poeta o Poetisa determinado.

Creó hace 10 años, un TALLER LITERARIO, donde contribuye como profesor, al desarrollo literario y cultural de las nuevas generaciones en Miami.

clubatenea@att.net

Ola De Calor

La temperatura subía a más de 120 grados en aquella tórrida tarde de verano.

El edificio de tres plantas donde temporalmente hube de alquilar una pequeña habitación, había quedado sin servicio de electricidad desde tempranas horas de la mañana y por ende de aire acondicionado.

Todos los inquilinos bajaban precipitadamente por las estrechas escaleras de incendio, situadas en la parte trasera del inmueble. Trataban de obtener, a cualquier costo, la calle.

Corrí precipitadamente junto a ellos dando codazos, cabezazos y empujones a doquier para buscar, lo antes posible, un poco de aire puro pues sentía que me asfixiaba por el efecto ígneo atmosférico.

Al fin encontré la salida, ya estaba en medio de la acera y sumergido en una inmensa multitud que padecía el mismo mal, pude exhalar un poco de aquella fresca brisa que pasaba rauda y veloz sobre mi geografía.

Todos los habitantes del barrio se precipitaban en cuanta fuente existiera en cualquier parque aledaño a la vecindad.

Poco a poco, los niños, mujeres, hombres y ancianos se iban despojando de las escasas ropas que portaban.

Pretendían con el agua, mitigar el inmenso calor que los azotaban y obtener algún aire refrescante que les permitiera respirar.

Empezaban lentamente los desmayos por las deshidrataciones.

Comencé a sentir los mismos efectos que mis circundantes y algo que me imposibilitaba caminar y mucho menos correr.

Un ardor inmenso quemaba las plantas de mis pies, medias, zapatos, tobillos y al bajar la vista note que ya no estaban en su lugar, se habían calcinado, más el calor intenso continuaba, subía lentamente por mis piernas, rodillas, muslos, partes intimas de mi anatomía, llegaba a la cintura, estomago, hígado y demás vísceras ya no existían, el torrente sanguíneo desaparecía sin apenas darme cuenta, carecía de los más elementales signos vitales de existencia.

Continuaba el gigantesco calor destruyendo todo mi organismo. Ahora era mi cuello, garganta, orejas y oídos, aquella llama silenciosa llego a mis labios, garganta y cabellera, mi cerebro era un amasijo de huesos derretidos. Ya estaba muerto y apenas podía percatarme de ello, todo mi cuerpo estaba totalmente incinerado y consumido. Aun podía oír, ver y sentir pero convertido en una minúscula gota de sudor que se había escapado del voraz incendio y volado hacia la única hoja verde de un árbol que se quemaba lentamente.

Desde ahora solo restaba esperar pacientemente que desapareciera aquella ola de calor que había azotado a la ciudad y convertirme nuevamente en el autor de este fantástico cuento.

Escribo Versos

Escribo versos cuando el sol
preludia sus matinales sonatas.

Cuando sus rayos de oro
van quemando las mañanas.

Cuando la tarde otoñal
se reviste de hojarasca.

En las noches infinitas del invierno
atrapado por la nieve en mi ventana.

Cuando llora el cielo entristecido
extrañas melodías de violines y de arpas.

Cuando llega la musa inspiradora
cantando allá por las madrugadas.

Cuando surgen de las fuentes
mil sinfonías de aguas.

Junto al encrespado mar
con olas de espumas albas.

Cuando brota la rosa en mi jardín
o se duerme en mi balcón una paloma blanca.

Escribo versos cuando el alma gime
o alegre el corazón me canta.

No Sé Si Tú Sabes

No sé si tu sabes, me llaman ¡Poeta!
Porque voy juntando versos escogidos
con rítmicas rimas para hacer poemas
de risas y llantos, de amor y quimeras.

Porque creo sueños de luz y tinieblas
en el rio inquieto de las emociones
que se tornan rosas - en liricas sendas -
de gratos recuerdos e imborrables huellas.

Porque soy reflejo de todo lo humano
y con mi palabra se escribe la historia.
Porque soy hermano del dolor ajeno
y con Odas trato de ofrecer consuelo.

No sé si tu sabes que me gritan ¡ Loco!
Porque voy borracho de sol y de luna
de arenas y playas, en perenne insomnio
clamando en secreto mis ensueños rotos.

Porque a veces canto, porque a veces lloro
y al brotar el alba a las blancas nubes
les cuento mis cuitas y en tristes coloquios
baño mis nostalgias de áridos abrojos.

No sé si tu sabes, cuando a diario ofrezco
mi alma desnuda, mis ansias más hondas
¡ Soñador! Me visto y cual libro abierto
Al mundo le exhibo mi cardio por dentro.

...

...

Porque en las estrellas mi amor acomodo
y a las olas narro todas mis congojas,
cuando caminando, - entre soliloquios -
de estivales noches, desvelos derrocho.

Porque soy el eco del canto sonoro
del ave que gime buscando su nido
en amaneceres. - con el cielo umbroso -
o tardes lluviosas del cálido trópico.

No sé si tu sabes, de !iluso! Me tildan
porque como un juego de luces y sombras
por extrañas vías mi vida transita
cuando mis pasiones vehementes se agitan.

Porque desterrado, voy a la deriva
en el mar difícil de diarias batallas
como el Nazareno. – regando sonrisas –
con la cruz a cuestas de mi poesía

Canción Del Anciano

Hoy me duele un poco, un poco la vida.
Tal vez ya no tenga los bríos de antaño
y con pasos lentos, cansados y viejos de tantas fatigas,
con el pelo cano, con la piel curtida,
con los ojos mustios, con los sueños rotos, con la fe perdida,
ya muerta la rosas de las ilusiones
y la cruel cosecha de los desengaños, con luz de apatía,
me marchito un poco, un poco por dentro, con melancolía.

Soy pez en el rio, navegando solo por las aguas frías,
sin rutas ni rumbos arrastro mi sombra por las avenidas,
despacio, despacio, hablando en silencio de mis agonías.
Ando solitario, como un poco ausente, como vagabundo
voy transitando por noches y días
esperando ansioso de este mundo ingrato,
sin sol de esperanzas ni antiguas quimeras,
ni idílicos sueños, ni recuerdos gratos
con la cruz a cuestas, llena de nostalgias
tan solo el momento de la despedida.

Ya no tengo albas, me sobran ocasos,
me faltan mil cosas que en la tierra animan
a seguir luchando por nuevos anhelos, por nuevas conquistas,
a seguir bogando en las tempestades del destino incierto,
con la barca rota, sin timón ni velas,
con un solo remo, tratando con bríos de alcanzar la orilla.
Tal vez ya no tenga metas incumplidas
a hijos y nietos les paso la antorcha de seguir peleando,
de seguir viviendo, haciendo sin treguas un mejor futuro.
de estrechar mil manos, mil manos amigas,
sembrando bondades, sembrando perdones,
sembrando millones de rosas de amor sin espinas.

...

Porque así la cosecha dará nuevos frutos
y habrá otros cantos de amor y desvelos
y nuevas mañanas de euforia vestidas
con flores y trinos de aves canoras
bendecirán los rayos del sol en la lejanía.

Otras mariposas volaran ufanas por los verdes campos,
otras primaveras que a soñar convidan
brillaran contentas cual luces alegres
por el nacimiento de otro nuevo día
pero para entonces, no estaré entre ustedes,
por eso hoy me duele, un poco, la vida.

Bosque De Ensueños

Desde mi bosque de ensueños
mientras traduzco el canto de la hormiga
más allá del horizonte donde toda existencia se pierde
como barca abandonada después del naufragio del destino.
Mientras la cuarta dimensión de la mañana
muestra el camino cual ventana traslucida
para ensenar el sentimiento humano de la esfera
voy viajando hacia el infinito inexacto
cabalgando mi unicornio matutino
que va explorando en la masa estratosférica
hasta encontrar los diamantes casi negros
de la vida y de la muerte.

El oráculo pasional y los horóscopos
trataron de suplantar los designios inútilmente
y como garzas despistadas por el océano desierto
o camellos abandonados a merced de la tormenta de arena
sucumbieron a la histórica realidad del destino.

Y fueron entonces los heraldos verdes
con   sus miles de trompetas de hojalata
los que anunciaron la magnífica llegada
de la absoluta libertad de otros mundos
despertándome del sueño de ilusas fantasías.

La Fiebre Del Poeta

En el sacro silencio de su alcoba
vuelve la Musa a obsesionar su mente
y con la pluma forma lentamente
lo que su versatilidad congloba.

Corrige, tacha, elimina, innova,
agrega, suplanta, sueña y delira
al compas de su enloquecida lira
cuando la fiebre de crear le arroba.

Arde su frente, el corazón le quema.
Orfebre religioso de su gema
estalla en fiero paroxismo.

Y en versos toma la emoción suprema,
consagrando en el cáliz del lirismo
la diminuta ostia de un poema.

Amor Que Llegas Tarde

Amor que llegas tarde con las rosas de otoño
me brindas claro cielo y un nuevo amanecer,
pero soy árbol seco que no ofrece retoño.
Con ramas casi truncas sin poder florecer.

Mi cardio yace mustio, mi alma esta marchita
mi cuerpo ya no vibra como lo hiciera ayer,
ni *conserva* el embrujo de la primera cita.
Soy esas viejas barcas que al mar no han de volver.

Soy castillo ruinoso de rotas atalayas.
Hogueras de cenizas que no saben arder.
Las olas moribundas en las desiertas playas
o la calma silente de un triste atardecer.

Amor que brota ahora cual nueva primavera
envuelto en el ropaje de una bella mujer.
Te espere largo tiempo, se hizo inútil la espera.
Amor que llegas tarde, ya no puedes crecer.

Así Te Amo

No te amo como si fueras rosa de luz
topacio o flecha de pasión que propaga el fuego.

Te amo como se aman las aguas tranquilas de los lagos,
secretamente, entre la sombra y el alma.

Te amo como aquella planta pequeña que va floreciendo
y lleva dentro de sí, escondida, toda la luz del Universo.

Gracias a tu amor callado vive en mi cuerpo
el apretado aroma de ilusión que ascendió de la tierra al cielo.

Te amo sin saber cómo, desde cuándo ni dónde.

Te amo sin saber, directamente, con sinceridad absoluta,
sin problemas, ni engaños, ni falsos orgullos.

Así te amo
porque no se amar de otra manera
sino de este modo tal simple en que no soy ni eres:
Sencillamente somos.

Tan cerca, que tu mano en mi pecho es mía.

Tan cerca, que se cierran tus ojos con mis sueños,
para juntos, diariamente, volar al infinito.

Hoy

Hoy quiero hacer el amor contigo.
Hacerlo simplemente para saciar con ansias
soberanas del instinto.

Hoy quiero, en la liturgia pasional de mi vida
subir por la espiral del beso
y reflejar mi rostro en tus pupilas.

Morder los labios de tu lívica boca
con la lujuria pasional de nuestro encuentro,
arder la estructura juncal de tu cuello,
reclinar mi cabeza en el perfecto balance
de tus hombros esbeltos
y desojar la rosa virginal de tus ebúrneos senos.

Hoy quiero cabalgar por tus amplias caderas
bogando por el túnel de tu sexo
y al brindar en la copa del elixir coloquial de tu figura
escanciar la sensación de dicha
de todos mis excesos.

Después Del Génesis

La pasión era tu mano
encrespada más allá del horizonte
despeñándose en el arrecife altivo.

La noche, cubierta de alas blancas
enfureció la brizna y la simiente.

Amor, áspid, averno,
omnímodo endecasílabo
o la mitad de tu virginal figura
se estremeció de gozo y de lujuria
como un sentimiento puro trasmutado en mi.

No importo la fronda ni la cosecha del pan
ni la semilla con olor a trigo.

El pecado y la locura de esa noche
fue la frenética raíz del huracán y el tiempo.

¡Ay! Cuando Nazca La Luna

¡Ay! Cuando nazca la luna, habrá fuego en mi alma.
Mi boca enloquecida se fundirá en tu boca
y dos lenguas flameantes brotaran de la hoguera
donde arden los besos repletos de pasión.

Mis manos impacientes las tuyas buscaran,
se ataran para siempre cual simbólico nudo.
Las miradas ausentes llegaran a la gloria
en un viaje infinito de dicha y de placer.

Mi cuerpo enfebrecido se enroscara en tu cuerpo,
como la antigua hiedra se adosa a la pared
y en un eterno abrazo de lujuria y lascivia
muy juntos beberemos el néctar del amor.

Después, vendrán las sombras, el recuerdo imborrable,
evocando los goces de ardientes madrugadas.
Otra vez mis caricias acallaran tus ansias
¡ Ay ! y habrá un nuevo fuego, cuando nazca la luna.

Líneas Paralelas

Yo que fui para ti
ancla, bitácora, sextante, mástil y vela
naufrago bajel en la tormenta
espuma y ola, arena y mar, sol en la playa
desierta en las horas del naufragio.

Tú que fuiste para mi
risa, cascabel, sonórica campana, pájaro y viento
surtidor locuaz de la perenne alegría del vivir consiente
por los áridos caminos de la vida.

Hoy hemos decidido dividir nuestros destinos
pernoctando en ambiguas y ajenas ramas secas de lo inútil
cual componentes de arboles disecados por el tiempo
como témpanos de hielo que se deshacen en el Océano Antártico

Ahora somos, simplemente, dos líneas paralelas
desandando por las vías del tren
de la amargura y del olvido

Irma V. Pérez

Nació en Matanzas, Cuba, un 9 de marzo. Cursó los primeros años de estudios en su ciudad natal. Sus estudios superiores en la escuela "Máximo Gorki" en Ciudad de La Habana.

 Se casa con un expreso político cubano, emigrando en el año 1990 a Estados Unidos, radicando en la Ciudad de Miami. Tiene dos hijos. Actualmente participa en el "Club de Literatura" de Francisca Argüelles, en el "Club Internacional de Miami Atenea" de Orestes Pérez, donde obtuvo "Mención de honor" con el cuento "Ironías de Guerra" en el XIII Concurso Internacional de Cuento "Ilusión", en el teatro "Artspoken" como colaboradora y pertenece al Grupo del "Desalmuerzo Literario", dirigido por el Director de Teatro y Dramaturgo Yoshvani Medina, además de colaborar en la producción del programa en dicho Teatro. Es miembro del "Colegio Nacional de Periodistas de Cuba en el exilio".

Participó en el libro "Un Horizonte Literario" y en la antología 2010 del Concurso "Lincoln-Martí".

Vivianp3959@yahoo.com

Dedicatoria

Mi agradecimiento a Dios,
a mis hijos Eddie, Eli e Ivan, esposo, mi madre,
hermanas Ismari, Idania e Idarmis Pérez,
a Francisca Argüelles, quien junto con todo su equipo
de escritores, poetas, músicos, pintores y demás
colaboradores han hecho posible este libro.
Todos me han inspirado a seguir el camino de las
letras.

"Escribir es una forma de terapia. A veces me pregunto cómo se las arreglan los que no escriben, los que no componen música o pintan, para escapar de la locura, de la melancolía, del terror pánico inherente a la condición humana."

Graham Greene

Ironías De Guerra

Ganador "Mención de Honor"

Viví una infancia feliz, al aire libre, en las montañas y costas de mi pueblo "El Imán," en "La Ceiba", Honduras. Un lugar maravilloso, frente a la isla "La Mosquitia".

Mis padres y hermano menor Enrique, vivían en Estados Unidos, trabajaban sin descanso para mantenernos a todos y sacar adelante a la familia. Me entristecía un poco no poder vivir con ellos, por eso nos reclamaron a mi hermano Mario y a mí, cuando terminamos el doce grado y estábamos por cumplir diez y ocho años. Somos gemelos.

Me sentí muy triste al dejar mi barrio, con su catedral grande frente al parque central donde me bautizaron, tomé la comunión y jugué en ocasiones. Grande fue la tristeza de mis tíos y primos que nos habían cuidado durante nueve años. Siempre nos trataron con respeto y cariño.

Vinimos a vivir en Tampa, Florida. Yo a casa de mis padres y Mario a la Universidad en esa misma ciudad. Nuestra casa se encontraba frente a un lago grande que tenía muchos animalitos curiosos, como sapos, peces, iguana y patos.

Mario enseguida que llegó comenzó a estudiar la carrera de medicina, siempre soñó en ser un gran médico, pero yo no tenía una carrera definida, eso nos preocupaba a todos. Recuerdo que al llegar comencé mis clases en la universidad que estaba cerca de mi casa, porque tenían un programa especial para jóvenes inmigrantes que no hablaban inglés, aunque yo había tomado clases en ese idioma, no lo hablaba con fluidez.

Un día al entrar a clases, el televisor del aula estaba encendido; todos vimos los aviones atacando los edificios llamados "Torres Gemelas", en Nueva York. Nunca había visto edificios tan altos, ni siquiera sabía lo que significaban. Vi a los agentes especiales tratando de salvar la mayor cantidad de personas, corrían de arriba abajo sin parar. Sentí un dolor terrible unido a un sentimiento de compasión y no poder hacer algo por ellos. En ese instante decidí que ayudar a los demás, era lo que quería hacer en mi vida, estar presente en la acción. Busqué información, seguí paso a paso todos los requisitos que necesitaba para que me aceptaran en "US Army" y lo logré.

Dos semanas antes de partir al entrenamiento militar, senté en el sofá de la sala a mis padres y se los comuniqué confiando en su comprensión.

Mi madre se echó a llorar desconsoladamente y entre lágrimas me preguntó:

- ¿Tú sabes lo que estás haciendo?

-Sí, mamá. Eso es lo que me gustaría hacer, además puedo estudiar gratis mientras sea militar. No como mi hermano que al final tiene que pagar el préstamo que le hicieron para su carrera, además tendría un salario mensual con el que podría ayudarlos a ustedes. Me ofrecen seguro médico, vivienda, uniformes, la comida. Bueno prácticamente todo. Me justifiqué.

- No Ana Liza, es tu vida lo que estás arriesgando. ¿Y si te llevan a la guerra?

- Es mi deseo, mamá.

- Fernando, ¿No tienes nada que decir? Preguntó ella.

- Si, ¿Lo has pensado bien hija?

- Si, papá.

Mi madre nos miró a los dos, dio la espalda, salió caminando y se encerró en su cuarto. Papá entendió, pero mamá sufrió mi decisión como toda madre. El día antes de irme, se reunió toda la familia. Mi padre quiso hacer un evento festivo, tratando se reanimar a mamá, pero no resultó de esa manera. Yo miraba sus caras tristes y acongojadas. Me abrazaron y besaron más que en toda mi vida, mientras yo seguía soñando en convertirme en oficial del ejército estadounidense algún día.

Al momento de mi partida, mi madre me dio su bendición. Mi padre de quien heredé mis rasgos físicos, mi pelo ondulado y oscuro, me llamó a su lado a solas y dijo:

- Eres mi mayor ilusión y orgullo. Sé que harás un buen trabajo, recuerda que eres latina, debes poner el nombre de tu comunidad muy en alto, no te decaigas, pero regresa a casa sana y salva. Cuídate, le pediremos a Dios que nos apoye y de fuerzas.

Me abrazó muy fuerte contra su pecho lleno de pelos canos donde se ahogaba la desesperación y aunque más viejo, supe que era mi refugio.

Besó mi frente y acompañó hasta fuera de la casa, donde dijo:
- Tienes la libertad de escoger tu destino, pero hazlo bien.

Después de decir esto, entró en la casa. Esas palabras nunca se han borrado de mi mente. Con ellas comprendí la decisión tan grande que había tomado.

Mis primeros días en el campamento fueron muy duros. Me encontraba en otro estado más al norte, donde hacía mucho frío, al que yo no estaba acostumbrada. Me hablaban muy rápido y pronunciaban las palabras diferentes, no podía entender bien, a gritos. Por ello me metí en problemas varias veces. Conocí personas de diferentes nacionalidades. Tuve la sensación de encontrarme en un estadio de fútbol, con las gradas llenas y yo ser la hormiguita que caminaba por sus barandas, con el sol encima y sin una cueva donde alojarme. Poco a poco fui haciendo amigos: negritos, blanquitos, chinos, indios, latinos, de todas las razas y culturas. Bella experiencia donde descubrí que el amor no tiene fronteras. Los deportes que practiqué de niña y mis excursiones a los diferentes parques de mi barrio, mis caminatas, mis escaladas a las lomas y sobre todo a la piscina del Hotel "La Aurora", donde trabajaba mi tía, que nos llevaba con ella en los veranos o cuando no teníamos clases, me ayudó mucho en el entrenamiento militar.

Ocupé uno de los primeros lugares en natación al finalizar el curso, donde me gradué con honores. Terminado el entrenamiento, nos dieron permiso a todos de visitar por dos semanas a nuestros familiares. Todos nos pusimos muy contentos.

Mamá me tenía preparada diferentes comidas típicas de mi país, como tamales, acitrones «frutas dulcificadas», pasteles de picadillo rellenos de maíz y verduras, que tanto me gustaban. Esas dos semanas fueron inolvidables.

Según se fue acercando el día de mi partida, comencé a ver tristezas en sus rostros y abundantes lágrimas en sus ojos. La conversación con mi madre fue muy difícil, sus lágrimas fueron como un río desbordado, sus ojos cristalinos se humedecían cada vez que pronunciaba una palabra.

A mi mamá, le dicen doña Sol, porque su nombre es Soledad Jiménez. Desde sus once años es huérfana de madre. Crió a sus siete hermanos en el campo de "La Ceiba", Honduras, donde nacieron todos. Llegó hasta el segundo grado por asumir la responsabilidad de educar a sus hermanos, gracias a su inteligencia natural. Ella va a cumplir medio siglo de vida y muchos más de experiencia.

Mi padre es un hombre pacífico, trabajador, que entró ilegal a este país, huyendo del horror de la guerra de pandillas en el nuestro. Los dos pusieron sus aspiraciones en nosotros. Yo iba a una guerra que no era contra nuestro país. Ellos no lo entendían, creo que siguen sin entenderlo.

Al regresar me notificaron que todos los graduados del entrenamiento militar debíamos partir al día siguiente hacia la guerra en Irak.

Mi primera reacción fue quedar en shock mental y la segunda tratar de comunicárselo a mis padres lo antes posible, de la mejor manera.

Así lo hice. Ellos sabían que yo debía ir y yo comprendía que ese momento había llegado.

Nunca había participado en una guerra. Tenía sentimientos encontrados, entre el miedo a lo desconocido y descubrir si era capaz o no de matar a alguien. Mi mente se convirtió en un remolino de ansiedad y angustia, no atinaba a pensar con lógica, todo en mi mente se atropellaba. Nuestras caras alargadas y tristes, pero dispuestos a defender este país en cualquier momento o lugar. Teníamos conciencia de las decisiones y responsabilidades asumidas en aquellos días, en ese comenzar.

Llegué a Irak el 20 de marzo, el mismo día que se cumplía un año de la invasión dirigida por Estados Unidos y una coalición multinacional buscando armas de destrucción masiva que supuestamente Irak poseía y estaba desarrollando.

Me asignaron a un lugar conocido como "Zona Verde", situado en la ciudad de Bagdad. Este había sido el palacio que sirvió de hogar al derrocado presidente Saddam Husein. Tirano y asesino que pisoteó la dignidad de su país, masacrando a su pueblo. El edificio también sirvió de Palacio de la Republica y cuenta con numerosos jardines y plantas exóticas, toda una belleza abstracta, carente de sentimientos, guarida de alimañas. Este palacio pasó a convertirse en la más grande embajada de los Estados Unidos en todo el mundo. La "Zona Verde" también cuenta con su propia estación de radio, canchas deportivas, piscinas, bares, restaurantes, plantas de energía eléctrica permanente y agua potable. Varias eran las misiones que debíamos cumplir al llegar allí. Debimos preocuparnos de las bombas y emboscadas del enemigo. Hacíamos cambios de guardia cada 8 horas, pero era raro el día en que no entrábamos en combate directamente con el enemigo, que se dispersaban en pequeños grupos.

Hice varias amistades, aunque de vez en cuando había una u otra persona a la que no le caía bien por ser latina, sobre todo a las mujeres. Hay leyes que nos protegen contra la discriminación, aunque no siempre se cumplen. Ironías de la vida.

Cuando llegué a Irak, no sabía que debía prepararme para dos guerras. Una contra los milicianos de Irak, por la que luchábamos todos y la otra y más difícil para mí contra mis propios compañeros de armas, la cual ha sido más fuerte y siniestra. El diablo tiene mucha cizaña y debíamos dormir con los enemigos, uno la guerra, otro los instintos del hombre.

Un día de madrugada, estando en mi lugar de guardia, se me acercó el soldado Smith, compañero en mi unidad y con tono autoritario me gritó:

-¡Oye, baja esa arma, ahora mismo!

Me tomó desprevenida. Yo la bajé, mientras el continuaba diciendo:

- ¿Sabes que podría violarte si quisiera? Nadie te oiría gritar.

Y con una sonrisa cínica en sus labios, continuó:

- ¿Qué harías?

Tomé el fusil, lo levanté rápidamente y le apunté al torso.

- Matarte. Respondí con un nudo en la garganta.

- No tienes valor, para eso. Yo soy americano.

- Sí, lo tengo.

Él se echó a reír a carcajadas, se volvió de espalda a mí, haciendo una señal con su mano derecha a un grupo de soldados que estaban apostados en frente, yo no los había visto anteriormente y se fueron. Mi corazón latía precipitadamente. No podía abandonar la guardia. Las horas pasaron lentamente hasta las 6:00 am que fui relevada.

Fui directamente a mi superior para formular la queja y hacer la denuncia ante las autoridades. El sargento a cargo de la unidad me escuchó atentamente. Un hombre de carácter férreo, ojos claros, calvo y piel curtida por el intenso sol al que estábamos expuestos. Tuve el presentimiento que él había estado en otras guerras anteriores.

Cuando concluí mi relato, dijo:

- Soldado Granizo ¿Tiene prueba de lo que está diciendo?

Me asombré enormemente, mi rostro se puso rojo de ira, mis parpados se movían precipitadamente, abrí mi boca, pero no articulé palabra alguna ante la sorpresa.

- ¿Qué esperabas que te dijera? Mira, si presentas la queja formalmente, serás acusada de negligencia en el cumplimiento del deber, por dejar tú arma sin vigilar. ¿Qué prefieres?

Quedé callada.

- ¡No quiero problemitas en mi unidad! Esto es una guerra niña.

Terminó diciendo.

Me dio la espalda, dejándome perpleja, no quería llorar, no delante de todos los demás que me miraron en silencio.

A partir de ese día, me armé con un cuchillo, que no era muy grande, pero me servía para defenderme. Varios días después del incidente, estando alerta a cualquier movimiento o palabras, escuché varios comentarios de oficiales que le advertían a algunos de sus soldados que no debían ir solas a las letrinas, menos de noche.

No volví a tomar agua después de las 4:00 pm, aunque la sed era intensa.

En una situación de guerra se supone que todos los soldados deberíamos poder confiar unos en otros y cuidarnos, pero no siempre es así.

Una de mis compañeras soldados de nombre Amanda, que estaba en la compañía de infantería, integrada en su totalidad por hombres, salvo ella, la encontré llorando en su puesto de guardia. Me contó entre lágrimas que había sufrido recientemente una violación sexual a manos de un grupo de soldados de nuestras unidades. Me dijo:

- Cuando completé mi guardia ese día, no fui a bañarme para poder mostrar la evidencia. Quería denunciarlos, pero no me dejaron. Me amenazaron con matarme.- Terminó llorando.

Traté de consolarla y reanimarla para que terminara su guardia. De ahora en lo adelante uniríamos nuestras fuerzas para protegernos mutuamente. Soñábamos en convertirnos en oficiales de alto rango algún día. Ella quería ser como su padre y abuelo que habían sido militares en acción por muchos años. ¡Sueños! ¡Tristes sueños! Ironías de la vida.

Tres meses después me dijo que estaba embarazada, regresaría a Estados Unidos.

¡Cuántas cosas hemos de callar!

Había caído en una depresión profunda. Se despertaba cada noche gritando y asustada hasta del más mínimo ruido. No soportaba estar sola. Necesitaba tratamiento psicológico.

Antes de irse, le propuse que escribiéramos una carta de denuncia a un alto coronel del ejército estadounidense, contando todas las violaciones y acosos que habíamos recibido. Juntas podíamos lograr que nos escucharan. También envíe carta a mis padres, contando lo que pretendíamos hacer.

Pasadas dos semanas de su salida, me enviaron un aviso, donde decía que debía presentarme a las 15 horas en las oficinas centrales de la ¨Zona Verde¨.

Allí testifiqué bajo juramento, di mi primera declaración oficial de todo lo ocurrido desde mi llegada a Irak. Estaban presentes los oficiales o soldados nombrados por nosotras en la carta enviada al coronel.

Dos días después, regresé a Estados Unidos, donde se llevó a cabo un proceso penal en contra de los acusados. Ninguno salió absuelto, todos han cumplido diferentes tipos de condenas. Nunca más regresé a Irak. La guerra ya me había hecho su marca. Salí del ejército cuatro años después de haber comenzado en él, obtuve un doctorado en psicología clínica.

Actualmente trabajo en un programa de asistencia psicológica a víctimas de violación sexual en la Universidad de Miami. Mi amiga que más tarde se convirtió en mi hermana de lucha y sufrimiento, la retiraron del ejército a su regreso de Irak. Ha intentado suicidarse en dos ocasiones, tiene cargo de conciencia por haber matado a personas desconocidas y el horror de la guerra se refleja en su mirada, en sus problemas de adaptación a una vida familiar normal.

Tiene una niña preciosa, de tres años y medios, la que desconoce a su padre. Su mamá la ayuda en la crianza de su hija. Sus sueños se han troncado. Ahora pertenece a una organización que se llama "Madres contra la Guerra", porque no quiere que su hija en un futuro parta hacia ninguna de ellas, por inútiles y funestas.

Mis padres siguen trabajando, están orgullosos de sus tres hijos, especialmente de mí, porque tuve el valor y la osadía de denunciar al monstruo que con sadismo nos hace víctimas de las actitudes y salir airosa de dicho encuentro. A todos nos duele el corazón cuando oímos noticias sobre cualquier guerra.

Hace solo dos días fuimos a visitar "Bush Gardens", un parque localizado en Tampa, cerca de donde vivíamos. Después pasamos a saludar a los vecinos y amigos. Recorrimos nuestro antiguo barrio, montamos un barquito pequeño en el lago que tanto disfruté antes de irme. Si pudiera retroceder el tiempo lo haría, pero no se puede.

Estoy satisfecha porque siempre he tenido la libertad de poder escoger mi destino y estar en este país, que sin ser lo mejor hasta ahora, es el mejor para observar desde nuestro atalaya y en ocasiones predecir lo que está por llegar.

¿Podremos detener el avance irracional de la guerra, que no cesa en su obstinado andar?

Este presente que vivimos, es triste reconocerlo, seguimos arrastrando los mismos caminos espinosos, viendo en ellos el fantasma pecaminoso y constante de la guerra, ese quizás, es el vacío del que el hombre no ha podido desprenderse.

Despedida

Cuando pequeña, mi madre solía decirme que yo había nacido en el lugar incorrecto, que la cigüeña me trajo un día cuando iba volando por encima de esta ciudad de pobres en que vivimos, se le partió una de sus patas y tuvo que aterrizar de emergencia, por ello nací aquí y no en una ciudad de ricos.

De pequeña cada vez que contaba esa historia ficticia, me hacía reír, según fueron pasando los años fui comprendiendo el significado y en algunas ocasiones me hizo llorar, preguntándome, si en verdad mi madre me conocía realmente o sólo veía en mi la parte externa o caparazón del que estoy envuelta.

Hasta el día de hoy desconozco las causas o razones que tuvieron mis padres para tenerme, aunque se los he preguntado, ninguno de los dos me ha dado una respuesta contundente.

Siento que el nudo de mi garganta se relajó un poco, porque nuestra casa ha vuelto a un corto período de normalidad.

Hundo mi cabeza bajo los cojines que están sobre mi cama y allí permanezco, esperando el momento preciso en que estalle de nuevo una guerra campal que nos vuelva a sumergir en un frenesí de dolor, frases hirientes y hasta golpes en mitad de ellos.

Quiero llevarme conmigo el recuerdo, de qué o tal vez, he vivido en la casa ideal, qué mis padres fueron perfectos, intento convencerme de las maravillas que ellos me han ofrecido. ¡Es cierto! He tenido los mejores cumpleaños y fiestas, que pocos niños han disfrutado, los pasteles más espectaculares, la casa mejor acondicionada con una fabulosa piscina, no hay otra igual en mi vecindario. Por años… cada vez que salen al mercado he tenido los más sofisticados y modernos celulares, sin siquiera pedirlos o desearlos, ropa de famosos diseñadores comprada en las mejores tiendas de la ciudad.

He viajado a Italia, México y Costa Rica. Dos o tres veces al año a Disney World, Cayo hueso, San Agustín y cruceros por Las Bahamas, Santo Domingo y una espectacular fiesta de quince años que nunca desee, ni siquiera disfruté la noche porque mi madre me exigió que bailara con el hijo de su mejor amiga, un muchacho al que yo le llevaba cuatro pulgadas de estatura.

Recuerdo ese día y se me nubla la mente. Momentos antes de salir hacia el gran salón de baile que mis padres alquilaron para la ocasión, apareció mi madre en mi habitación. Fue como un rayo que me dejó paralizada por unos instantes.

- ¡Recuerda que debes bailar con Jimmy! Me dijo con una ligera entonación de desafío a la que yo, estaba acostumbrada.

- No - Respondí rápidamente.

Me miró como bicho repugnante al que hay que desechar. Sentí arder su cólera, la vi vacilar sólo un momento antes de dar un profundo suspiro y decir:

- Sí lo harás, me encargaré de eso.

- Pero mamá ¿No tengo derecho a…?

   Se acerca a mí con sus ojos encendidos, me levantó la barbilla haciéndome temblar y afirmó:

- ¡Lo harás!

- No lo creo - Respondí obstinada y contuve la respiración.

-¿Qué estás diciendo? - Inquirió bruscamente.

Sin pensarlo respondí:

- ¡No quiero bailar con él!

Comencé a recular hasta un ángulo de la habitación, mientras su rostro adquiría una palidez mortal, apenas dominada por la sorpresa y la ira.

Lamentos y gemidos de desesperación brotaron de mis labios mientras mi madre desahogaba toda su furia contra mí. Después se dejó caer contra la pared por unos segundos y salió apresurada de la habitación. Me sentí exhausta y consumida.

Ya no me sorprendía lo fácil que las lágrimas podían acudir a mis ojos, mis emociones e ideas eran un torbellino.

Más tarde en la fiesta tuve que bailar con quien no quería. Cuando me tocó el vals con mi padre, automáticamente le acaricié su rostro, cuando me di cuenta, mi mano regresó a su lugar. Me soltó el brazo, dio la vuelta y se fue.

La niña que se sentaba en su regazo ya no está. Me encuentro buscando explicaciones. La palabra "perdóname", se le quedaba atragantada a mi padre en la garganta. Él me miraba de reojo, yo sabía que estaba enfadado y el orgullo no le permitía decir santa palabra. Me hacia sufrir, yo su única hija, la que siempre le ha querido tanto.

Con frecuencia recluida en mi habitación cierro los ojos, siento dentro de mí una desazón y descontento, estoy llena de dudas y miedos, me alejo de todos, ya no se adonde pertenezco.

Dos días después de mí fiesta de quince años, mi madre reaparece en mi habitación mostrando en su mano derecha, el último modelo de celular que han sacado al mercado y cuyo costo cree que ignoro.

-¿Qué te parece? ¿Te gusta? Me pregunta.

- Precioso mamá. ¿Es mío?

- Por supuesto. Ya verás como todos te envidian cuando lo lleves a la escuela. Respondió ella, haciendo un mohín característico en su rostro, cada vez que deseaba agradar a alguien.

A base de terror, miedo e incluso sangre a veces mis padres quieren que aprenda las lecciones diarias de la vida o la escuela y se enfocan en lo que ellos no pudieron llegar a ser, sin importar lo que yo quiero ser, tal vez porque están frustrados, extenuados, la depresión, el trauma, los recuerdos o quizás las culpas.

De vez en cuando me he sentido alegre y a veces he pensado que era feliz, pero no ha sido así. Camino por los recuerdos de mis años de niñez y quiero que regrese el fantasma de mi madre cuando me abrazaba y me sentía protegida por ese abrazo conocido que hoy tiene sabor a lejanía, donde no soy siquiera reconocida y me siento extraña, con nostalgia que se rompe en mil pedazos sin encontrar siquiera ese primer fragmento que se aferra desesperadamente al marco del espejo que refleja su caricia inexistente, mi soledad y mis deseos.

Ya no sé cuando la razón retorna a la cabeza de mi madre y de vez en cuando, muy seguido, el horror del remordimiento se me va mezclando con un sentimiento de fidelidad muy débil e impulsos primordiales que la razón, ni mi corazón humano abarcan y dejan fuera esas facultades. Se unen a mi espíritu la perversidad y un anhelo insoportable de hacer mal prevalece de vez en cuando en mi inconsciencia, sin siquiera llegar a tener un examen de conciencia. Se refugian en mi alma la amargura y el odio, pero sobre todo una rabia demoníaca. No quiero sentir nada de esto.

Cuando logro percibir la fragancia exquisita que usaba mi madre, es un placer que puedo experimentar pocas veces, me detengo en minuciosos recuerdos y unos pocos pormenores que aún vagan por mi memoria, donde tienen suculenta importancia por estar relacionados a mi infancia. Esto es sutil, simple, conmovedor.

Esos recuerdos de pasada felicidad, son ahora angustias para mi, hechos borrosos que se agolpan en mi mente y afloran como cascadas incontenibles en río desbordado, tal vez haya sido el dolor, la pena, la edad o cualquier otra cosa que nunca antes me había dejado experimentar este regreso al pasado en el que ahora estoy sumida. Me pregunto esperanzada, si tal vez es correcto seguir la llamada de los deseos y si esta despedida valga la pena o si me conducirá a algún camino mejor o peor del que me ha tocado en esta historia y miro hacia largos años venideros, tengo miedo, pero ¡lo añoro tanto!

No busco la perfección, solo sueños, ilusiones y esperanzas que me arraigan a la vida. Dejaré atrás todo aquello que formó parte de mi pasado y un mundo lleno de secretos. Voy hacia algo mejor, es una pequeña alegría a mi dolor. Elegiré mi futuro, pero eso no me evita el dolor de lo que dejo atrás.

La noche antes de mi despedida, me siento en una de las mecedoras que se encuentran en el portal de la casa, levanto la vista hacia el cielo y veo la luna llena resplandeciente; cierro los ojos y me llega el aroma de las rosas acompañado por oleadas de deleite y alegría, sonrío. Hoy he cumplido diez y ocho años.

Es día domingo, me levanté con el sol naciente, inspiro profundamente, resuelta a cumplir mi compromiso de compartir y dar amor, hacer algo que valga la pena por los demás, me augura un día cargado de sueños.

El sol dejaba ya escurrir sus primeras chispas brillantes sobre las pequeñas gotas del rocío y los tallos de las hojas al romperse me hacían difícil andar. Corría una brisa fresca, a pesar de que era verano.

Ando a la deriva entre los matorrales, cruzo el río sin detenerme. Por suerte no he traído nada que me pese e impida mi avance. Sólo me llevo lo puesto, ni siquiera la cadena de oro que me regaló mi abuelo al cumplir diez y seis años.

No me resultó difícil llegar. Varias personas se paseaban como de costumbre por el jardín, esperando la hora exacta para entrar. Voy buscando a Dios, que está tras esos muros que me ocultaban el camino para llegar a él. Me vuelvo hacia el sol naciente. Subo las escaleras que me separan de una ancha puerta y me uno al grupo, oímos con insistencia las campanas llamando a los feligreses a misa. A partir de hoy seré la novia de Dios.

Bajo La Lama

El sol había calentado la atmósfera. Las noches han sido largas y los días tensos y tempestuosos. Sentí su presencia justo a mi lado izquierdo, no me asusté. El instinto me decía que diera media vuelta y echara a correr, más, comprobé que mi curiosidad era más fuerte. Todas mis intenciones de escapar se desmoronaron.

Dejé caer mis manos pesadas a ambos lados del cuerpo, donde un escalofrío me recorrió. Pensé que estaba preparado, pero no fue así. El tiempo parecía haberse detenido en la habitación enrejada, donde mis pensamientos volaron a un viaje de regreso al pasado. Una inmensa palidez se destacó bajo el bronceado de mi cara. Me incorporé y apoyé con firmeza mis pies descalzos.

Ella no parecía tener apuro alguno, luego, dando unos golpecitos con el pie contra el suelo, me observó. Su rostro vacío, sin una expresión definida en él. Me extendió su mano fría, casi congelada. La tomé y echamos a andar con dificultad hacia una reja negra. Al llegar a ella nos paramos y dijo:

- He venido para devolverte a casa, pero antes debo decirte que existe un karma, que sólo te pertenece a ti. Recapacita sobre tus valores, primero debes ser perdonado por ti mismo. Busca a Dios, di tu verdad o como lo quieras llamar.

Estuvimos unos instantes mirándonos. No hicimos ningún movimiento. Al fin pude articular unas palabras y dije:

- Sabía que esto tenía que suceder tarde o temprano ¿Qué hago ahora?
- Podrás hablar, ya que nunca antes te lo permitieron.

Asentí en silencio. El sol se me revelaba ahora con una claridad implacable. Vi detalles no vistos anteriormente o que recordara.

Unos minutos pasaron, mi cuerpo se agitó convulso y mi respiración breve filtró el aire en mi pecho. ¡Qué difícil! ¡Qué difícil! Quedé quieto, con puños y rostro contraídos. Apreté con fuerza los dedos sobre la palma de mi mano, mientras en mi mente recreo la imagen de mi madre afligida.

- Te quiero, hijo… oigo decir a mi padre por primera vez.

Las notas de un piano se agolparon dentro de mí. ¡Cuánta música construida para que no la escuche nadie! Mi padre no sonreía casi nunca, salvo durante algún sueño. Y yo, tuve mi sonrisa prisionera toda la vida. Dentro de mí, no hay más que oscuridad. Cierro los ojos. La luz queda atrás, con los guardianes del día. Fue una noche sin confines, sin amaneceres posibles, sin aliento para alzar la voz.
Soy libre, libre como el pájaro que vuela en el cielo eterno, sin encontrar un árbol al que cobijarse. Vuelvo a quedar en quietud. Estoy yo, solo yo. Nadie más que yo.

Un Regalo De Navidad

El término "familia" para Amadeo, era algo exagerado en esos momentos de su existencia. Los recuerdos pasados de Navidad centellearon, por un corto período de tiempo en su cabeza.

Miró a su alrededor. Se sintió un imbécil absoluto "¿Cómo fue posible que en tanto tiempo nunca sospechó nada de su pasado?" Esa pregunta le martillaba en su mente minuto a minuto. En su memoria guardaba la carta que su padre le dejó antes de morir, dos años atrás.

Querido hijo:

Lo que voy a comunicarte en esta carta, será difícil de asimilar para ti. No recrimines a tu madre. Ella sólo fue un instrumento en mis manos. Yo fui el causante de haber tomado esa decisión. Nosotros no somos tus padres biológicos, pero si de amor. Te adoptamos cuando tú tenías un año. Nunca pudimos tener hijos propios, lo intentamos en varias ocasiones sin resultados positivos. Tus padres murieron en un accidente de aviación. El Sr. Batos, mi abogado te entregará tus documentos oficiales. Perdóname por no haber adoptado a tu hermano gemelo junto contigo. Yo sólo quería un hijo y tú fuiste el elegido.

Con todo mi amor,

Tú papá.

Esa noche, tendido en su cama del hotel, Amadeo pensaba en su hermano. "¿Qué haría cuando estuviese frente a él?" Jamás había experimentado un amor tan grande por alguien a quien no conocía, deseaba abrazarlo. Se sentía ultrajado y furioso, no podía vivir con una mentira como esa, aunque sintió piedad por su padre muerto.

Un mes atrás había perdido toda esperanza de encontrarlo, teniendo que vivir una pesadilla hasta ese día. La llamada telefónica de un detective privado lo cambió todo.

Dormía intranquilo, daba vueltas y vueltas en la cama. Tarde en la noche se quedó dormido a causa del agotamiento que lo embargaba. Despertó entre una brillante luz de sol que entraba a raudales por la ventana abierta. Incomodo saltó de la cama. Necesitaba hablar con alguien. Ahora sabía que los dos habían vivido por largos años en la misma ciudad sin encontrarse nunca.

Se duchó y vistió con unos vaqueros, un pulóver polo color café, calzó mocasines blancos y salió de la habitación. No sabía si sería capaz de tomar algo de desayuno, sus nervios estaban a flor de piel.

A la salida del hotel tomó un taxi que dejó en la puerta de entrada de su casa. Un año antes, Amadeo se había ido precipitadamente sin despedirse de su mamá adoptiva, aunque continuaba manteniendo comunicación telefónica con su ella. Al cruzar la verja de entrada, un escalofrío recorrió su cuerpo. La misma sensación de cuando se enfermaba, tenía exámenes, preocupado o inquieto. Siempre sintiendo que le faltaba una parte importante de su cuerpo, su alma o su mente.

Sacó la llave de la casa que estaba en un bolsillo del vaquero y entró. Recorrió la casa buscando a su madre que la encontró en la terraza cortando y podando sus flores favoritas, las cuales le dedicaba a diario a su esposo. La muerte de él fue precipitada; un infarto masivo mientras hacía ejercicios en un gimnasio.

-¡Hola, mamá!   Saludó Amadeo dándole un beso en ambas mejillas.

- Buenos días hijo. ¿Cómo estás? ¡Tenía tantas ganas de verte! Me has dejado sola por mucho tiempo.

Se sentó junto a ella en la terraza. Toda la desconfianza entre ambos parecía olvidada.

- Ahora comprendo. Confesó Amadeo. Que dedicaste tu tiempo, energía y amor en cuidarme. Gracias mamá ¡Tu siempre serás mi madre!

- Lo sé, pensé volverme loca al sentirte tan distante de mi.

Rosemary alargó una mano, tomó las de él al tiempo que acariciaba su rostro.

- Si mamá, perdóname. Yo sólo quise encontrar a mi hermano.

- Tu papá te dijo la verdad. Explicó ella. Tienes muchas dudas y rencores dentro de tu corazón, no es bueno. Debes olvidar el pasado y comenzar de nuevo.

- Espero que el tiempo y mi hermano terminen por borrar la herida. Contra ti, no tengo nada mamá, pero necesito que me lo cuentes todo.

Ella hizo un ademán afirmativo con la cabeza y comenzó a contar su historia:

-Conocí a tu mamá en Nueva York, trabajábamos las dos para una compañía americana en 1985. Fui su supervisora. Ella era muy joven cuando comenzó con nosotros. Tenía veinte años pero aparentaba diez y ocho. La queríamos mucho, su nombre era Marianne. Una tarde la encontré llorando en el baño, al principio no me dijo el motivo, según fueron pasando los días la notaba triste, ojerosa, no comía bien. Por esos meses yo me estaba haciendo tratamientos de fertilidad, sin ningún resultado positivo. Un día ella me esperó a la salida del trabajo. Me dijo que estaba embarazada, no estaba casada y era estudiante de arquitectura. Su situación financiera no era estable. El novio no quería tener hijos, ella tampoco, no había nacido para ser madre. Nos consolamos una a la otra. Yo no podía y ella no quería, me propuso que nosotros adoptáramos al niño o niña. Teníamos que darle $25.000 dólares por gastos de maternidad, no vendía al niño sólo quería asegurarse que estuviese en buenas manos y que fuesen excelentes padres.

Le dije que lo hablaría con mi esposo. Al principio tu padre receló un poco, yo insistí, el aceptó bajo contrato legal. Durante su embarazo nos mantuvimos en contacto, el día del parto supimos que ella esperaba dos niños. Él sólo quería uno. Intenté convencerlo, pero no pude.

Al día siguiente cuando fuimos a recogerte al hospital, ella no estaba, se había ido con los dos niños. Mediante abogado tu papá interpuso una demanda civil. El litigio duró un año, el cual ganamos. Ella te entregó a nosotros, el primer hijo que nació, esa fue la decisión del juez. Más tarde supimos que tu hermano fue puesto al cuidado del gobierno en espera de alguien que lo adoptara. Nos mudamos para Miami. Al año de estar aquí supimos que ella se casó con tu padre biológico, en su viaje de recién casados a Brasil el avión sufrió un desperfecto y se estrelló en el mar. Nunca más supimos de tu hermano. Sólo que su nombre es Paul.

- ¿Por qué nunca me lo dijeron?
- Tu padre lo prohibió. No adoptó a tu hermano porque nunca quiso tener dos hijos. Dijo que su herencia no sería dividida, lo mismo hizo su padre. Se negó aceptar a tu hermano y me obligó hacer lo mismo. Yo soy estéril, él no lo era, pudo haber tenido su propio hijo, por eso cumplí su voluntad.
- Te entiendo mamá, no te estoy recriminando nada.
- Lo sé Amadeo. En algunas ocasiones la vida nos da golpes suaves y aprendemos de ellos, pero de vez en cuando hay golpes duros, también de ellos debemos aprender y seguir adelante.
- Desde luego que si, mamá.
- Hijo no te preocupes por las opiniones ajenas, siempre y cuando sepas que éstas haciendo lo correcto, escucha tu voz interior después podrás decidir lo que está bien o mal y aférrate a ello con todas tus fuerzas.

- Empiezo a entender. Papá nunca debió haberme ocultado algo tan importante para mí. Él sabía cuánto yo añoraba un hermano.
- Puede que no seamos los mejores padres del mundo pero siempre te hemos querido.

Amadeo se levantó del sofá, hizo un ademán hacia la puerta y dijo:

- Tengo que irme, voy a buscar a mi hermano.
- Hijo haría cualquier cosa por ayudarte…
- Después hablaremos con calma.
- Puedo imaginar lo que estas sintiendo.

- No lo creo mamá, he sido engañado, pero eso no es lo que más me duele, sino no haber conocido la existencia de Paul hasta este momento.

Rosemary lo acompañó hasta su carro que estaba en el garaje de la casa guardado por dos largos años, ella regresó al jardín, donde tanto le gustaba estar.

Amadeo llegó a recoger a Paul a su departamento, eran las 10:30 am. La mañana estaba muy fría, algo no muy usual en la ciudad de Miami. Verlos juntos era como ver una misma gota de rocío.

Paul se acercó al closet a ver que podía ponerse. Se decidió por un pantalón negro, una camisa de mangas largas azul celeste con una corbata azul oscuro y zapatos negros. El pantalón le quedaba un poco suelto debido a su delgadez.   -Todo regalo de su hermano.

Él estaba ansioso por conocer a Rosemary. Su hermano le había hablado constantemente sobre ella. Durante varios días habían tenido conversaciones prolongadas hasta altas horas de la noche. Amadeo colocó una de sus manos sobre el hombro del muchacho y juntos salieron a la calle.

La espera de tres días a Rosemary se le había hecho interminable, menos mal que la preparación para la navidad la mantenía ocupada.

El chico estaba tal como ella lo había imaginado, como uno de esos adolescentes que uno ve en las playas con los amigos o sentado formalmente a la mesa con sus padres adoptivos. Siempre creyendo y deseando que su vida hubiese sido como la de su hermano.

-Mucho gusto Paul, me alegra que estés aquí. Saludó Rosemary.

Su tono era cálido y afectuoso. El sacudió la cabeza dejando ver su pelo negro ondulado y alzó una mirada sonriente. Su parecido a Amadeo era impresionante, eso la dejó aturdida.

-Lo mismo digo, señora.   Fue la respuesta corta de un Paul nervioso y asustado.

Los tres entraron juntos a la casa. Por la tarde, cuando el sol comenzaba a descender Paul se ofreció para ayudar con el árbol de Navidad, apilando alrededor de éste las cajas de los regalos,

los adornos y luces. Pusieron diminutas lucecitas intermitentes y unas grandes bolas doradas y azules, además de todos los antiguos adornos de navidad que Rosemary había ido coleccionando amorosamente por muchos años. En aquel instante los muchachos se sintieron muy unidos, Amadeo miraba vivamente emocionado a su hermano, pronto sus risas nerviosas se escucharon por toda la casa.

Ella sirvió la cena, la comida estuvo esplendida. Al final de la velada ella sirvió de postre un pastel de almendras crujientes y una torta caliente de manzanas con helado de vainilla que era su preferido y que disfrutaban juntos en navidad.

-¡Todo estuvo buenísimo! A lo mejor puedo volver otro día. Mitad afirmando, mitad preguntando, dijo Paul, con la esperanza que ella dijera que sí.

Ella comenzó a abrir el refrigerador sin saber que decir, también le estaba picando la curiosidad y preguntó:

- Cuéntame un poco quién eres y que haces. ¿Tienes familia?

-Tenía una mamá, un papá de vez en cuando y dos hermanas. Eso fue hace algún tiempo, mi hermano es Amadeo.

Él pensó que ella se sorprendería, pero no lo hizo. Los ojos de él brillaron cuando ella lo abrazó. Rosemary llena de entusiasmo comenzó hacer planes para el futuro.

- Amadeo siente un gran cariño por usted. Comentó él.

- Lo sé. Contestó ella con una sonrisa en su rostro lleno de amor. Por primera vez esperaron juntos el año nuevo con la esperanza de recuperar el tiempo perdido. Se dieron cuenta que los dos tenían lunares en el mismo sitio de sus espaldas, padecían migrañas y compartían sus gustos por la aviación. Además coleccionaban sellos de correo.

Paul observó que en su nuevo hogar estaban las fotografías de Amadeo y él sobre la mesa de centro de la sala. Tardaron casi un año en adaptarse a su nueva situación, sin embargo ya se respiraba una atmósfera distinta dentro de la casa. Rosemary seguía contemplando a sus hijos como si estuviese hipnotizada y se preguntaba si no estaría soñando.

Padre Nuestro

El ruido de un vehículo la hizo detener. Ella corrió a esconderse detrás de varios arbustos y maleza. El sol parecía evitarla, se escondía tras una espesa vegetación tupida que la ayudaba a protegerse.

Desde la calle hacia su izquierda, un auto azul cobalto cruzó el semáforo velozmente en dirección al norte. Roxana trató de relajarse mientras salía de su escondite y siguió adelante.

Dos cascadas de lágrimas corrían por sus mejillas, respiró hondo una vez más y miró en dirección a la calle.

Estaba temblando, todo lo vivido hasta ese instante se elevaba a su cabeza, haciendo estallar su mente en una confusión, a la cual, nunca se había acostumbrado.

Comenzaba el crepúsculo, pero la mitad de la calle aún recibía la luz directa del sol.

Llegó a su oscura casa abriendo la puerta con calma, de pronto divisó una lucecita tenue en la cocina. Allí lo vio, despeinado y con la barba de un día, sentado inmóvil ante la mesa del comedor. Se le nubló la mente cuando él se levantó y se dirigió al fregadero, arrodillándose, abrió el armario que estaba debajo y sacó una botella de Whisky.

Roxana estaba tan nerviosa que no podía pensar, por más que lo intentaba no conseguía que su mente funcionara adecuadamente.

Se sentó temblando en una silla, en un rincón, con la esperanza que sucediera cualquier cosa y le permitiera marcharse aprisa. Sabía que su esposo planeaba algo terrible, si se movía sería peor. Un mosquito fue a posarse en su rodilla derecha, le dio un manotazo distraídamente, mientras pensaba en descubrir la manera de evadirse o huir lo más rápido posible de esa situación. Ella miró de soslayo a su esposo e intentó imaginar un hombre diferente.

Al cabo de lo que pareció una hora acabó su suerte. Se abalanzó sobre ella, cogiéndola por la nuca. Tenía la misma mirada alucinante que el día anterior. El contacto con él le produjo un estremecimiento por todo su cuerpo. Sin mover su cabeza, Roxana desplazó sus ojos buscando algo con qué defenderse; antes de encontrarlo, las manos de él la asieron por el cuello, tardó segundos en darse cuenta que estaba detrás de ella. Contuvo su respiración, el olor a bebida era insoportable. Cerró fuertemente sus ojos y la boca, mientras se aferraba con todas sus fuerzas al fregadero y tensó su cuerpo en espera del primer golpe que él asestó en su nariz, donde la sangre comenzó a manar en abundancia. Ella lo empujó y corrió hacia un lado. En segundos él la alcanzó, su puño fuerte golpeó su abdomen, tumbándola por el suelo, donde aún continuó abofeteándola, persiguiéndola de un extremo a otro de la cocina. Él intentó levantarla por las orejas, gritándole en la cara con su aliento a Whisky, pero ella no tenía fuerzas suficientes para sostenerse. La dejó tirada en el suelo de la cocina, retorciéndose de dolor. Roxana cerró los ojos con fuerza para aislarse del pulso silencioso de la luz.

Por fin lo oyó salir de la cocina y cruzar el vestíbulo hacia la escalera, haciendo crujir los escalones al subir.

Escuchó la risa de los niños que jugaban en la segunda planta de la casa. Inocentes criaturas que no debían vivir esa amarga experiencia. Rogó por que su hija Abril no viviera las adversidades de un destino como el suyo. Ella educaría sabiamente a su hijo Jordán de 6 años. Estaban en la edad mágica de la inocencia.

Subió a su cuarto para tratar de disimular su apariencia y arreglarse un poco la cara y su ropa deshecha. No quería que sus hijos la vieran en esas condiciones.

Chilló cuando al abrir la puerta del cuarto, vio delante de ella la temida sombra. Él estaba frente a ella, desnudo. Trató de contener el temblor de sus piernas y no desfallecer de horror.

Él la tiró en la cama desvistiéndola apresuradamente, se echó sobre ella penetrándola con su violencia acostumbrada y comenzó un bombeo frenético, lujurioso. Mordiéndole los labios le habló de sus fantasías eróticas, sugirió que lo máximo seria hacer un trío, con otra mujer, puntualizó.

Él quedo exhausto mirando el techo, mientras ella se internó en su propio bosque, con ansias de huir, inundada de sudor e inmundicia. Sus ojos fijos en la cabecera de la cama, donde un crucifijo grande colgaba de la pared, esperando que todo terminara. Adolorida se asombró de percibir, sin resistencia ya de su parte, la aceptación del hecho consumido.

Se levantó de la cama y salió al balcón donde se apoyó en la baranda que lo rodeaba. La estrella polar era un manto de luz, los fríos de la noche la fueron penetrando lentamente. De vez en cuando volvía la cara y en el rellano de la puerta le parecía ver a un hombre ensangrentado.

Comenzó a hacer una inhalación profunda de aire fresco, sabía que pronto lo necesitaría, dejando abierta la herida por donde fluían sus agonías.

Entró en el baño donde él estaba. ¿Podré librarme de este castigo?

Parecía demasiado fácil. Avanzó con cuidado tratando de hacer el menor ruido posible. Abrió al máximo los grifos de la bañera; un instante de vacilación cruzó veloz por su mente. El miedo sacudió su cuerpo, el terror se clavó en su garganta, mientras el pánico le dio el ímpetu necesario.

Él entró a la bañera y se tumbó. Con voz melosa ella lo instó a meter la cabeza más profunda, se inclinó, le cogió el cuello con ambas manos y lo sumergió. Instintivamente él se revolvió y pateó. Ella estaba preparada. Con ojos espantados Samuel profirió horribles imprecaciones, injurias al cielo y a Dios. Quiso salir de allí para emprender la fuga mientras sus pies resbalaban en el agua enjabonada. Intentó gritar, las burbujas salían desesperadamente de su boca y flotaban hacia la superficie. Ella sin hacer caso de sus gritos desesperados, alzó sus manos y clavó sus uñas en el cuello de él, enterrándolas hasta el fondo.

El cuerpo de él se estremeció, apagando de súbito el pálido brillo de sus ojos y su rostro alargado adquirió una expresión dura.

Unos minutos pasaron antes que ella tomara sus manos con su piel arrugada por la humedad y le dio un beso filiar, porque él paso a otro plano no terrenal. Y lloró.

Rápidamente se lavó las manos y la cara, arreglándose también su cabellera larga y ondulada, sin volverse a mirar siquiera a su aún esposo, salió con la frente alta, el mentón firme.

Desde fuera le llegó el ruido de sus hijos, miró hacia atrás y con sorna dijo:

- ¡Qué pena que no estés aquí!

Maldijo su nombre y secó sus lágrimas, volviendo a la seguridad interior de su endurecida coraza.

Mientras sus hijos devoraban las hamburguesas, ella inclinó su cabeza cerrando los ojos y rezó por su alma, sintiéndose en paz consigo misma. Dando ya por terminada esta horrible pesadilla.

En la lejanía se oyeron sonar las campanas de una iglesia y en susurro pronunció una oración:

…no nos dejes caer en la tentación,

Más líbranos del mal.

Amén.

Los niños reían. Roxana los miró y pensó que ellos eran la soga de amor a la cual debía aferrarse, ser más fuerte, cerró los ojos para disfrutar del momento, quedando detenida en el tiempo, cuando los abrió, una lágrima corría por su mejilla, deseando que llegara el futuro.

Tras vacilar unos instantes se quitó el delantal, tomó el teléfono de encima de una mesita, marcó un número y se dispuso a esperar. Mientras lo hacía pensó: "El final de esta pesadilla, no significa que tendré un alivio". Siguió esperando, bostezando. La distancia que la separaba de la policía se dilataba a cada milla.

Una Puntada Al Destino

Cuando nos casamos, Phillip y yo quisimos tener una familia grande, pero no ha sido así. Nos conocimos en la universidad, a los tres meses nos hicimos novios y a los seis, ya estábamos casados. En él encontré todo ese amor que estuve largo tiempo buscando. Fui hija única, no conocí a mis padres porque murieron en un accidente de aviación.

Phillip es contador y trabajaba para una compañía internacional de inmuebles, por lo que casi siempre estaba de viaje. En algunas ocasiones antes de nacer nuestro hijo Jasper, yo solía acompañarlo, después de su nacimiento me dediqué al niño y a mi trabajo.

Hace cerca de año y medio, en la Ciudad de Miami, todos los hospitales estaban abarrotados de pacientes porque la ciudad había sido azotada por el huracán "Katrina". Las calles quedaron a oscuras y el tráfico muy cogestionado.

Mi trabajo de enfermera era tan necesario que permanecí más tiempo del debido y dejé a Jasper con la niñera, aunque no me gustaba hacerlo. Phillip se encontraba de viaje, cuando se fue pensó que regresaría en dos días, pero debido al cierre del aeropuerto su vuelo de regreso fue cancelado.

A las dos de la madrugada, salí del hospital para regresar a casa. Subí por las escaleras tratando de llegar al tercer piso del garaje, donde se encontraba mi auto. En el segundo piso oí un ruido, mi alarma interior me zumbaba en los oídos, pero estaba tan cansada y desesperada por llegar a casa que no dude en seguir adelante. Al llegar al rellano del tercer piso abrí la puerta, no se veía nada, un escalofrío recorrió mi cuerpo y aún seguí adelante.

Al abrir la puerta del carro, sentí que me tapaban la boca, agarraron con fuerza mis brazos y amordazaron, tirándome al piso. Comencé a defenderme, dar patadas y cabezazos. Traté de llegar a mi cartera y coger el espray de pimienta que Phillip me había regalado como forma de defensa personal, pero nunca llegué a ella. La cartera fue lo primero que me quitaron, después mis ropas, por último mi dignidad.

No pude distinguir las facciones de los malhechores, sus risas sarcásticas y con alientos a bebida. Al final uno de ellos me estrechó entre sus brazos, enlazó sus manos entorno a mi cuello y me besó violentamente. Después se marcharon. Un asco infinito me devoraba.

Quede allí tirada, sin ropa, sin pudor, sin lágrimas. Desperté dos días después en la cama del hospital. Al querer levantarme, me flaquearon las piernas, tenía una faja apretándome el abdomen y las costillas. Todo me dolía.

Poco a poco comencé a recordar el sufrimiento de mi violación de cuerpo y alma, en ese momento entró una enfermera con el Dr. Lander y la Dra. Herrera. Yo los conocía, habíamos trabajado juntos anteriormente. Me explicaron sobre mis traumas, mis dolores y contusiones recibidas. Mi mente quedó inhabilitada para procesar lo que me estaba ocurriendo. Sentí un montón de abrumadoras emociones, incluyendo terror, tristeza e ira. Si, mucha ira.

Más tarde vino a verme el Sr. Moretti, sargento de la policía que venía a realizar el reporte. Yo me negué hacerlo, sólo quería ver a Phillip pero él no llegaba.

Al día siguiente, entró en mi habitación una señora que me transmitió una confianza increíble, se sentó encima de mi cama y tomándome las manos me dijo:

- Mi nombre es Dominique Jones. Soy consejera del Servicio de Víctimas de Asalto Sexual, estoy aquí por ti y para ti.

Bajé mis ojos y pregunté:

- ¿Por qué a mí?

Se quedó en silencio unos segundos y continúo:

- No busques la razón o comportamiento tuyo en relación a lo que pasó, no te auto-castigues, no fuiste culpable. Tú no querías participar en ese baile, no quieras arrancar tu piel y creer que tu cuerpo lo consintió, porque no fue así. Piensa muy bien sobre la decisión que tomes de reportar o no la violación, esto puedes pensarlo con calma. Yo te aconsejo que lo hagas. Nadie tiene el derecho de humillar a otro ser humano de esa manera, cualquier decisión que tomes, no será castigada, pero si lo deseas hacer estaré aquí contigo.

- Gracias.

Fue la única palabra que pude articular. En medio de tanto dolor, llegó un ángel para protegerme y cuidarme. Sentí un gran cariño hacia ella, desde el momento en que la vi. Me negué a recibir cualquier otra visita.

El día que me dieron de alta, vi a Phillip que había venido a recogerme y llevarme a casa. Él se me acercó despacio y sólo dijo:

- Hola.

Yo no respondí. En silencio subí a su carro y juntos partimos hacia la casa. Me encerré sola en mi habitación sin querer hablar con nadie. No pude cerrar los ojos en muchas noches, fui presa de un fatal desasosiego. Me atacó el terror a la noche, al silencio y la soledad en que estaba sumida, cada día se hacía más cruel. En los amaneceres sin embargo, me rendía el sueño o un pesado letargo del cual me estaba siendo imposible salir. Me negué a regresar a mi trabajo, ni siquiera asumí la dirección de la casa. Phillip se hizo cargo de todo por esos días.

A los tres meses exactos supe que estaba embarazada, lloré desconsoladamente. Mi mente fue un torbellino de ideas encontradas, no tuve el valor suficiente para decírselo a mi esposo. Mis creencias religiosas, mi fe en Dios y el amor a ese hijo que esperaba, nunca me permitieron pensar en el aborto.

Casi al cumplir cinco meses de gestación Phillip entró en mi habitación y nos miramos, eso me bastó para saber que él conocía la existencia de mi embarazo. Tomó mis manos que estaban muy frías y dijo:

- Sarah, no importa que sea mío o no, yo solo quiero recuperar a mi Sarah, a la mujer con la que me casé, a la mamá de Jasper o por lo menos a una parte de ella. Permíteme que al menos pueda ayudarte. Me abrazó, quiso besarme, pero no lo dejé, no podía, la piel me quemaba allí donde él me tocaba.

Así transcurrieron los meses de embarazo, sabíamos que sería un varón.

Mis dos hijos parecían una gota de agua en dos tiempos distintos. Sus pelusas sedosas y pelirrojas como mi pelo. Di gracias a Dios porque el niño estaba completo y sano. A la hora de ponerle nombre fue Phillip quien decidió, Phillip Mathew, como él.

Me eché a llorar, tomé sus manos y las besé efusivamente. Después dijo:

- Voy a buscar a Jasper para que conozca a su hermanito. Y salió del cuarto.

Al día siguiente nos dieron de alta a los dos. Yo quedé sentada en el recibidor mientras Phillip fue a buscar el auto. De pronto sentí una mano en mi hombro y alguien que me saludaba. Cuando me viré, frente a mi estaba el Dr. Lander.

Estuvimos largo tiempo conversando. Phillip discretamente espero que termináramos. Al final de la conversación le pedí a mi esposo que me llevara directamente a casa. El se mostró atento y callado, viendo cambiar mi rostro, aunque yo sabía que aún el camino a la felicidad total sería largo, por lo menos ahora se vislumbraba una pequeñísima luz al final del túnel.

Esperé hasta la noche que los niños estuviesen dormidos, tomé a mi esposo de la mano y juntos nos sentamos en el sofá de la sala.

En ese momento, más que nunca recordé el dolor sufrido. Me armé de valor y me limpié las lágrimas que con rabia recorrían mi rostro. Phillip intentó consolarme, pero yo me aparté de él y me juré a mi misma que serían las últimas lágrimas que derramaría por mi violación. Después de tomar un vaso con agua y ya más calmada comencé a relatarle la conversación con el doctor:

Después de saludarnos me dijo que el niño, Phillip Mattew, es muy parecido a ti y que de mí, sólo traía mi color de pelo rojizo, yo le respondí que no tenía que ser cortes conmigo, que él sabía que ese niño es fruto de la violación que sufrí hace nueve meses.

Él muy consternado me preguntó si yo había realizado la denuncia a las autoridades, respondí que no, entonces me dijo:

- Grave error Sarah. La dirección del hospital ordenó por su cuenta una investigación de los hechos e incluso presentamos el video a las autoridades y las evidencias que teníamos. Te diré que me llamó mucho la atención en ese momento que tu no presentabas rastros de semen por ningún lado, dentro o fuera de tu cuerpo. Cuando analizamos el video, descubrimos que tú fuiste violada salvajemente por dos mujeres, tal vez tu mente bloqueo ese hecho.

Me quedé anonadada. ¡Dos mujeres! Aunque es mucho mi dolor, Phillip Mathew, si es nuestro hijo.

 Noté que el rostro de mi esposo fue cambiando de expresiones, hasta que en sus labios se asomó una sonrisa, la misma de la que yo me había enamorado. Mientras lo miré, sentí una increíble emoción. Y eso quería yo, continuar mi vida, tratar de olvidar, poder vivir mi antigua vida nuevamente. Mis hijos y esposo, me necesitaban. Salimos de la habitación tomados de las manos, la carga que soportamos durante tanto tiempo era ahora un poco más ligera. Por primera vez en mucho tiempo se asomó una sonrisa a mis labios. Lágrimas de felicidad corrían por nuestras mejillas. Nos fuimos acercando lentamente. Yo estaba temblando y él sentía mis estremecimientos.

Phillip rozó sus labios entreabiertos a mi oído y tarareó nuestra canción favorita. Me besó largamente en la boca y dejé que me cargara, mientras yo acariciaba su enmarañado pelo.

Déjame

Déjame tu boca
que mi corazón guarda
reluciente esmeralda
que al universo abarca.

Déjame tu perfume
cual fuego que asoma
con su lírico aroma
que su olor me consume.

Déjame tus besos
acariciando tu piel
desafiando un oropel
de divinos embelesos.

Déjame tus manos
a su libre albedrío
como caudal de un río
con sus locos desvaríos.

Déjame tu sombra
tendida en la alfombra
reclinada en mí pecho
mi corazón te nombra.

Déjame recordarte
en las noches invernales
desafiando a celestiales
estrellas para adorarte.

...

Déjame amarte
aunque estés ausente
llorando por tenerte
¡Y jamás! Perderte.

Cae La Lluvia

Cae la lluvia
con su inerte fantasía
la energía del alma agotada,
aroma, armonía y remanso
a la risueña juventud que se abría.

Cae la lluvia
en el portal extenso, contigo me veía
de aquel supremo instante que deseaba
respondiendo a mis tormentos más íntimos
flotando en los espacios más cruentos.

Cae la lluvia
con su leve murmullo, besando la corriente
quiero inhalar tu apasionado torrente
con tus frescos labios, tu ternura,
traes hacia mí, tu frente, tu dulzura.

Cae la lluvia
y, en la transparencia de sus aguas puras
nació mi amor: ardiente, puro
inundando mi alma de dulces ataduras
¡Al son de las aves, la lluvia, la frescura!

Así Te Conocí

Así te conocí,
así fuiste para mí
una estrella fugaz
en nuestro firmamento.

Fuiste todo aquello
que yo quise que fueras
fuiste todo mío,
amor y poesías.

No sé si me quisiste,
no sé, si me querías
solo sé que yo nunca
volveré a amar así.

Sé que te fuiste,
llevándote mi alma,
mi pasión, mi entrega,
mi amor, mi melodía

Y cuando quieras volver
trayendo todo esto
yo miraré hacia atrás
y te diré ¡Lo siento!

Tu Aura

He de tener cuidado de tu aura,
de tu pesada voz rotunda y suave
de tu abrigo extremo en el invierno
y de tu fuego ardiente en el ocaso.

No es de sabios recordar las primaveras,
ni es de poetas ensalzar gracias ajenas,
no pierdas en esto mucho tiempo, te lo ruego,
ni sigas pensando que tu camino yo contemplo.

¿Qué me espera después de conocerte?
Burla del hombre en que te has convertido,
el futuro es verbo, coherente, incierto
palabra que nace sin ningún sentido.

No esperes nunca mi pecho para consolarte
si el día llega con su fruto deslumbrante
mezclada con tu aura ya olvidada
y mi historia con palabra terminada.

No debo proclamar remotamente mi ignorancia
porque el hueco más profundo es la esperanza
bendito sea, el camino por donde pasas
con tus viejas y duras mañas ya olvidadas

Sepa tu corazón, si es que lo escucho,
que no moverás lo dicho, ni lo hecho
mis besos sin ningún fruto tomarías,
si en tus tiempos amar no pretendías.

...

...

Me has quitado el derecho que tenía
hundiendo tu osada cobardía en mí
esta pérdida apuesta es lo que importa
si en piedras has convertido
tu amor cuando yo parta.

Idilio

En muchos años
he pensado en ti,
sin saber qué rumbo
tomarían nuestras vidas.
Tú en tu mundo, yo en el mío
yo sin ti, tu sin mí.

Si algo quedó
de nuestro amor
ya el tiempo lo borró
porque yo puedo
estar sin ti y tú sin mí.

Hoy se que ya
no queda nada,
nada, de nuestro
idilio de amor,
porque yo puedo
estar sin ti y tú sin mí

Y cuando pasen
los años
y quieras mirar atrás
sabrás que amor has perdido
y cual será tu final.

Tú sin mí, yo sin ti,
tú en tu mundo, yo aquí,
porque ya no queda nada,
nada de nuestro idilio de amor,
tú en tu mundo, yo en el mío,
tú sin mí, yo sin ti.

Despierto

Despierto,
aún tengo tu olor
bajo mis sábanas
tu sabor, en mis labios.

Despierto,
regresan los recuerdos
de batallas ganadas,
prisioneras palabras.

Despierto,
con añoradas estaciones,
clamando oír tu voz,
sintiendo tú calor,
tú presencia, tú perfume.

Despierto,
esta presente la melancolía,
el tributo a la palabra
mal interpretada.

Despierto,
molesto a la ira,
a la gloria, a las medallas
y aún despierto ¡Veo tu cara!

Elizabeth Ponce

Escritora Norteamericana, nacida en Miami, Florida, el 9 de octubre de 1993. Hija de la escritora Irma V. Pérez.

Realiza estudios primarios en la escuela "James H. Bright" en la Ciudad de Hialeah, continúa sus estudios de secundaria en la escuela "Henry H. Filer", donde se gradúa con honores. Actualmente estudia en la escuela "Hialeah Senior High School", cursado sus estudios superiores. Se graduará en el año 2012. Ha escogido continuar sus estudios universitarios en la Universidad "Stetson", Deland, Florida.

Ganadora del concurso nacional de escritura "Young Author" a la edad de 7 años, ha ganado mención de honor en "Live Poets Society of New Jersey", le publicaron su poema "Solo Negro" en la antología "In Me". Participó en el libro "Un Horizonte Literario" y en la antología 2010 del Concurso "Lincoln-Martí.

Ha participado en concursos de poesía y escritura. Asiste al "Club de Literatura" que dirige Francisca Argüelles, al "Club Internacional de Miami Atenea" dirigido por el escritor Orestes Pérez. Al grupo "Desalmuerzo Literario" del teatro ArtSpoken, dirigido por el Dramaturgo y Director de Teatro Yoshvani Medina. Pertenece a la producción del programa "ArtSpoken". Es miembro del "Colegio Nacional de Periodistas de Cuba en el Exilio", además de participar en otras tertulias donde ha sido invitada.

Eponce10.09@live.com

Dedicatoria

Al de arriba, a Mimi, y por supuesto a mi madre, porque sin ellos, no existirían estas palabras.

"Tanta prisa tenemos por hacer, escribir y dejar oír nuestra voz en el silencio de la eternidad, que olvidamos lo único realmente importante: vivir."

-Robert Luis Stevenson

A todos los que junto a mí, han colaborado e inspirado para este libro. A ti Francis, por tu dedicación y esfuerzo.

Un Nuevo Amanecer

Para Anthony Kingsley, hoy era un nuevo amanecer, un nuevo día, una nueva vida. La Gran Guerra había terminado hacia cinco años, pero aún los estragos se veían marcados en los rostros de los que la vivieron, tal como él. Después de la aterradora experiencia, el Comandante Payton lo había recomendado a la 'Unidad de Misiones Especiales' y aunque le gustaba sentir la adrenalina correr por sus venas, creía que a sus treinta y dos años, era hora de tomar un nuevo nombre y cambiar de empleo. No tenía familia, ni nadie a quien responder y quería encontrarse a una chica y por fin formar una familia.

Tomó las llaves de la mesa y salió de prisa del apartamento que la agencia le había rentado para la misión. Bajó las escaleras y sin más, pidió su carro. Al ver al imponente hombre, de seis pies y dos pulgadas de estatura, con traje de diseñador, el chico se dio prisa y el Cross -ley Bugatti último modelo apareció en un instante.

Corrió una mano pálida por su pelo castaño claro con desespero y cerró sus ojos color avellana. Hoy estaba distraído estresado y cansado, decididamente no era bueno. No tenía amigos ni pasatiempos que no fueran relacionados al trabajo, esto lo volvería loco.

Llegó a la planta de nitrógeno y la registró de punta a cabo. Nada. Ni un rehén, ni una muestra de alguna vez haber sido una planta utilizada. Con ceño fruncido, encendió su carro y aceleró hacia la casa del Comandante Payton, Él lo esperaba en la puerta de su casa.

-Has sido reemplazado. Comenzó. "Quédate con el carro, y el apartamento, regresa la placa". Anthony, confundido, buscó su placa de agente especial y la entregó.

-Esto ya no es para ti, muchacho. Y con gesto distraído, dio la espalda dejando a Anthony solo en el porche.

A la lejanía se veía el humo de la planta de nitrógeno arder.

-"Esto ya no es para mí". Murmuró.

Historias De Mi Abuelo

Estando todos reunidos en familia, celebrando la llegada de mis abuelitos que habían recién llegados de Cuba para visitarnos, entre chistes, sonrisas y cariños, mi hermano Eddie que es muy risueño, contó un chiste sobre los portorriqueños.

Estaba presente el jefe del trabajo de mi papá, el Señor Manuel Quesada y le preguntó a mi hermano:

- Eddie ¿De dónde tú eres?

Él le respondió:

- Yo soy americano.

Y yo que no quería quedarme atrás, le dije:

- ¡Yo soy cubana!

Él nos miró extrañado porque sabía que mi hermano y yo somos hermanos gemelos y me preguntó:

- ¿Si? ¿Qué sabes de Cuba?

- Mis padres nacieron en Cuba y vinieron a Estados Unidos para ser libres.- Respondí.

- ¿Qué sabes sobre José Martí? Continuó él.

- Que era cubano y escribió el libro "La Edad de Oro".

Mi abuelo que había estado escuchando la conversación, se viró hacia mí y dijo:

- Si, pero no sólo eso hizo José Martí. Para ser una verdadera cubana debes saber que José Julián Martí y Pérez es nuestro apóstol nacional, fue un político, pensador, periodista, filósofo, poeta y masón cubano, además amó mucho a los niños.

Todos nos quedamos en silencio, escuchando con atención y el continuó:

- José Martí nació en La Habana, Cuba, el 28 de Enero de 1853. Sus padres fueron Mariano Martí y Navarro y Doña Leonor Pérez Cabrera. Fue el único varón de una familia numerosa, sus hermanas fueron llamadas Leonor, Mariana, María de Carmen,

María de Pilar, Rita Amelia, Antonia y Dolores. En su infancia acudió al colegio de San Anadito y más tarde al colegio de San Pablo de Edo. Zulia, Manchiques de Perija que lo dirigía el Señor Rafael María de Mendive, quien se convertiría en un segundo padre para él, años más tarde.

Mi abuelo nos observó a todos y viendo que estábamos atentos, escuchando su historia decidió continuar:

- Durante su adolescencia participó en las luchas por la independencia de Cuba, que se encontraba bajo el yugo español. En Agosto de 1866 ingresó en el Instituto de Segunda Enseñanza en La Habana.

En Cuba, en 1868 comenzó la llamada Guerra de los Diez años (1868-1878). El 19 de Enero de 1869 publicó junto a su gran amigo y compatriota Fermín Valdés Domínguez sus primeros artículos en el periódico "El Diablo Cojuelo", que pertenecía a este último. El 23 de Enero de ese mismo año, editó y fundó el periódico "La Patria Libre", semanario democrático, en el cual hizo público su drama en verso, "Abdala", donde claramente expresa su amor a la patria y un fragmento de estos versos que dicen así:

(…) El amor, madre, a la patria
No es el amor ridículo a la tierra
Ni a la hierba que pisan nuestras plantas
Sino el odio invencible a quien la oprime
Es el rencor eterno a quien la ataca.

En estas publicaciones había expresado su dolor ante la muerte del gran abolicionista y Presidente Estadounidense Abraham Lincoln, también se había alistado en el Partido Cubano Nacionalista.

Ese mismo año 1869 encarcelan a su querido maestro y guía Rafael María de Mendive. Las fuerzas paramilitares requisando la vivienda de Fermín Valdez Domínguez, encontraron una carta firmada por Martí y dirigida a un condiscípulo suyo, en la cual lo trataba de traidor a la patria por haberse alistado en el ejército español. En esa ocasión fue juzgado y condenado a seis años de cárcel y su amigo Fermín a 6 meses, a pesar de sólo tener Martí 16 años.

En abril de 1870 fue llevado a las canteras de San Lázaro a realizar trabajos forzados. Cumple su condena en una de ellas a 2 Kilómetros de la prisión, con una enorme cadena sujeta a uno de sus tobillos. Allí conoció las injusticias de la cárcel y la rudeza de las autoridades españolas. Encontrándose en malas condiciones de salud, su padre que tenía varios contactos y relaciones dentro del ejército español, ya que había laborado en las prisiones siendo guardia de seguridad, logra que le conmuten la pena por el destierro a España. Quedando su madre muy abatida y triste la cual había recibido una foto de él donde le escribió el siguiente verso:

Mírame, madre;
Y por tu amor, no llores:
Si esclavo de mi edad y mis doctrinas
Tu mártir corazón llené de espinas,
Piensa que nacen entre espinas flores.

Llegando a Madrid, se matricula en la Universidad, en la facultad de derecho y publica su primera obra en prosa "El presidio político en Cuba", donde denuncia las atrocidades del gobierno colonial español en la isla y el derecho de Cuba a su independencia.

En unión de su amigo Fermín, desterrado como él, vivió en Zaragoza, en cuya universidad obtuvo los títulos de Bachiller y Licenciado en Derecho y el de Licenciado en Filosofía y Letras, todos con notas sobresalientes.

Mi hermano quedó asombrado al escuchar estos títulos obtenidos por Martí preguntando:

- Abuelo ¿Cómo es que tú sabes tanto sobre la vida de Martí?

Quien respondió fue mi madre que nos dijo:

- Tu abuelo, mi padre que hoy está entre nosotros, es periodista, escritor, poeta y amante de toda la literatura. De niña me enseñó todas estas historias de nuestros mártires cubanos de los cuales estoy muy orgullosa y a la vez lo estoy de mi padre.

Mi abuelo y ella se abrazaron, nunca había visto a mi madre tan contenta. Él se sentó de nuevo en una butaca del salón y continuó diciendo:

-Más tarde se traslada a México colaborando en la revista "Universal". Allí conoce a la que años más tarde sería su esposa, Carmen Zayas Bazán, cubana camagüeyana proveniente de una familia acomodada exiliada en México.

En enero de 1877 llega a Guatemala, en cuya Escuela Central enseña literatura e historia de la filosofía. Sostiene una profunda amistad con María García Granados, hija de un ex presidente guatemalteco y a la que él dedicó parte de sus "Versos Sencillos" en su poema "La niña de Guatemala".

A mí que me gusta tanto la poesía y nunca la había escuchado le dije a mi abuelo:

- Por favor abuelito ¿La puedes recitar?

- Si mi nieta, dice así:

> Quiero, a la sombra de un ala,
> contar este cuento en flor:
> La niña de Guatemala,
> la que se murió de amor.
> eran de lirios los ramos,
> y las orlas de reseda
> y de jazmín: la enterramos
> en una caja de seda.
> ... Ella dio al desmemoriado
> una almohadilla de olor:
> él volvió, volvió casado:
> ella se murió de amor.
>
> Iban cargándola en andas
> obispos y embajadores:
> detrás iba el pueblo en tandas,
> todo cargado de flores.

...Ella, por volverlo a ver,
salió a verlo al mirador:
él volvió con su mujer:
ella se murió de amor.
Como de bronce candente
al beso de despedida
era su frente ¡la frente
que más he amado en mi vida!
...Se entró de tarde en el río,
la sacó muerta el doctor:
dicen que murió de frío:
yo sé que murió de amor.
Allí, en la bóveda helada,
la pusieron en dos bancos:
besé su mano afilada,
besé sus zapatos blancos.
Callado, al oscurecer,
me llamó el enterrador:
¡Nunca más he vuelto a ver
A la que murió de amor!

- ¡Que linda poesía abuelo! Me gustó mucho, lástima que sea tan triste. Sigue abuelo que la historia de José Martí está muy interesante. Le respondí.
 - Si, mi hija, esta historia me la contó mi padre cuando yo era un niño y hoy, escuchando de nuevo a tu abuelo decirlas, esas vivencias vuelven a mí, nunca debemos olvidar quienes somos, de dónde venimos y quienes fueron nuestros héroes, y lo que hicieron por nosotros.- Dijo mi padre.
El abuelo continuó:
- Al firmarse la Paz del Sajón en agosto de 1878, regresa a Cuba con su esposa. Comienza a trabajar en el bufete de su amigo Viondi y allí conoce al conspirador Juan Gualberto Gómez. Ese mismo año nace su hijo José Francisco Martí, a quien años más tarde se le conocería como el Ismaelillo, por la obra de ese

mismo nombre que le dedicó y que marcaría una nueva manera de decir en las letras hispanoamericanas.

Un año más tarde, fue detenido y acusado de conspirador por sus discursos ofrecidos en el Liceo de Guanabacoa, un pequeño pueblo de la Ciudad Habanera. Por este motivo es deportado nuevamente hacia España el 25 de septiembre de ese mismo año. Desembarcando en Santander, a donde había llegado en el vapor-correo Alfonso XII. Se refugia en casa de su madrina de bautismo, dona Marcelina de Aguirre ya que ella había conseguido de las autoridades españolas un permiso para que él pudiera pernoctar en su casa, ubicada en los Arcos de Regules.

Establece comunicación con el General Calixto García, residente en Nueva York y Presidente del Comité Revolucionario, llegando allí en 1888. Comienza a planificar y organizar la independencia de Cuba, donde se reúne con los clubes más revolucionarios de su época.

Viaja a Venezuela, publicando su Revista Venezolana, a la cual se le une la juventud liberal. Colabora con el diario "La Nación" de Buenos Aires, hace traducciones y por su oratoria y espíritu incansable fue capaz de unir a muchos cubanos tanto de adentro como los de afuera de la Isla. En 1882 escribió la mayoría de sus poemas conocidos como Versos Libres.

Ya en esa época Martí intenta resumir en su obra y con su acción a políticos cubanos progresistas como Feliz Varela, José de la Luz y Caballero. Siente la necesidad de unir a nuestra América, convirtiéndose en uno de los pensadores más ilustres de América y del mundo. En el año 1883 es nombrado redactor de la revista "La América", de la que después sería su director. En el año 1885 publica "Amistad Funesta", su primera obra modernista. Trabaja sin descanso como corresponsal en Nueva York de periódicos latinoamericanos como "El Latino Americano", "La Republica" «de Honduras» y "La Opinión Pública «de Montevideo».

Mi abuela que estaba un poco agotada dijo:

- Espera viejo. ¡Vamos a tomarnos un buchito de café!

Todos se echaron a reír, mi madre y mi abuela partieron hacia la cocina. Pronto comenzó a salir de ella, ese indiscutible aroma de café recién colado, enseguida reaparecieron trayendo varias tazas humeantes.

Mi abuela cuando todos estuvimos sentados nuevamente en nuestros respectivos asientos, le dijo:

- Viejo, continua la historia, que los niños quieren saber el final.

El no se hizo de rogar y continuó:

-Algunos cubanos quisieron hacer estallar la guerra en el año 1884, aún cuando no disponían de suficientes medios y armas. Martí se reúne con Máximo Gómez y Antonio Maceo para concretar los detalles y no se llega a decisión alguna.

Martí nunca se desalentó en su tarea por lograr la independencia de Cuba y luchó por ella con su pluma, su corazón y su valentía. En todos los periódicos en los que él laboró persistió su empeño en logar esa libertad tan ansiada e incluso, a la misma vez representar a Nueva York en calidad de cónsul. Esto molestó al cónsul español en Washington que reclamó el hecho de que un agitador sea cónsul de países amigos de España; al instante renuncia a esos puestos, entregándose de lleno a coordinar la acción y las aportaciones de los trabajadores cubanos del tabaco en Tampa y Cayo Hueso, ubicados en la Florida, además de mantener relaciones secretas con los que en la isla estaban trabajando por su mismo ideal.

En los días 26 y 27 de noviembre de 1891 pronuncia sus discursos "Con todos y para el bien de todos" y "Los Pinos Nuevos".

Realiza varias actividades dentro de clubes revolucionarios, entre ellos el Partido Revolucionario Cubano «PRC», fundado el 10 de abril de 1892 aquí mismo en Cayo Hueso, en la reunión de presidentes de agrupaciones patrióticas en el Hotel Duval House. Quedando unidas las causas de Puerto Rico y Cuba en los estatutos de este partido.

Regresando a Nueva York pronuncia un discurso conocido como oración de Tampa y Cayo Hueso en el Hardman Hall. Funda el periódico "Patria", que aparece por primera vez el 14 de Marzo de 1892 y es elegido delegado del Partido Revolucionario.

Por segunda vez se traslada a Santo Domingo, donde se entrevista con Máximo Gómez durante tres días y Gómez es confirmado en el cargo de comandante en jefe de la revolución, estrictamente para lo militar. Luego se traslada a Costa Rica, donde se halla Antonio Maceo al frente de una hacienda donde trabajan sus hermanos José Maceo, Tomás y unos 50 compatriotas más. La respuesta de Maceo fue definitiva: "Para luchar por la independencia de Cuba estoy siempre dispuesto".

Regresa a Nueva York el 28 de Octubre de 1893 y pronuncia un discurso en honor de Bolívar. Recibe y envía copiosa correspondencia en su intenso trabajo de organización. Viaja a Costa Rica, Panamá, Jamaica y México. En éste último se entrevista a con su presidente Porfirio Díaz.

Regresando a Nueva York, compra armas y fleta barcos que lo llevaran hasta la isla. En esta ocasión es delatado, frustrándose la expedición, pero las armas son recuperadas. Este plan tuvo por nombre "Plan Fernandina".

A través de sus gestiones la patriota cubana Luciana Govin pone a su disposición toda su cuenta bancaria personal en un banco neoyorquino. Desde París, Marta Abreu le envía una fuerte suma de dinero, colaborando de esta manera con la causa independentista.

Con toda su paciencia, vuelve a reorganizar los trabajos deshechos y a ultimar todos los preparativos necesarios para la pronta invasión a la isla. En esta oportunidad desaparece por un corto periodo de tiempo, llegando a Montecristi donde lo espera Máximo Gómez y otros patriotas.

Salen de Montecristi hacia Cuba en la goleta "Brothers"; el capitán se niega a llegar hasta las costas cubanas. Finalmente a los 10 días del mes de abril, parten de cabo Nordstrand, desembarcando en la madrugada del día 11 en un lugar conocido como Playitas de Cajobabo, en la ciudad de Guantánamo, Cuba, al sur de la provincia oriental.

Martí tan pronto llegó a la playa cubana, se arrodilló besando la tierra y se unieron a los demás patriotas que les esperaban.

Máximo Gómez comunica a Martí que además de reconocerlo como Jefe Civil de la revolución, le otorgan el título de Presidente. Martí modestamente ruega que le llamen solamente delegado.

Con su magnetismo personal y sus discursos políticos inflama y agita el corazón de muchos cubanos. Cuba se pone en pie a su paso, donde ha estallado la guerra definitiva. Aunque fue saludado como Presidente de la Republica en Armas, nunca pudo ser electo como tal.

Su labor en las artes es tan extensa como en la política a pesar de haber sido un hombre de precaria salud. Recién llegado a España, cuando sólo contaba diez y ocho años de edad, se le diagnosticó con la enfermedad de sarcoidosis. Debido a ésta padeció afecciones oculares, del sistema nervioso, del corazón y estados febriles. Al tener un tumor en uno de sus testículos, éste se le llenaba de líquido, produciéndole fuertes dolores. Los médicos puncionaban el propio testículo para aliviar o disminuir de esta manera su dolor, pero al poco tiempo, reaparecía el líquido nuevamente y así se reiniciaba el ciclo. Debido a esto y para solucionar su enfermedad fue operado y extirpado el tumor.

Martí consagró su vida a alcanzar la independencia de Cuba, cosa que se logró y de la cual estaría muy orgulloso. Fue un hombre que se distinguió por su amor a la patria y a las artes, a las cuales dedicó su vida. En las artes, grande fue su aporte, que abarcó desde la poesía, la novela, el periodismo y hasta el ensayo. En sus poesías como "Ismaelillo" y su obra "La Edad de Oro" demuestra cuanto amó a los niños y a su patria. Sus versos "Los Zapaticos de Rosa", han dado la vuelta al mundo y ha sido traducido a múltiples idiomas.

Fue un hombre con un corazón de oro, dedicando su vida a la unión de todos los cubanos, tratando de expulsar las fuerzas españolas de la isla que se hallaba sometida por ellos y también de evitar que los Estados Unidos expandieran sus territorios y que Cuba cayera en su poder, él quería una república libre e independiente, como lo escribió: "Con todos y para el bien de todos".

- Y ¿Cómo murió abuelo?- Preguntó mi hermano.

Los ojos del abuelo se le nublaron de lágrimas y continuó narrando la historia.

- Las tropas de Máximo Gómez entre las que se encontraba Martí, estaban intentando reunirse con la guerrilla de Félix Ruanes, del General Masó y con las fuerzas de José Maceo, hermano de Antonio Maceo, y juntos redactar un comunicado para el periódico "New York Herald" sobre las causas de la guerra y el desembarco que había tenido lugar, después de ser él nombrado Mayor General del Ejercito Libertador.

Mientras todos se reagrupaban, cerca de un lugar conocido como "Dos Ríos". Gómez ordena el ataque contra una columna de tropas españolas, que contenía cerca de mil hombres, varios tiros provenientes de las tropas españolas que se encontraban escondidos, dieron fin a la vida de este inigualable apóstol. Esto ocurrió el 19 de mayo de 1895.

A mí, los ojos se me llenaron de lágrimas al saber que un hombre con el corazón tan noble y que escribiera cosas tan bellas muriera de una forma tan injusta y sin haber llegado a conocer la independencia de Cuba. Todos callamos por un buen rato.

Mi madre nos llamó a todos a comer, yo no quería ir porque aún me quedaba una pregunta por hacerle al abuelo. Lo llamé a un lado y le dije:

- Abuelo ¿Por qué Cuba aún no es libre?

Mirándome directamente a los ojos, se agachó un poquito y me contestó:

- Porque un tirano cubano se ha adueñado de nuestra isla, pero esa es otra historia muy interesante que mañana te contaré.- Respondió él.

Todos fuimos a comer. Hoy supe que mi abuelo no regresaría a su querida isla, como él la llama. Allí estuvo 20 años en prisión y había sufrido mucho.

La Visita

Desde hace un tiempo atrás, mamá y yo, después de desayunar los domingos, tomamos el autobús y vamos a un lugar muy bonito. Todo está adornado con muchísimas flores y hay mucho silencio. A pesar de ser un lugar hermoso, es muy solitario. A mí no me gusta porque ella llora cuando estamos allí. Una vez me asusté mucho, pensé que no pararía de llorar, sin pronunciar palabra. Mamá debió de darse cuenta de mi miedo, me miró, se enjugó sus lágrimas y apretó mi mano con suavidad y ternura.

Regresamos a la casa callados y tristes. Yo me porté muy bien para que ella volviera a estar alegre. Dice mamá que ahí vamos a visitar a papá. Él se fue cuando yo era muy pequeña, bueno más pequeña que ahora, porque hoy domingo es mi cumpleaños. Cumplo 7 años. Todos los días en el rezo de la noche, le pido a Diosito que mamá no llore más y que papá venga a visitarnos. Ella dice que no puede porque él está en el cielo y que Diosito lo está cuidando, pero yo sé que un día papá va a venir.

En la tarde de los domingos, ella se arregla el pelo y se pone vestidos bonitos. Es cuando más me gustaría que él estuviera en casa. Ella me lleva al parque. Allí juego con mis amigos, especialmente con Rubén. Él nos ha dicho que es maestro, no para niños tan pequeños como yo, sino para un poco más grandes. Cuando Rubén nos ve llegar, a su rostro se asoma una sonrisa de oreja a oreja que deja ver unos dientes blancos y lustrosos, pero cuando él ve a mamá tan cerquita, sus ojos son como linternas resplandecientes. El juega a la pelota conmigo porque sabe que es mi deporte preferido. Algunas veces me deja ganar a las carreras, aunque él cree que no me doy cuenta. Pescamos en el lago que ésta en el parque, montamos bicicleta y me ha cargado en volandas cuando estoy cansada.

Hoy mamá ha pasado toda la tarde preparando un festín de comida con mucho entusiasmo. Me ha comprado un pastel y hemos invitado a varios de mis amigos. Tardó horas en peinarse y en maquillarse bien. Se puso un vestido muy bonito que no recordaba haberlo visto. Estaba segura que Dios había oído mis plegarias. El tiempo se alargaba interminablemente y llegó la hora fijada para mi fiesta. Cada vez que ella oía que un carro se acercaba, salía disparada hacia la puerta principal. Al rato sentí que tocaban, yo corrí para ser la primera en abrirla. Ella llegó justo cuando la estaba terminando de abrir. Es Rubén, que en sus manos trae un ramo de rosas rojas que le entrega a mamá y una caja enorme con mucho brillo que es para mí. La vi sonreír y los ojos de Rubén se iluminaron. Él me dio un abrazo muy tierno, entonces le digo:

-¡Viste mamá! Te dije que hoy, papá venía a visitarnos.

Salvarte La Vida

Tenemos que hablar
es sólo hablar;
sonríes y lágrimas corren.

Susurras "Acabo"
y es palabra mágica
él a la izquierda
yo a la derecha

Una ventana al pasado
y veo lo que no hice
e hice demasiado

Vestida de negro
me hubiera quedado
noche tras noche,
sola, si sólo supiera
como hacerte, regresar.

El Olvido

Bailaré entre las llamas
prenderé fuego

Iluminaré mi mundo,
tú mundo, el mundo,
de falsas promesas
y noches incumplidas

Hoy, te aviento,
hacia mi hoguera del olvido
para arder por toda la eternidad

Te aviento en un suspiro,
sin mirar atrás.

Una Noche

Como la mordida prohibida
toma la manzana
y pierde el control
olvida las reglas
¿Qué será de una noche?

Tus labios, los míos,
se rozan jugando
en penumbras,
esperando: un gemido, un rubor

¿Qué será de una noche?
Del sentir, del memorizar
tu mirar, tu olor, tu calor.
del tenerte en mis brazos
con tu frenesí de pasión.

¿Qué será de una noche?
¡Todo! ¡Nada!
Nada y todo a la vez.

Decisiones

Tengo hambre, tengo sed
de tu pasión, de tu amor
de un tierno abrazo
ya frío y calculador

Penumbras caen;
y nadie seca mis lágrimas.
se que no hay nada que no haría
para hacerte sentir mi amor.

La tormenta corre
en la carretera de nuestra vida
Sin fin, sin rumbo.
los vientos cambian de norte a sur
y corro por la avenida entre el desespero
y tu desprecio

Sé que no te has decidido
que tienes mucho que pensar
pero yo, ya lo he hecho.
yo, ya decidí
estar sin tu amor.

Juana Rippes

Nació el 27 de diciembre de 1926 en la Habana. Su carácter dulce y alegre da un brillo especial a su mirada.

Estudió Publicidad en la Universidad Masónica "José Martí" y se licenció en Filosofía y Letras en la Universidad de la Habana, donde también aprendió Biblioteconomía, en su trayectoria profesional fue redactora de textos publicitarios en la Organización Técnica Publicitaria Latinoamericana «OTPLA», trabajo en la Biblioteca Nacional de la Habana. Al emigrar a los Estados Unidos revalidó su título y se dedicó a la enseñanza hasta su jubilación.

Es Optimista y una narradora excepcional lo demuestra en su obra cumbre "Tabaco en Flor" una versión tipo novela sobre una historia real transcurrida en Cuba, donde devela con todo cariño, idealizándola por el mismo amor de su propia visión de la vida y de las cosas. También en sus poesías trasmite en forma sencilla, natural, llana y espontánea, ese mismo impulso de la narración que atrapa haciendo que el sortilegio surta efecto en la mente del lector.

Participó en la antología "Un Horizonte Literario" 2010 del Club de Literatura.

rippesj@bellsouth.net

Dedicatoria

A toda mi familia.
Al recuerdo de la Cuba que fue
y la que añoro regrese.

Recuerdo Que...

Del amor que dieron me queda para regalar. De las dos familias. Si buenos eran los de tierra adentro, los cepillados, platudos de la capital fueron inmejorables. Agudos unos. Inspirados ambos. Amantes de las flores y de la poesía. Buenos se juntaron. Niñez riente. Padres Unidos. Bachillerato. Universidad. Realización. Matrimonio. Terreno llano, abierto al panorama. Trabajé en la OTPLA con publicitarios de ácida rivalidad. Si paloma entre palomas, me hice loba entre lobos. Aullé y mordí y me situé en el lugar que me pertenecía entre ellos.

Mi marido hizo buen negocio envasando y exportando mariscos. Pero, llegó el Castrocomunismo. El cambio. La sangre y la cagazón. El paredón resonaba demasiado seguido... Volamos. Y a empezar de cero. Y en otro idioma... Otro campo. Gente buena, con sus excepciones. Pero fueron más los buenos. Agradecimiento eterno. Cosecha abundante. Hijos profesionales. Retiro en el preciso momento en que el cuerpo se lo pide a uno. Ni temprano ni tarde. Hora de sentarme a escribir la saga de la familia. Digna de ser editada. Tabaco en Flor y Cuentos.

Y a lo largo de todo el matrimonio el peligro de los piratas queriendo arrebatar mi tesoro, el botín, el que me firmó a mí y a nadie más. Trataron, trataron, trataron. Se fastidiaron. Por no decir la palabra J... En todo caso esperé la decisión de lo Alto. No la dicté yo. Disfruto mi octava década. Mi jardín. Mis nietos y biznietos. Me ha dado buen resultado amar y perdonar.

¡Vivan los seres de buena voluntad! ¡Viva la justicia divina y la humana también! ¡Viva la tertulia de Francis! ¡Viva la Cuba del futuro! Y todos los que ayuden a lograrla. ¡Bendito sea el país que nos acogió!

Gua Gua Gua

Disfruto de la música y la poesía. El arrullo del viento y la risa de los niños. Y de buenas ganas, disfruto del chispeante decir de mi gente en español. Segura estoy que es lo mismo en todas las lenguas… pero el español, es vigoroso. Ser buena gente tiene ventajas. Te gusta hoy un poema y el deleite puede repetirse cuantas veces quieras. Resulta bueno también, oír todas las barbaridades que se escuchan a menudo y sirven para escaparnos de la realidad, tan necesario en esta época de atmósfera tan cargada.

La primera muestra de esto, es el recuerdo del rato que viví en la corrida de toros en la madre patria. La única acción fuerte no era la acción del ruedo. El estentóreo ¡OLE! Las vacas al torero torerazo, al monarca del trincherazo que diría Agustín Lara. Conmovedor y alucinante. Pero, eso no era todo.

¿Dónde dejamos los piropos que mis jóvenes vecinos de las gradas le dedicaban al diestro? Mientras el muy valiente se jugaba la existencia cada dos segundos arrimándose peligrosamente al par de cuernos más afilados del mundo, las frases de los mozos, aquello no se puede olvidar. La única publicable fue: "Er mieo te tiene comío" Y de ahí para arriba ¡Increíble!

El otro evento digno de escucharse es el dominó. No solo por la habilidad desplegada por los contrincantes. Lo mejor es lo que se oye. Y eso que es un juego de mudos. Nacida y criada en Santos Suárez, aquí, en Miami oí algo así: "¿Estás jugando agachado? – Por jugar agachado en Santos Suárez, le sonaban dos galletas a cualquiera" ¿Desde cuándo sería eso? ¿De dónde salió tanta agresividad?

Las atrocidades del hablar de los cubanos ganaron proporciones cuando los llegados de niños o nacidos aquí en Estados Unidos, «con respetadas excepciones» aportaron sus modismos, o más bien sus barbaridades "Llámeme pa tras…"

"Tuvimos una comidita familiar" Me obsequiaron dos botellas de deliciosos néctares tropicales: uno de guayaba y otro de guanábana. Uno de los pintorescos comensales llegado aquí de siete años se lamentó en medio de la comida: -Ay, todavía no he probado el jugo de Guanabacoa. -¿Guana qué? Pregunté. En fin al poco rato otra comensal de la familia, venida de tierra lejana y fría, nos pregunta: -¿Es bueno el jugo de Guanabo? OK.

La comida, exquisita. La reunión, cariñosa. Pero el estelar de la noche fue el rollo con los Gua Gua Gua.

Es bueno ser buen oyente.

Isabel Riverón Blanca

Nació en Banes, Oriente, Cuba un 4 de febrero del siglo pasado. Amante del arte desde muy pequeña, coincidiendo con el fallecimiento de su abuela, comenzó a escribir.

A comienzo de 1960, emigra junto a su familia a Nueva York. Pertenece al Club de Literatura de Francisca Arguelles, en Miami, donde reside con su esposo e hija desde 1968.

Autodidacta. Su obra, mayormente poesía, ha estado salvajemente inédita «según sus palabras» hasta ahora ve la luz en este libro.

isabelmarrero@bellsouth.net

Dedicatoria

A toda alma que vibre.

La Renuncia

Lo conocí en un lugar céntrico, una mañana fresca en camino hacia la escuela, así, como retoñan las flores asombrando a la pradera. Saboreaba, con deleite, una tacita de café negro. Frente a mí, un muchacho alto, de pelo y ojos negros, piel blanca, amplia sonrisa y porte de rey. Me miró y me estremecí. Yo coqueta cambié la vista. Cayeron mis libros. Él como todo un caballero «de esos que están en extinción» vino hacia a mí y recogió aquello que yo intencionalmente había dejado caer buscando una excusa para iniciar una amistad.

–Gracias. ¿Cómo te llamas? —Pregunté.

–Margarito Pérez, ¿y tú?

–Zabra.

–Raro nombre.

–Sí, es una rara flor que crece en el desierto.

Tomé mis libros y me fui. Eran los carnavales en Holguín y yo me hospedaba en la casa de mi hermano René. Él poseía dos carros, uno de ellos un *Ford* convertible azul, con capota negra y el cual me había prometido si lograba superar mis notas. Me estaba enseñando a manejar, cosa esta que aprendía rápido. En los estudios me estaba esforzando, ya sentía que el carro era mío.

Una tarde charlando con su querida esposa le comenté mi empeño en sacar excelentes notas para lograr la obtención del carro prometido. Ella de inmediato me replicó que René había prometido darle el carro a su hermano Antonio que lo necesita para trasladarse a la Universidad ya que residía en Cojimar. Quedé estupefacta, me embargó un pesar profundo, una rebeldía y un desprecio total a ese ser que iba a usurpar mi carro. Decidí irme de inmediato, y así lo hice. Vivía en Omaha, un pueblecito fundado por estadounidenses, desde donde viajaba cada día una hora en el autobús Santiago-Habana.

El ómnibus me dejaba en Las Parras, donde mi padre me esperaba para trasladarme en carro a siete kilómetros de allí. Éste, preocupado por los festejos, me suplicó que olvidara los rencores y al menos por unos días siguiera quedándome en la casa de mi hermano. Accedí por no hacer sufrir y preocupar a mi padre.

Por lo pronto, yo seguía desayunando en la moderna cafetería donde lo había conocido. ¿Qué sería de aquel joven apuesto? ¿Dónde estaba que no nos habíamos vuelto a encontrar? Un día, al llegar a casa de mi hermano, la sirvienta me anunció que el señorito Antonio había venido desde La Habana. Fastidio, — pensé—, viene a llevarse mi carro. Sentí nauseas, ira, desprecio, me encerré con rabia en el cuarto. Minutos después me tocaron a la puerta y al abrir, mi cuñada sonriente con su hermano. Allí, frente a mí, estaba él.

–Pero, pero ¿Eres tú? —Dije sorprendida.

Él, sonriente, extendió la mano y me besó en las mejillas.

–No eres Margarito Pérez.

–Y tú no eres Zabra, la rara flor que crece en el desierto.

Fue un momento de magia que se borró toda nuestra atención y los dos decidimos renunciar al carro prometido. Ambos insistimos en que el otro se lo quedara. No nos pusimos de acuerdo. Surgió entre los dos una admiración, una alegría. Él, trovador de quimeras, portador de sueños, poeta galopante de un mundo sin apuros. Yo, tan pequeña e ilusa le confesé que tenía una guarida, un lugar cerca del cielo donde era Zabra y escribía mis inquietudes, sueños y anhelos, intentando descifrar el mundo.

Hermosos días sucedieron. No cesábamos de hablar. Él, un filósofo innato, un futuro abogado a punto de culminar la carrera y yo, una niña. Fuimos hasta mi guarida, una majestuosa loma que engalanaba la cuadra y que desde mi balcón yo divisaba cada día. Allí me sentía gigante y todo desde ese lugar se veía pequeño. Sentía a Dios más cerca y si me lo proponía, a veces podía tocar las nubes. De allí surgieron mis letras, mis ansias de gigante. Con gran atención me escuchó y me hizo sentir con alas.

–Eres un diamante en bruto —me dijo—, quiero ayudarte. Te mandaré libros para que estudies y conozcas.

Me habló de Platón, de Sócrates; de rimas y sonetos, de Bécquer, de Calderón de la Barca y así sembró en mí las ansias de saber. Me lancé, con las alas del alma, al espacio infinito.

La Diva

La Diva nació sin voz, sin voz para cantar, mas, en su fuero interior ella quería ser Diva. Pensaba que sí, que podría aunque nunca había recibido lecciones para ello. Con trajes de luces y ropaje azul cielo se lanzó a la conquista con afán. Feliz, así se sentía. Abrazando su deseo con vehemencia rotunda, conjurando sus fuerzas y sus ansias, lanzó su vuelo en canto. Cantó a los vientos, a los tontos, a los viejos. Cantó en su mente al mundo. Feliz escuchaba los "Bravo". Su triste realidad era otra, nadie le aplaudía. Su público de bostezos continuados allí, allí se dormía. Ella en su afán no veía, sólo cantaba. ¡Era una Diva! Era Diva, y su amante esposo un músico. La sala, vacía. Las gentes se iban. Sólo su esposo y su hija arrullados en deleite la escuchaban y aplaudían. Su adorado perrito, aletargado por la somnolencia que su canto en el provocaba, cabeceaba. Sólo ellos la apoyaban, sólo ellos la aplaudían, sólo ellos la seguían. La diva siguió en su afán por el arte y quiso entonces escribir poesías. Escribió en el agua, escribió en las nubes, en el cielo, en las estrellas, en las hojas de los árboles que arrancaba el viento, en la tierra, en la arena recién besada por la ola, en un papel perdido en el tiempo. Luego se encontró con ellas. Sus notas, sus poemas, todos le hablaron. Los abrazó y guardó con celos, con cierto miedo, con recelo por temor a la indiferencia. Merodeando el espacio prosiguió lentamente. Con gran cautela, en una gaveta, guardó las historias vividas. Las quimeras y anhelos esos, esos las arrojó lejos.

Huellas

Huellas…,
huellas de pasos ajenos en la arena de una playa,
y yo, caminando sobre ellas,
hundiéndome.
Intento dejarlas plasmadas, que no se borren,
más, se pierden en mi andar con ansias.

Huellas, huellas,
de aquellos días de pasos cortos,
sin apuros, juntos.
Tal vez, se te escaparon los recuerdos
de aquel tiempo que una vez fuera nuestro,
cuando, en cuerpo y alma, abrazados,
recogíamos caracolas.

Huellas, huellas que fueron borradas así,
sin clemencia ni reparos, cual bofetada.
Mis zapatos colgando del cuello
aún tienen residuos de aquellas arenas.
Aún recuerdo, aún intento olvidar,
pero el olvido no existe cuando se ha amado tanto;
me queda un pesar hondo, aunque no quiera.
Fue, sí, un tiempo hermoso
que en mí aún se anida con dulce contraste.
El tiempo obsequia huellas profanadas.
Me quedan partículas de arenas escondidas.

Duende

Duende que no escatimas el tiempo,
danzas en mi ser, con cualquier ritmo;
a cualquier hora.
Me desprendo de mí para fusionarme en ti.
Armo hogueras, prendo fuego, quemo ansias.
Antorchas se posan
en la vereda que me conduce a vivir.
Un poco es un todo en un instante.
Fugaz se hace la noche;
fugitiva soy de mi ayer.
Mi hoy coronado, crepuscular, observo.
Atenta escucho la llamada,
no te veo, te vas con el día
que mi vigilia sorprende.
Y no alcanzo a dormir
hasta que te encuentro
No hay letargo que te venza,
voy besando al aire para que me sientas.
En el visto tu alma de poesía
y me sumerjo en ella.

Se Escribe Una Página

Escribo una página con ilusión,
una pluma de tinta sin tiempo
y el ardor del sol en la piel.
Huelo a lluvia, a tierra recién mojada.
Siento el universo mío.
Abrazo las palabras
y recojo rosas sin espinas.
El tiempo, de prisa, no me responde
y se marcha con las horas.
Voy, con guirnaldas plateadas, engarzando lunas.
Escucho el susurro del viento
que promete, con insistencia,
 que algún día regresará la magia de la luz.
Se escribe una página.
Un viaje alborota mis sentidos sin anclas.
Inventaré mares que sólo acaricien
caracolas sin miedo,
relojes de arena;
hojas de arroz que emigran sueltas
contando historias que tal vez nadie leerá.
Mientras, se escribe otra página, una a la vez;
así también se pierde con ellas, el tiempo.
El sol va dorando mi piel.
Mi mirada de lluvia llena, se condensa.
Se escribe una página.

Un Manto De Estrellas

Un manto de estrellas me cobijó en la noche,
ardió en mi sangre la poesía;
mis dedos fueron plumas,
derramando poemas de luz.
Calor enervante, fuego era todo.
Me cercaba, me quemaba,
quería quemar mis ansias.
Me convertí en polvo.
Me hice incienso.
Perfumé la noche de sándalo impregnada.
Suaves brisas acariciaron tu cara llena de lunas
Nunca antes había sucedido.
Un manto de estrellas arropó mi ser,
fue un todo de nada;
y me dormí, sin querer despertar.

Estoy Aquí

Estoy aquí,
en el mismo sitio donde me dejaste,
con los brazos abiertos,
esperando por ti.
Y mi espera no falla,
es continua, no cesa.
Se cansan mis brazos,
a veces, y tiemblan.
Y me rozan gaviotas,
y me llenan los soles
y sigo, así, como un asta,
como una bandera que ondea gritando al espacio.
Prolongo la espera, me arranco la piel
para que me encuentres nueva.
Alumbro mi alma,
mi mente me absorbe,
me arropo en poemas,
me veo en el agua, te miro
en el sol que me ciega, a tientas.
Me embrujo con papeles en blanco,
te escribo en el agua,
y como una esfinge,
esclava soy de esta espera,
ya inútil.
Estoy aquí.

Gitana

Gitana de pelo negro,
ojos que juegan con el tiempo,
piel arrullada por el sol,
y olor a limón, gitana.
Alegría innata de castañuelas y cascabeles.
Amiga del sereno y de la noche.
Amante audaz ataviada de ricos colores,
es la noche su mejor aliada;
el césped, su colchón
y el cielo su techo.
No hay relojes ni tiempos
—ciudadana del mundo—
ella va a donde le plazca.
Su origen, los sueños.
Su destino, el amor.
Gitana de amores
¡qué pena que tu gitano te dejó!
Canta, baila, gitana;
regala risas, claveles…
Baila al compás del viento.
En sus ojos una lágrima
que no puede controlar.
Ella recuerda aquel tiempo
con la luna de testigo,
cuanto amó bajo su luz.
Baila, baila gitana que el mundo no te condena,
es tu vida y así es.
Valentía eres, que sabes amar;
no importa si él te olvidó.
Baila, baila que el viento te despeina y se sonríe
la tierra se estremece,
tu aliada es la noche y la luna
que te esperan para amar.

Esplendor De Lejanías

Esplendor de muchas lejanías,
¿Eres tú? Mi poesía

En un suspiro envuelves mis memorias.
Éxtasis que colmas mi sentir de espanto en sol y canto
emerges en el silencio de un milenio
ofreciéndome vivir en ti.

Esplendor de muchas lejanías
hoy hay en mí.

Miriam A. Sarmiento

Nacida en La Habana, Cuba. Arribó a los Estados Unidos a través de la Operación Pedro Pan en 1962. Casada con el señor Octavio Sarmiento y madre de tres hijos: Yleem D'Marie, Gisselle D'Marie y Jonathan-Pierce.

Desarrolló su vida laboral como contador, ejerciendo sus últimos 25 años de servicio en la compañía de teléfonos del Sur de la Florida.

Su pasión por la literatura, la ha llevado a escribir una diversidad de poemas y cuentos, los cuales han sido publicados en diferentes antologías. Entre sus trabajos más recientes, el cuento "Última Voluntad" recibió mención de honor en el Décimo Certamen Internacional de Cuento y Poesía JuninPaís 2011, que tuvo lugar en la provincia de Buenos Aires, Argentina, y el poema "¡Oh, Madre Naturaleza!" el cual obtuvo el primer lugar en el Concurso Latinoamericano de Poesía D'Autor Club 2011, en el estado de Washington.

Su Lema: "La vida es poesía y escribir es vivirla."

sarmientom@bellsouth.net

Pero A Mí Que...

¡Un vuelo magnífico y un aterrizaje perfecto, no podía pedir más!

Fui directamente a recoger mi equipaje. El ir y venir de ondulantes caderas y los altos tacones controlados por cientos de piernas hermosas, no me detuvo. Tenía una meta que alcanzar en esta bella ciudad y eso era en este momento, lo más importante.

Mi nombre es Anthony. Soy norteamericano, médico graduado de Harvard, especializado en cirugía craneal. Soltero y sin compromiso. Hace algún tiempo, en mis momentos de descanso, establecí contacto a través de la organización internacional "Unidos Por La Fe" con un niño en Brasil llamado Pepe, el cual había nacido con una malformación congénita en su cabeza, que no lo dejaba ser feliz y progresar libremente en su vida. De familia muy humilde, este niño no disponía de medios para ser operado, estando condenado a languidecer por el resto de su existencia. Yo me interesé en él y en su caso, y aquí estoy.

Tomé un taxi, dándole al chofer las señas del hotel donde iba a hospedarme. Este me llevó en su recorrido a través de bellísimos e impresionantes lugares. Brasilia, me dije, es simplemente hermosa, y denota sin lugar a dudas, el esfuerzo y empeño de muchas personas.

Cuando arribamos a nuestro destino, se perfilaban los primeros rayos del sol, despertando la ciudad. Pagué al buen hombre y me dirigí a la carpeta. Después de un leve trámite me encaminé, guiado por el atento maletero, hacia mi habitación.

Después de un baño reparador, me vestí y salí rápidamente. ¡Estaba ansioso por ver al niño! Llamé un taxi. De nuevo una larga trayectoria, pero esta vez exploraría más el mundo de los marginados por la sociedad.

Pero en fin, mi interés en Brasilia solamente radicaba en Pepe.

¡Al fin llegamos! No sabía cuánto iba a demorarme, así es que le dije al chofer que me esperara. Toqué a la puerta, y al abrirse, me enfrenté a una frágil mujer con el bello rostro marcado por el dolor y la impotencia.

—Buenos días. ¿En qué puedo servirle?— Me preguntó en un portugués perfecto. Yo, medio en su idioma del que algo había estudiado y medio en señas, le expliqué que era el doctor Anthony Smith, que venía de Estados Unidos para ver a Pepe. Sus ojos se iluminaron y con una tímida sonrisa me invitó a pasar.

Me encontré dentro de una salita muy humilde pero limpia y ordenada. A la derecha, la única habitación que compartían Pepe y su mamá. Ella me contó más tarde que había enviudado cinco años atrás, siendo el niño muy pequeño, y desde entonces estaban solos enfrentándose a la adversidad. Entré al pequeño aposento y al fin pude ver a mi futuro paciente. Era un niño de unos ocho años, de ojos inteligentes pero muy tristes. Me acerqué a él y estreché su mano, presentándome. —¡Hola doctor Anthony, qué bueno que ya estás aquí!— me dijo. —¿Podrás de verdad ayudarme? ¡Yo estoy listo!

Tenía un nudo en la garganta. Me sentía maravillado ante la entereza de aquel chiquillo. La deformación craneal no parecía haber afectado su mente y sus movimientos no presentaban torpeza alguna. Nuevamente, medio en su idioma y medio en señas, contesté: —¡Sí, por supuesto que puedo ayudarte! Vendrás conmigo a Estados Unidos y te operaré. Te dejaré como nuevo,— dije bromeando para ganarme más su confianza. Me prodigó la más amplia sonrisa que ser humano alguno haya recibido, y yo me sentí el hombre más afortunado del mundo. ¡La que se encontró bastante desafortunada fue mi billetera al pagar el abono del taxi cuando llegué al hotel, cinco horas más tarde! Bueno, qué más da, me dije, la causa lo merita.

Días después, dejando atrás los trámites de visado y todo género de preparaciones, nos encontrábamos el chico, su madre y yo, en un avión cuyo pasaje había sido generosamente donado por la aerolínea, camino a Estados Unidos. Nos esperaban allá un grupo de médicos, todos voluntarios del hospital, ansiosos como yo de poder ayudar a niños necesitados. Ya acomodado en mi asiento, recordé que en nuestro recorrido de la casa al aeropuerto, volví a disfrutar de la hermosa ciudad de Brasilia, y de nuevo pude observar sus grandes contrastes...

La ciudad cercana a los mejores carnavales del mundo tenía su propio carnaval interno, lleno a la vez de luz y tinieblas, de colorido alegre y matices tristes... ¿Pero a mí qué? Yo me llevaba a Pepe, lo iba a operar y a convertirlo en un niño feliz. Sonreí. Mis pensamientos me llevaron aún mundo donde correteando, asido de mi mano, él celebraría su próximo cumpleaños. ¿Su mamá? ¡Sonriente y segura de mí brazo! ¿Será que encontré el amor en Brasilia? Bueno, el destino tendría la última palabra...

Mis Recuerdos

En penumbras,
cuando elevo la tristeza del recuerdo
me subyuga,
la tibieza de las risas de otros tiempos.
Dolorosa,
mordedura de separación dantesca
arrasando,
con lo íntimo del más puro sentimiento.
En la vida,
lucha el malo por destruir el bueno
es historia,
que se valen de los siempre pobres ciegos.
Un bello día,
la justicia iluminará el cerro
y podremos,
recuperar sonrisas de otros tiempos.
Reuniremos,
corazones separados en destierro
avivando,
la llama de los más puros sentimientos
generando,
calor, en el corazón del hombre malo
y la luz,
a los ojos de los ciegos.
entonces Yo,
¡Llenaré de alegría todos mis recuerdos!

"Todo Ha Terminado"

Este,
era un lugar en que
las ninfas del tiempo
sonreían con embeleso,
recibiendo agradecidas
la caricia de un beso.

Y él,
perlado de su esencia
y enardecido fulgor,
recibía con complacencia
el aroma de su amor.

Ella,
vanidosa en su hermosura
disfrutaba indolente
instigando la lujuria
llenando otros apetitos,
atrayendo la penuria.

Y él,
obstinado en su dolor
enterró el puñal certero
sellando así con sangre,
le pena y la traición.

Oscureciose el día…
Y las ninfas con pavor
abandonaron trémulas
el nido y el horror.

…

...

Y ella,
con su culpa a cuesta
su alma temerosa
va en pos,
de absolución.

Y él,
tras las rejas
se pregunta:
¿Cómo y cuándo?
Se marchitó
el Amor.

¿Sabes?
Todo ha terminado…
¡Se apagó de un tajo
La luz de la ilusión!

Luis René Serrano

Nació en Cuba, en la provincia de Camagüey, donde comenzó sus estudios de música. A comienzos de la Revolución Castrista, junto a su familia, emigra a los Estados Unidos, donde, joven aún, continúa sus estudios. Fiel amante de las artes como la pintura y la poesía, entre otras, es músico de profesión. Es graduado en la especialidad del "Bell Canto". Estudió, además, composición y dirección. Su dominio de varios instrumentos le facilitó su afiliación a diferentes grupos musicales entre ellos The Miami Latin Boys, 1973, convertido más tarde en Miami Sound Machine, como bajista, compositor y cantante. Hoy cuenta con su propia orquesta. Tiene su propia discografía con un amplio repertorio en varios idiomas. Es miembro del Club de Literatura Francisca Argüelles.
Participó en la antología del Club de Literatura "Un Horizonte Literario" 2010

serranolivemusic@yahoo.com

Retozando Con La Perra

El joven René disfrutaba muchísimo de la inmensa casona camagüeyana donde vivía. Jugaba, casi a diario, con sus amigos y también con Moti, su perra bóxer. Ésta, audaz y juguetona, fue un regalo del abogado Arturo Son, primo del radiólogo que trabajaba en la consulta médica con su padre. Vivía en la azotea, persiguiendo a los gatos que frecuentaban los tejados adyacentes al suyo.

Una mañana René se asustó, no podía encontrarla en la azotea, miraba a los tejados y no la veía, simplemente no estaba. Después de varios llamados divisó al intrépido animal caminando por el caballete de un tejado que se encontraba, más o menos, a unas sesenta o setenta yardas de distancia. Ésta, al escucharlo, fue a su encuentro, corriendo con aparente agilidad felina. Después de haber roto algunas tejas por el camino, sofocada, moviendo su colita mocha, llegó, a lamer, cariñosamente, a su amo. René sentía orgullo de su mascota. Jugaron hasta el cansancio.

Rato después, sentado y exhausto se puso a mirar en dirección hacia donde Moti había estado, dándose cuenta de que una casa más allá de ese punto era la esquina donde vivía su amigo Héctor Valls. Pensó lo interesante que sería ir por los tejados hasta la azotea de éste que era, al igual que la suya, de las únicas residencias monolíticas del barrio; y descender por el patio, sorprendiéndolo. Más tarde les contaría a sus amigos acerca de su viaje "aéreo". Definitivo, lo haría a la mañana siguiente.

Esa noche casi no pudo conciliar el sueño planeando la expedición. Al día siguiente, sólo su madre estaría en casa y se pondría a coser como todos los domingos. Lo único que debía hacer era decirle que iba a estar arriba jugando con la perra. Ya en la azotea, escalar el pequeño muro que separaba su casa de la siguiente y, cuidándose de no ser visto, tratar de no romper las tejas, a así sucesivamente hasta llegar a casa de su amigo y sorprenderlo.

Las dos primeras casas fueron, relativamente, fáciles de superar. En la tercera, sin embargo, una pisada en falso hizo que, al romperse, una teja sonara con fuerza, provocando que una señora mayor, que se mecía en un sillón, mirara hacia arriba sorprendida por el estruendo. No lo vio, por suerte él pudo esconderse a tiempo. Prosiguió con más cautela hasta llegar a la quinta casa desde donde podía ver el muro de la residencia de Héctor, comprobando que la altura de este no era la que, desde lejos, él creía. Sí, el muro era mucho más alto y él, a sus trece años, bastante pequeño, ¿cómo iba a escalar semejante pared? La duda se hizo presente y, por un segundo, subir o regresar fue la pregunta. Darse por vencido no fue la respuesta, tenía que seguir avanzado.

Una ojeada hacia abajo le puso la carne de gallina, un inmenso patio con varias jardineras, algunas de ellas con matas de plátanos, le hizo saber que estaba en el techo que albergaba las oficinas de la Federación de Mujeres Cubanas de Camagüey. Si lo descubrían, su presencia en esta propiedad del Estado podría ser mal interpretada. Tuvo miedo, por su mente pasaron mil presagios, pero ya era muy tarde para echar para atrás. Por suerte era domingo y al parecer no había nadie, cosa esta que le dio algo de tranquilidad.

En la pared del costado de la casa de Héctor había espacios descascarados en el viejo repello, así como algún que otro ladrillo que sobresalía, por lo que se propuso escalar con cuidado. Primero introdujo los dedos de la diestra en la pared, estiró el pie derecho hasta apoyarlo en uno de los ladrillos y con la zurda se asió de un viejo alambre eléctrico que pendía de un clavo de concreto, ahora sólo le quedaba el pie izquierdo sobre el borde del tejado. Con cautela lo levantó e introdujo en otra cuarteadura. Las piedrecitas crujían con su peso. Gruesas gotas de sudor le corrían por el cuerpo, pero las más molestas eran las que bajaban por su frente hasta sus ojos, nublándoselos. Estaba casi en el aire, asido a la pared como cualquier rana a una ventana, sólo que una rana estaría más tranquila, sin miedo a caer.

El próximo paso, luego de un profundo respiro, fue poner dicho pie sobre un ladrillo que sobresalía unas dos pulgadas y estaba más arriba de su pie derecho. Puso el tenis sobre el rectángulo de rojo barro y se alzó. Todo bien —se dijo—, ya estoy llegando, cuando un inoportuno crac del viejo ladrillo, que no soportó sus noventa y ocho libras, le hacía caer estrepitosamente. Una vez más se encomendó al Señor. Su cuerpo fue a dar contra algo muy flexible, las hojas de una inmensa mata de plátanos que rompían su caída. Con fuerza, agarrándose de ellas pudo caer sin lastimarse. Gracias, Dios mío. —Dijo en voz alta—. Sentía su corazón salírsele del pecho.

Rápidamente fue en busca de una puerta para salir a la calle, mas, para su desgracia, estaba provista de varios cerrojos imposibles de abrir. Debía trepar de nuevo al tejado pero, ¿cómo podría sin una escalera?, esas casonas camagüeyanas eran altísimas. Sintió pánico, hacía más de una hora que le había dicho a su madre que iba a jugar con Moti, ¿qué tal si ésta lo estaba llamando? Se moriría del susto, ¿qué pasaría si no podía salir y las federadas lo encontraban el próximo día, cuando llegaran a las siete de la mañana? Tras un vistazo al otro lado del patio divisó, entre las matas, un pedazo de pared de unos seis pies de altura. Era la tapia que dividía las oficinas de la Federación con la casa del otro lado. Brincarla sería todo un reto, su única salvación representaba un grave peligro, estaba llena de picos de botellas rotas.

En el piso un pedazo de cartón grueso se mostraba como la mejor solución. Después de doblarlo en tres y de treparse a uno de los arbustos lo colocó sobre los afilados vidrios. Luego, puso cada pie sobre este, mientras, con las manos, se balanceaba desde una de las ramas. Cuando estuvo seguro soltó la rama y, haciendo unas cuclillas sobre el cartón, cayó en el cantero de otra casa. Unos pasos desde la cocina de alguien salieron a investigar el ruido. Él, reconociendo la puerta de entrada de la casa de su amigo Miguel Sarduy salió como un bólido para no tener que dar explicaciones a la abuela que, de seguro, era la que había salido de la cocina. La pobre anciana pensaría que se estaba volviendo loca. A la velocidad con la que abandonó la casa lo más seguro es que no lo hubiera visto.

Ya en la calle René fue la persona más dichosa del mundo. Regresando a su casa tocó el timbre de la puerta. Su madre, asombrada al verlo, le preguntó:

–¿Y tú no estabas arriba con Moti?

–Sí, pero bajé, salí por la puerta de atrás y se me cerró.

La ingenua madre lo detalló de arriba a abajo. Él tenía la camisa rota, las manos y los brazos arañados y estaba negro de churre por lo que una nueva pregunta brotó de sus labios:

–Y… ¿A ti qué te pasó muchacho?

–¡Yo…! Retozando con la perra.

A Mi Madre

Madre querida, madre del alma,
madre que un día me diste vida,
madre que siempre me traes la calma,
cuando profundo sangra mi herida.

Quiero ofrendarte un jardín con flores
y darte gracias en este día,
quiero en mis versos rendirte honores
por tu nobleza y sabiduría.

Hoy, por tu Santo, en celebraciones
a Dios doy gracias con regocijo,
pues me ha otorgado en sus bendiciones
el privilegio de ser tu hijo.

Poema Al Pintor José M. Mijares

¿Cuántos arcoíris le robaste al cielo
para dar colores a tu mundo incierto
de figuras raras que, con loco anhelo,
vibran armoniosas en un gran concierto?

Largos pajarillos, lindas mariposas,
líneas escapadas de la geometría,
bellas filigranas, yendo estrepitosas
a plasmar en lienzos tu mitología.

Fiesta de colores son tus acuarelas,
amarillos, verdes, azules y rojos;
marinas, payasos, lindas habaneras..,
todo es un deleite para nuestros ojos.

Ahora recordando tu magra figura
envuelta en el humo de tu cigarrillo
me embarga una suerte de extraña ternura
sabiendo que un genio fuese tan sencillo.

Gracias, flaco hermoso, por habernos dado
para nuestros ojos tan ricos manjares.
Gracias, dice el mundo que aprecia el legado
que dejó la obra de José Mijares.

La Guitarra De Mi Amigo

De niño me arrullaba, cada día,
su suave y cadencioso tarareo,
llevándome a los brazos de Morfeo
aquella delicada melodía.

Mi madre la entonaba y con acierto
mecía su sillón a la medida,
quizá sin percatarse que en mi vida
quedaba para siempre aquel concierto.

Después, creciendo fui, como cualquiera:
la escuela, los amigos y los juegos
quemaron mis etapas, como fuegos
que queman los maderos en la hoguera.

Mas, siempre en un momento inesperado,
la música llegaba a mis oídos,
captando mi atención con sus sonidos,
me hacía sentir feliz e ilusionado.

Mostróme un día un amigo, muy contento,
un viejo guitarrón que le habían dado;
aquel regalo le pedí prestado
y comencé a tocar el instrumento.

Mi padre al escucharme sorprendido,
miróme silencioso, nada dijo,
pues debió darse cuenta su hijo
de un especial talento estaba ungido.

...

...

¡No pagaré por clases —dijo airado—,
la escuela debe ser tu única meta,
ya que un músico carga en su maleta:
el hambre, la miseria y el pecado!

Si estudias serás médico o dentista…
o como tu padrino, un abogado;
así tendrás el pan garantizado
sin las vicisitudes del artista.

Aquellas duras frases, en mi mente,
crearon un conflicto tenebroso
más, yo insistí de nuevo, caprichoso
y convencí a mi viejo, eventualmente.

Buscamos un maestro y comenzamos
las clases de guitarra y teoría,
fue aquella la experiencia que pondría
las llaves del futuro, aquí, en mis manos.

Sin dudas, ya la suerte estaba echada;
el tiempo, en su correr, sería testigo
de que esa fiel guitarra de mi amigo
fue en mí la vara mágica de un hada.

¡Hoy vivo con mi música contento,
con ella he de seguir la vida entera,
mi padre al fin bendijo mi carrera,
y yo, de ser quien soy, no me arrepiento!

Poema Al Pintor Carlos Enríquez

Carlos de Cuba, Carlos del mundo,
alma que bulle con mil pasiones,
mano que toca en los corazones
lo más sublime, lo más profundo.

Fuiste profeta en tu propia tierra,
de la Vanguardia el más atrevido,
pues tu obra excelsa en su seno encierra
la rara esencia de lo prohibido.

Hoy te recuerdo en mi humilde verso
montado en uno de tus corceles
y coronado con mil laureles,
'Monstruo Divino del Universo'.

Recuerdos De Un Solar

Por una esquina del barrio
se escuchaba un repicar
de tambores que sonaban
cumba quimba cumbambá.

Era cerca de mi casa,
en el patio de un solar,
donde se reunía la gente
cuando quería celebrar.

Yo tenía nueva años
y mucha curiosidad
por saber lo que pasaba
en el patio del solar

Salí caminando aprisa
y por la puerta de atrás;
y el sonido me guiaba
cumba quimba cumbambá.

Llegué pálido, asustado,
pero contento de estar
en el lugar que sonaban
los cueros sin descansar.

Una mulata bonita
me invitó, amable, a pasar
y me colé entre la gente
que bailaba sin cesar.

. . .

...

Se enervaron mis sentidos
con aquel ambiente audaz
y la rumba continuaba:
cumba quimba cumbambá.

–Y ¿quién es ese blanquito?
—Preguntó una negra anciana—.
–Debe ser de la manzana
donde trabaja Agapito.

–Parece que está gozando
—dijo un negro sonriente—,
y ya se está meneando
con el resto de la gente.

«Dale *un palito de ron*
pa' que se ponga sabroso
y tú *verá* que rumbea
como el mejor de *nosotro.*»

Pasó lo que iba a pasar,
salí a bailar hacia el centro
y un frenesí indescriptible
me llenó todo por dentro.

Mis pies se hicieron centellas,
mi cuerpo se volvió ron
y aquella rumba caliente
se metió en mi corazón.

...

. . .

Caí al suelo, ya extasiado
y escuchando alrededor:
−¡Al blanquito le dio el santo…!
−¡Qué grande eres Shangó…!

Pasaron aquellas horas
de pasión y de reyerta,
mientras mi madre esperaba
preocupada, allá, en la puerta.

−¿Te has vuelto loco, muchacho?
¡Qué sustos me haces pasar!
Anda vamos a la casa
que es hora de irse a acostar.

Camino al cuarto pensaba
en la hazaña del solar,
mientras mi alma retumbaba:
cumba quimba cumbambá.

Priscila Suarez

Nació en Fundación, Magdalena, Colombia. Inició sus estudios en el colegio La Sagrada Familia y terminó la secundaria en el Liceo Colombiano de Comercio, en Barranquilla, Colombia.

Recibió un diploma en decoración y microempresas. Validación de High School en Miami Springs Senior High en Florida. Título de Hotelería y Turismo en New Institute, en Miami, FL. Cursó estudios en Miami Dade College, de narrativa literaria.

Es miembro activo del Club Cultural de Miami Atenea donde recibió talleres de poesía, cuento y novela y del Club de Literatura que dirige Francisca Argüelles.

Participó en el IV Concurso International de Poesías en el 2006 en Lincoln-Martí. Donde recibió diploma de honor con la poesía titulada "Quise Olvidar Tu Nombre".

Utiliza un lenguaje sencillo y ameno para el disfrute de todas las edades. Su fe y devoción al Dios Todopoderoso es muy importante para ella.

Dedicatoria

Dedicado a mi madre, hermanos, esposo, hijos y nietos.

Con mucho amor, Priscila.

Azul – Azul

Edith ya conocía el dolor y las adversidades de la vida. Perdió sus padres cuando éstos regresaban de un viaje. A una milla de su casa el coche explotó.

A los catorce años de edad, Edith se hizo responsable de cuatro hermanos, tres varones y una niña, una niña bellísima tez blanca, cabellos negros, ojos azules.

La abuela materna los llevó a vivir a su casa, una mujer con carácter y un físico extraordinario. Las faenas de la casa comenzaban a las 4:00 A.M. se distribuían de 80 a 100 litros de leche diarios. Después de cuatro o cinco horas todo quedaba en perfecto orden a la espera del siguiente día.

A las 9:00 A.M. abrían las puertas de la sastrería. El corte y la costura eran perfectos; por tal razón la abuela firmó un contrato con una tienda de ropa para caballeros, los pedidos crecían cada vez más, contrató los mejores sastres y amplió el negocio.

Edith ayudaba en la venta de leche, luego continuaba con el trajín de los niños, el desayuno, ayudarlos en el arreglo personal, llevarlos a la escuela y continuaba el camino a la de ella.

De regreso a casa seguía con su papel de madre, aquí se agregaba la pequeña Chris, no se separaba de ella ni un instante, hasta quedar dormida en sus brazos; en este estado era que admiraba su belleza, idéntica a su madre, fue la única que sacó el color de sus ojos. Los niños eran bien parecidos, tenían clase, se parecían mucho a su padre. Edith sacó los rasgos de ambos, esto la dotó de una belleza muy particular. Pero la pequeña bebé como ella la llamaba podría llegar a ser reina de belleza y no era de extrañar, su madre participó en muchos reinados y siempre fue elegida, hasta que conoció a Don Carlos, quien la hizo su reina, como él la llamaba.

La muchacha saboreaba estos bellos recuerdos hasta quedar dormida.

Despertó cuando sintió el beso acostumbrado de la abuela, avisando la llegada de un nuevo día.

Tenían tanto que agradecerle a la abuela, sobre todo ese gran amor que les demostraba, casi llenaba el vacío que dejó la partida de mis padres.

La voz de la abuela la sacó de sus meditaciones; hoy arreglaremos el baúl, «hace meses no lo hacían». Edith brinco de alegría, le encantaba compartir los recuerdos de la abuela, cartas, fotos, postales, mechones de cabellos; en el fondo del baúl guardaba un cofre y en este las mejores alhajas, a Edith le deslumbraba un anillo de oro con una piedra aguamarina, la abuela lo colocó en su dedo diciendo:

—Es tuyo, es mi regalo de tus quince años, ya pronto los cumplirás,- no te separes nunca de el, sentirás que estaré siempre a tu lado. La muchacha lloró de emoción.

El tiempo transcurría con sus ajetreos cotidianos. Ese día el sol como el rose leve de un ave, tocaba su ventana; despertó sobresaltada, no sintió el beso acostumbrado de la abuela.

Fue hasta su cuarto, allí la encontró estaba recostada sobre su lado izquierdo.

—Abuela, abuela

No respondió a su llamado, la traicionó el corazón.

Se sintió sola… quedó sola, se fue su apoyo, su baluarte, la mitad de su vida y con ella se fue la sastrería, el colegio, las noches tranquilas.

Solo quedó el negocio de la leche solventando los gastos que eran necesarios.

José, su hermano mayor, la ayudaba con el trajín de los pequeños. La vida con sus golpes los hizo responsables y fuertes.

Llegó la calma, parecía que la fatalidad vagaba por otros rumbos, ¡No fue así! Una noche despertó sobresaltada por el calor que emanaba la bebé «siempre dormía a su lado», ardía en fiebre, ella le aplicó remedios caseros que aprendió de su abuela, pero, la fiebre no cedía; avisó a José para que se hiciera cargo de los otros niños, mientras ella la llevaba al médico de la familia. Este la atendió.

–¿Es grave doctor? Pregunto angustiada. El doctor se limito a decir:

–"Por lo pronto le das este medicamento, llévala a que le hagan estos exámenes de laboratorio es urgente" espero pronto los resultados.

Al llegar a casa, llamó a José; hermano tenemos un problema, el Doctor me regaló la medicina, no tenemos dinero para los análisis, hemos gastado todos los ahorros.

José se quedó pensativo por un segundo, luego reaccionó, hermana, el cofre de la abuela, corrieron al baúl, buscaron hasta el fondo, el cofre no apareció se abrazaron desconsolados.

Edith, tomó la niña en brazos y se dirigió al laboratorio, regresaría en la tarde por los resultados, mientras, buscaría el dinero. De regreso a casa fue al lugar de empeño, te resuelven con dinero, pero, tienes que desprenderte de las cosas que más amas. Allí quedó su anillo.

Recogió los resultados en la tarde, se los llevó al médico, por la expresión que hizo, ella presintió lo peor. En efecto es poliomielitis dijo el Doctor, escúchame, tú eres una muchacha muy inteligente, es necesario internar a la niña tiene polio paralítico el virus se multiplica, este abandona el tracto intestinal y se introduce en la sangre atacando los nervios que controlan los músculos de las extremidades causa inflamación en las moto neuronas de la medula espinal y en el peor de los casos, causa paralización del diafragma; Edith se derrumbó.

Más tarde cuando llegó a casa, José no tuvo que preguntarle, se abrazaron en silencio. Acostó la niña en la cuna y fue al cuarto donde guardaban las cosas de la bebe, quería llevar lo necesario para el hospital. El grito de sus hermanos la llevó de regreso al cuarto donde dejó a la niña, en fracciones de segundo la niña convulsionó, no pudo hacer nada, todo fue en vano.

Los días que siguieron fueron desgarradores para ella y para todos.

José abrazó a su hermana diciéndole:

—Llevas cinco días sin dormir y sin comer, no puedes seguir así. Ella los miro y abrazó tiernamente a cada uno de sus hermanos, les beso en la frente y salió, llegó hasta donde había dejado su anillo, que estaba exhibido en la vitrina, suavemente se recostó en ella y allí por siempre se quedó dormida.

Nadie sabe cómo pasó, lo cierto es que la piedra no estaba en el anillo. La muchacha fue incinerada, sus hermanos llevaron sus cenizas para verterla en el mar, sobre la playa quedó un rastro de color azuloso y brillante.

El viento esparció las cenizas… las fue llevando lejos muy lejos, allá donde parece que el mar se besa con el cielo.

La Burla

Marcelo, era hijo único de padres acomodados, cursaba estudios en el extranjero, le dedicaba el mayor tiempo posible a sus estudios, para así realizar sus dos anhelados sueños: recibirse como arquitecto y unirse en matrimonio a su amada Mary; una chica hermosa de ojos almendrados color miel.

No le avisó de su llegada, quería sorprenderla, así que quiso ir a visitarla, no sin antes esmerarse en su aspecto personal. Se miró al espejo, la camisa un poco ajustada marcaba sus pectorales y su ancha espalda; el color verde aceituna hacia contraste con el de sus ojos.

No pudo evitar traer los recuerdos a su mente…Asistían a la misma escuela, cursaban la primaria, Mary olvido un libro en el salón de clase, él lo recogió, ese día descubrió que ella caminaba con un grupo de amigos hasta su casa, que por cierto quedaba a solo tres cuadras de la suya. Al siguiente día le entrego el libro, ella no le dio ni las gracias.

Marcelo convenció a sus padres para ir caminando hacia la escuela, de esta manera se unió al grupo, aunque ella ni lo determinaba.

Pero esta niña se había apoderado de todos los espacios vacíos de su ser. Sentía en su corazón como un aleteó de mariposas abatidas por fuertes vientos; en sus sueños corría descalzo por callejones oscuros y mojados queriendo alcanzar una estrella que volaba silenciosa.

El tiempo corría su curso, fue hasta mediado de la secundaria que ella se fijó en él. Sus amigos le hacían bromas diciendo que por ella el asistía religiosamente al gimnasio, para mantener ese musculoso cuerpo. Lo cierto es que de cualquier forma él siempre la amó y hoy cumplían tres años de novios. Un toque en la puerta del cuarto lo sacó de sus pensamientos, era su madre recordándole la hora. Marcelo salió de prisa diciéndole que no estaría para la cena, la madre sonrió: si ya sé que reservaste un lugar muy elegante para una cena romántica.

Caminó tres cuadras, era solo atravesar la avenida y estaría en la puerta de su casa; se dispuso a cruzar pero observó que abrían la puerta y alguien salía, su inconfundible figura apareció en el lumbral, no estaba sola un chico la seguía; Marcelo dio un paso atrás, los miró de nuevo en el momento que el joven rodeaba su cintura y la atraía a su cuerpo; ella levantó su rostro, él buscaba sus labios. Lo demás se lo imagino.

Se alejó a prisa del lugar. Corría para llegar a un bosquecillo, se internó en él, sus fuertes piernas se doblaron, cayó de rodillas ocultando el rostro entre sus manos y lloró como nunca lo había hecho. Un ruido lo hizo controlar sus emociones, silencio, de nuevo el ruido, levantó la cabeza lentamente, no podía creer lo que veía; se levantándose despacio, dio un paso atrás, ella estaba allí, él siguió retrocediendo, ella avanzaba hacia él, este dio dos pasos atrás hasta quedar su espalda pegada a una gran roca. Ella erguía su cabeza desafiante, en un gesto de burla o provocación sacó su lengua; Marcelo sintió una mezcla de rabia ira y dolor, mirando a todos lados, vio un trozo de madera lo levantó con todas sus fuerzas descargándolo sobre su cabeza, una y otra vez hasta aplastarla. Como un demente empezó a reír, reía desenfrenado, la que se confundió con lo único que de ella quedaba:
El estridente sonido de su cascabel.

Tu Olvido

Te comiste la miel y te chapaste los labios
despacio muy despacio lograste disfrutarlo
a otro le dejaste pasar el trago amargo
me pintaste un mundo, un mundo lindo y bello
con horizontes grandes que llegaban al cielo.

La vida nos dirá quién es el que ha triunfado
quisiste engañar y tú fuiste el engañado
¿Asesino? La verdad no quisiera usar esta palabra
pero pensándolo bien eso es lo que tú eres
porque matases algo que llevamos por dentro toditas la
mujeres; se llama ilusión.

Ilusión de encontrar un hombre que nos ame,
un hombre responsable, un hombre que nos cumpla lo
que a jurado darnos;
después de todo debo darte las gracias,
por algo que dejaste, que dejaste olvidado
cuando te percataste corriste a buscarlo
dime ¿qué hubieses hecho si lo hubieses encontrado?
¿Lo hubieses protegido, o romperías quizás en mil
pedazos?
Por Dios yo me estremezco, no quiero ni pensarlo,
por eso no lo suelto,
no me separo de él ni siquiera por un rato
muy dentro de mí lo llevo bien guardado
así no podrás nunca hacerle ningún daño
han pasado los años; tu olvido ya ha crecido
se ve robusto y sano,
es muy inteligente para sus pocos años

...

¿Que sientes cuando está junto a ti?
¿Cuando corre a tu encuentro, y se siente feliz
Y te dice muy quedo, papi, papi quiero que estés aquí?
¿O cuando está cansado y a tu lado se queda dormitado?
Lo observaras en silencio, te harás mil preguntas
y querrás mil respuestas.

Yo solo tengo una y quiero que la sepas
que ya no tengo miedo de dejarlo a tu lado
que camine contigo agarrado de tu mano
si corre, se cae y se llega a lastimar
sé que estarás allí, que tu apoyo tendrá
así que ya lo ves puedes estar tranquilo
en tus manos yo dejo lo que un día fue tu olvido.

El Secreto

Corría una suave y fresca brisa, las ramas de los árboles parecían gigantes abanicos movidos por manos invisibles. En la terraza del patio, sentados en cómodas poltronas de mimbre doña Eulalia y don Germán Marín, compartían con sus vecinos e íntimos amigos, Fernando y Graciela Pinzón, los cuatros disfrutaban de una deliciosa y aromática taza de café. Los señores hablaban de negocios, viajes, caserías. Los dos tenían la misma afición. Mientras las señoras conversaban de recetas de cocina, modas, pinturas y todo lo relacionado con el arte.

El señor Marín, a pesar de ser un hombre de carácter fuerte y un poco posesivo, escondía su bondad y sensibilidad. Doña Eulalia se acostumbró a criar a los muchachos y seguirle la corriente en todos sus caprichos. Tenían tres hijos: Betty, la mayor, era monja. Siguió los pasos de su tía paterna, quizás un poco influenciada por su padre. Patricia, era una chica extrovertida, la que se dispuso a hacerlos abuelos, con solo 19 años era madre de unos gemelos, preciosos y tremendos. Esteban era el hijo de la vejez, al nacer el padre muy seguro dijo: "Este será sacerdote".

En el hogar de los Pinzón tenían solo una hija, Dorothy, quien era una copia de su madre, delicada y dulce; Esteban le llevaba tres años. Tenían amigos en común, compartían las mismas actividades y pertenecían al coro de la iglesia. Esteban sobresalía con su magistral voz. A pesar de la rígida educación recibida era un chico alegre y gustaba de vez en cuando bromear.

Para Dorothy era una delicia compartir con Esteban los domingos después de las actividades religiosas, el resto del día lo pasaban en la cabaña de la playa. Esta propiedad, la habían adquirido sus familias, mucho antes que nacieran sus hijos.

Julián y Chana su señora «así la llamaban cariñosamente» eran los encargados de atenderlos cuando iban los fines de semana o en vacaciones.

Después del almuerzo los mayores descansaban en coloridas hamacas, con deseos de seguir charlando sobre algo que les quedó inconcluso, siempre Morfeo ganaba esta batalla.

Esteban y Dorothy caminaban por la playa, de repente Esteban tomando sus manos casi la obligó a sentarse, bajo la sombra de una palmera. Terminaron acostados uno al lado del otro. El astro rey se encontraba en su punto cenit. Quizás era el resplandor que abrazaba sus cuerpos o el fuego interno que los llevó a mojar en las aguas del alivio. Ella se dejó arrastrar por las olas en cadencia que besaban sus pies, al tiempo que invitaban a sumergirse en el fondo del mar. Una ola encrespada los tiró de bruces sobre la húmeda y dorada arena.

– ¿A dónde iras?

– Al seminario.

– ¿Por qué?

– ¿Porque así lo quiso papá.

– ¿Cuándo?

– El próximo domingo.

– ¿Regresarás?

– Sí, pero no sé en cuanto tiempo será.

Los dos guardaron silencio y así llegaron a la cabaña, en el justo momento que sus familias se disponían a regresar a casa.

...

14 de febrero, arranqué la hoja del calendario y la guardé dentro de mi diario: Mis padres me esperaban en la sala para ir a despedir a Esteban. Nos encontramos reunidas las dos familias en el comedor, compartimos refrescos y una torta de chocolate en la que sobresalía el número 17, eran los años que cumplía y coincidían con su partida, sería a las 5 P.M.

Miré a Esteban por su físico y madurez aparentaba más edad, igual me pasaba a mí. Soy Dorothy y en julio de este año cumpliré mis 15, mi esbelto cuerpo, empezaba a tomar escultural forma. El reloj dejó escuchar cinco campanadas, para ambos fueron como latigazos recibidos en la espalda desnuda. Esteban se despidió de mis padres, de Betty, alzó en vilo a los gemelos, los abrazó fuerte, en este abrazo se le unió Patricia. Llegó el momento de despedirse de mí. Me miró a los ojos, entendí su mensaje y me dirigí al patio de la casa, él me siguió hasta el árbol de naranjo; juntamos nuestros cuerpos en un tierno abrazo y susurró en mi oído.

–"Te amo", al escucharlo por primera vez sentí un leve temblor en mi cuerpo y mi piel se erizó. Fueron solo segundos… Sacó un pañuelo y secó mis lágrimas.

Caminamos hasta la sala, el carro ya lo esperaba; partió con sus padres sin tener fecha de regreso.

Regresé con mis padres a casa, me refugié en mi habitación y escribí en mi diario, «silencioso y confidente amigo».

...

Han pasado cuatro semanas desde la partida de Esteban. Un viernes doña Eulalia nos avisó que él llegaría el domingo. Asistirían a los oficios religiosos y tendrían un almuerzo en su casa, a las cinco de la tarde lo llevarían de regreso al seminario.

Llegó el domingo, estaba feliz, sin embargo me inundaban sentimientos encontrados.

Esteban llegó en taxi, no quiso molestar tan temprano a sus padres, para que lo recogieran. Compartió con la familia, jugó un poco con los sobrinos; después llegó a mi casa. Abrí la puerta, nos tomamos de las manos, las dejamos caer a lo largo del cuerpo, nos juntamos y sentimos el latido de nuestros corazones.

Avisé a mi madre la llegada de Esteban, quien lo besó con cariño y le dijo:

– Estás más alto y de muy buen semblante.

– Gracias señora.

Compartimos un espumoso *cappuccino* y luego partimos todos a la casa de Esteban. Almorzamos. Después del postre, nuestros padres se quedaron conversando en el comedor. Nosotros caminamos al patio y nos recostamos bajo el naranjo. Hablamos de todo, hasta de la planta que cubría casi toda la pared, daba la impresión de una inmensa alfombra verde, el agua que salía del lavadero corría a orilla del muro, dándole vida a la planta. Patricia nos avisó que sus padres estaban esperándolo en el carro, era hora de su regreso al seminario; llegamos a la sala, él se despidió de todos; nos abrazamos queriendo permanecer así, fundidos en ese abrazo y no separar nunca más nuestros cuerpos. Y lo escribí en el diario.

…

Han pasado tres años y seis meses. Acá todo sigue igual, entre la universidad, el coro de la iglesia, las cosas cotidianas y los paseos a la casa de la playa. El naranjo cada cosecha regala más frutos, la paredilla está más tupida, con el verde esplendoroso de la hiedra. Los gemelos ya comenzaron la escuela, el que lleva el nombre de Esteban, cada día se parece más a él, es guapo, diría más bien, guapísimo; Germán no tanto, se parece al abuelo físicamente, incluso en su carácter. Patricia terminó sus estudios de veterinaria, practica en la finca de su padre. Betty, la monja, los visita con más frecuencia, por eso doña Eulalia y su esposo están más tranquilos, aunque extrañen a Esteban.

Mami y papi están preparando viaje a Europa, asistirán a la boda del único hermano de papi, el querido y bonachón, "Piro" quien se casa con una bellísima italiana; me han rogado que los acompañe, espero que mi tío no se resienta, él ha sido muy especial conmigo, pero, es más fuerte el deseo de encontrarme con Esteban. Sus visitas no son tan frecuentes, antes venía cada tercer domingo del mes. Últimamente están pasando cosas que me preocupan. Ya no viene en taxi, lo trae un carro particular y su visita solo dura cuatro horas. No tenemos tiempo para conversar, a él se le nota el disgusto, pero no comenta nada.

También lo he notado un poco distante conmigo, en su visita anterior traía ropa de marca, pantalón, zapatos y camisa muy fina. En esa ocasión le pregunté si fueron un presente de sus padres o de sus hermanas, su respuesta fue no. Pero, tampoco me dijo quien se los regaló.

...

Mami y papi ya están en Italia, me contaron que fue una boda sencilla, enmarcada en bellos detalles. Chana me acompaña «fue mi nana por diez años», extraño a mis padres, por lo demás todo está bien en casa.

Esta mañana sonó el timbre de la puerta, Chana abrió al tiempo que me gritaba: "Es el señorito Esteban". Bajé de prisa. Yo lucía un sencillo vestido de algodón, traía el cabello un poco húmedo; por impulso me colgué de su cuello, él buscó mis manos las besó con delicadeza y muy cortés me invitó a compartir el desayuno junto con sus padres.

La mesa estaba servida, saludé a don Germán y a su mamá y nos dispusimos a desayunar; bebí jugo de naranja y comí unas cuantas frutas, mientras lo observaba. Luego pedimos permiso para retirarnos de la mesa. Fuimos hasta el patio, la conversación se basó en el viaje de mis padres, le comenté que regresarían la próxima semana. Noté a Esteban inquieto, era la segunda vez que miraba el reloj. Yo lo hice de soslayo, lo suficiente para ver el reloj que lucía en su muñeca; no quería preguntar, pero la curiosidad fue más fuerte y tocando su reloj le pregunté:

– ¿Es regalo de la misma persona que te obsequió la ropa? Él movió la cabeza en señal de aprobación, no dijo ni más.

Patricia avisó que el carro lo esperaba y rompió el silencio.

Llegamos a la sala, él se despidió de todos; casi en la puerta le entregué una caja envuelta en fino papel de regalo.

– Es tu perfume favorito, espero lo uses en la próxima visita. Lo usaré, fue su respuesta.

Me acerqué a la ventana, casi ocultando mi figura. El chofer abrió para que Esteban entrara, vi a alguien sentado en la parte trasera del auto.

Llegué a casa y escribí en mi diario o más bien imploré: Dios santo, te pido quites de mí esta angustia, estos pensamientos extraños que me atormentan. Cada vez lo noto más distante y con mucha tristeza en su mirada. Cerré el diario y seguí orando con mucho fervor.

Regresaron mis padres y me trajeron muchos obsequios y fotos de la boda. Sentí un alivio. Al menos podía contar a mamá mis inquietudes, aunque en este momento no era oportuno.

El día del aniversario de los padres de Esteban, él llegó después del mediodía, sus padres hicieron la observación acerca de las pocas horas de visita, además. agregó su madre:

—Cada día te noto más delgado y pálido. El padre interrumpió diciendo:

—Visitaré el seminario y hablaré con los superiores.

Esteban contestó:

—No es necesario todo está bien.

Como de costumbre nosotros caminamos hacia el patio, estábamos tan cerca que pude percibir el aroma de su perfume, le dije casi en reclamo:

—No utilizaste el perfume como lo prometiste.

Él bajó la cabeza explicando:

—Lo siento, se quebró cuando lo saqué de la caja.

_Lo siento, repitió.

No contesté, quizá el notó mi disgusto. Quise preguntarle ¿Quién era la persona del auto? Pero me contuve. Cuarenta y cinco minutos duró la visita; esta vez, sí vi la cara de la persona que estaba sentada en la parte trasera del auto.

Dios mío ¿Por qué tengo estos pensamientos? ¿Por qué este tormento? Mamá dice que las mujeres tenemos un sexto sentido. Dios santo no permitas que este pensamiento llegue a ser real. Por un instante cerré los ojos y tuve una visión, vi volar el frasco de perfume estrellándose contra una pared, yo recogía los pedazos de vidrio y al depositarlos en el zafacón de basura, hilos de sangre corrían por mi mano.

Me arrodillé en el piso con la cabeza inclinada sobre el colchón de mi cama. Oré mucho hasta sentirme más reconfortada.

Cinco meses después, las cosas seguían igual o mejor dicho peor; en una de las visitas me arreglé con mucho esmero, mamá me confeccionó, un hermoso vestido color rosa estilo imperio. A pesar de no quedarme justo, dibujaba muy bien mi figura, me recogí el cabello a un lado, una perla engarzada en un cordón color café, adornaba mi cuello. Me sentí alabada por la madre y las hermanas de Esteban.

Sentados debajo del Naranjo, me entregó un estuche y una tarjeta diciendo:

—Pronto es tu cumpleaños.

—Gracias, es una hermosa gargantilla, la estrenaré ese día.

—Por cierto, cae sábado, tu visita es el día siguiente.

—Así es —respondió y colocando la mano sobre la tarjeta dijo:
Cuando llegues a tu casa la lees.

No le pregunté porque, solo asentí con la cabeza y al colocarla en una curvita que tenía el palo de Naranjo. Un sucio calló en mi ojo izquierdo, Esteban sacó su pañuelo y con unas de las puntas lo extrajo. Me dejó su pañuelo, al notar que una lágrima nublaba mi pupila. Nos fuimos a la sala, al rato llegó el auto; esta vez salí a la terraza y cuando el chofer abrió la puerta, caminé hasta el carro y saludé a la persona que estaba en el interior del auto. Una inclinación de cabeza fue su respuesta. Esteban, estaba pálido, le temblaban sus manos y antes que entrara al carro lo besé en la mejilla, casi rosando la comisura de sus labios.

Cuando llegué a casa corrí a mi habitación, quería arrancar los pensamientos tormentosos de mi mente; solo llorar era mi escape, acompañado de intensas oraciones.

Al día siguiente busqué el pañuelo para lavarlo, al abrirlo en unas de las puntas finamente bordada, aparecía una pequeña letra "F" ¿Por qué no una "E" de Esteban? Quizás otro regalo; como fue también el anillo con brillantes.

Acordándome de la tarjeta, la abrí, en ella decía "no importan los sucesos, juntos hasta la eternidad". Apretándola contra mi pecho sentí un dulce alivio.

En vano lo esperé el día de mi cumpleaños, ni tampoco lo hizo el día siguiente, como lo acordamos. Han pasado tres domingos y aún no regresa: Escribí en mi diario.

Hoy visité los padres de Esteban, quería saber que pasaba, si tenían alguna noticia de él. Disimulé un poco mi desespero y ansiedad, le pregunté a Doña Eulalia, lo único que respondió fue: Estaba en un retiro. No sé por qué, pero esa respuesta no fue convincente para mí.

A pasado casi un año, Esteban viene con menos frecuencia. Está más pálido y delgado. Le pregunté si estaba enfermo y un, no, casi inaudible fue su respuesta, tampoco insistí. No más preguntas.

Un día los padres de Esteban salieron de su casa y no regresaron en toda la noche. Un presentimiento me obligó a caer en angustia. Al siguiente día los vi llegar, acompañados de un profundo dolor y corrí hasta su casa. Doña Eulalia abrazándome murmuró:

– Está grave.

Fue como si mis pies estuvieran tocando tierras movedizas. Casi suplicando les dije que iría con ellos, cuando regresaran a visitarlo al hospital.

–No hija, respondió doña Eulalia.

–Solo dejan entrar a los familiares más allegados y al sacerdote de nombre Felipe, que no se separa un instante de su cama.

–De todos modos, respondí: Aunque no lo vea, quiero ir con ustedes. Fui a casa a arreglarme un poco; mi madre al enterarse quiso acompañarnos también.

...

Betty me mantiene informada, me cuenta que su semblante está demacrado y su estado es muy doloroso, de su abundante y negra cabellera no le queda nada y de sus carnosos y sonrosados labios le queda una delgada pincelada color ocre.

Ayer fue su deceso, hoy su familia, mis padres y yo nos encontramos en la pequeña capilla del seminario. También estaba presente la persona del auto, estaba con la cabeza inclinada, no para dar un despectivo saludo, no para imponer su voluntad, quizá pidiendo un perdón con humildad.
No pude darle un último adiós, siento rabia, angustia y dolor. No puedo compartir con nadie este gran secreto.

...

Ocho años después, la vida sigue su curso, el lavadero del patio, que con su corriente de agua daba vida a la yedra, fue reemplazado por una moderna lavadora. En el seco naranjo vi recostada su figura, nos envolvimos en un fuerte abrazo y mi cuerpo lo cubría un vestido confeccionado por sus besos.

Murmullo de hojas secas del naranjo que caen,
invitan a la lluvia, a un coro magistral
la lluvia invita al viento que los lleve hasta el mar
allá en aquella playa y al son de una palmera
una figura luce su vestido nupcial
las espumosas olas escriben en la arena
"No importan los sucesos, juntos hasta la eternidad".

www.ingramcontent.com/pod-product-compliance
Lightning Source LLC
Chambersburg PA
CBHW031424240626
47154CB00001B/197